覇王の神殿(ごうどの)

日本を造った男・蘇我馬子

伊東 潤

潮文庫

目次

装画／村田涼平　装幀／重原 隆
図版／長崎 綾（next door design）

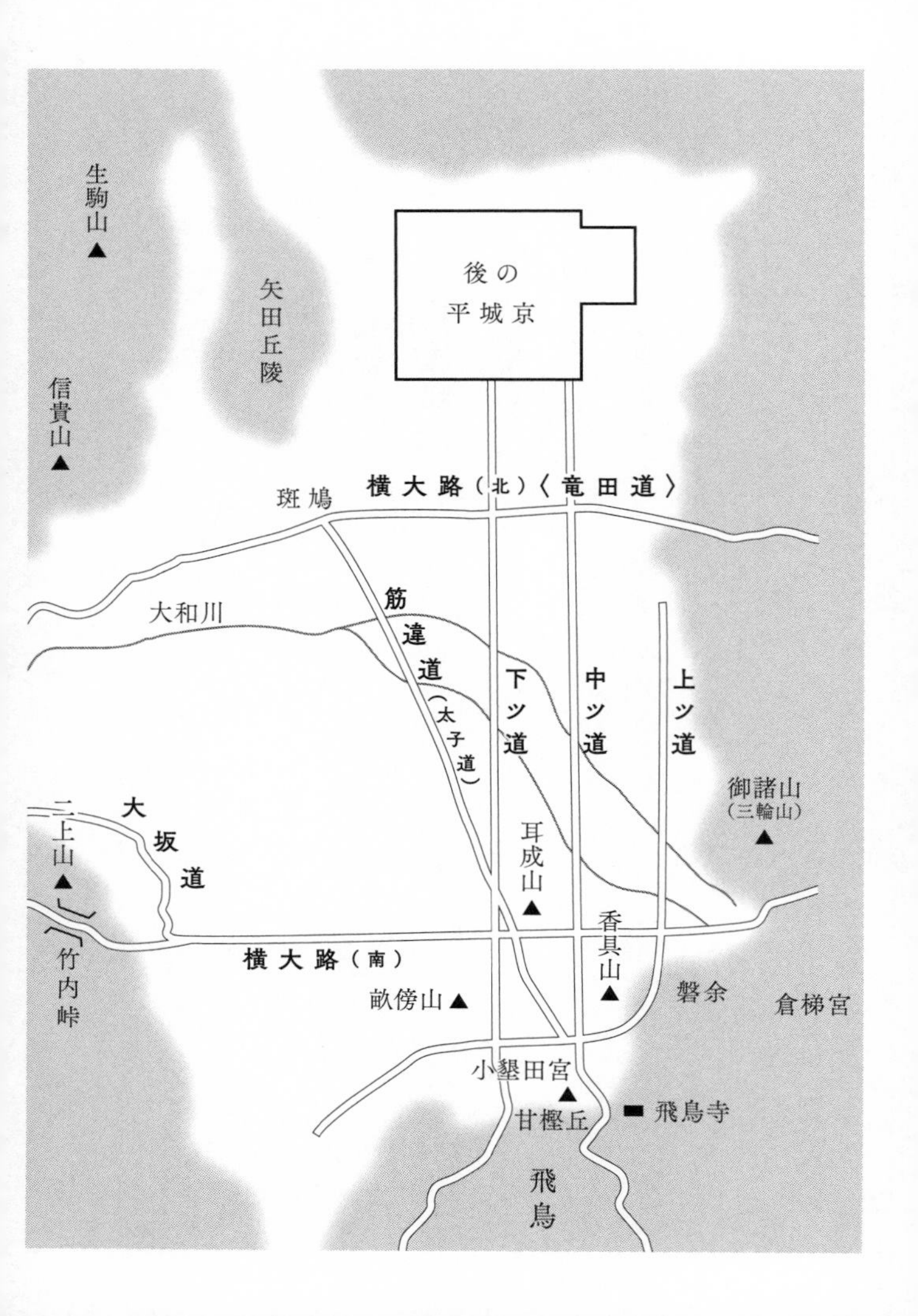
生駒山
矢田丘陵
後の
平城京
信貴山
横大路（北）〈竜田道〉
斑鳩
筋違道
大和川
（太子道）
下ツ道
中ツ道
上ツ道
御諸山
（三輪山）
二上山
大坂道
耳成山
香具山
竹内峠
横大路（南）
畝傍山
磐余
倉梯宮
小墾田宮
甘樫丘
飛鳥寺
飛鳥

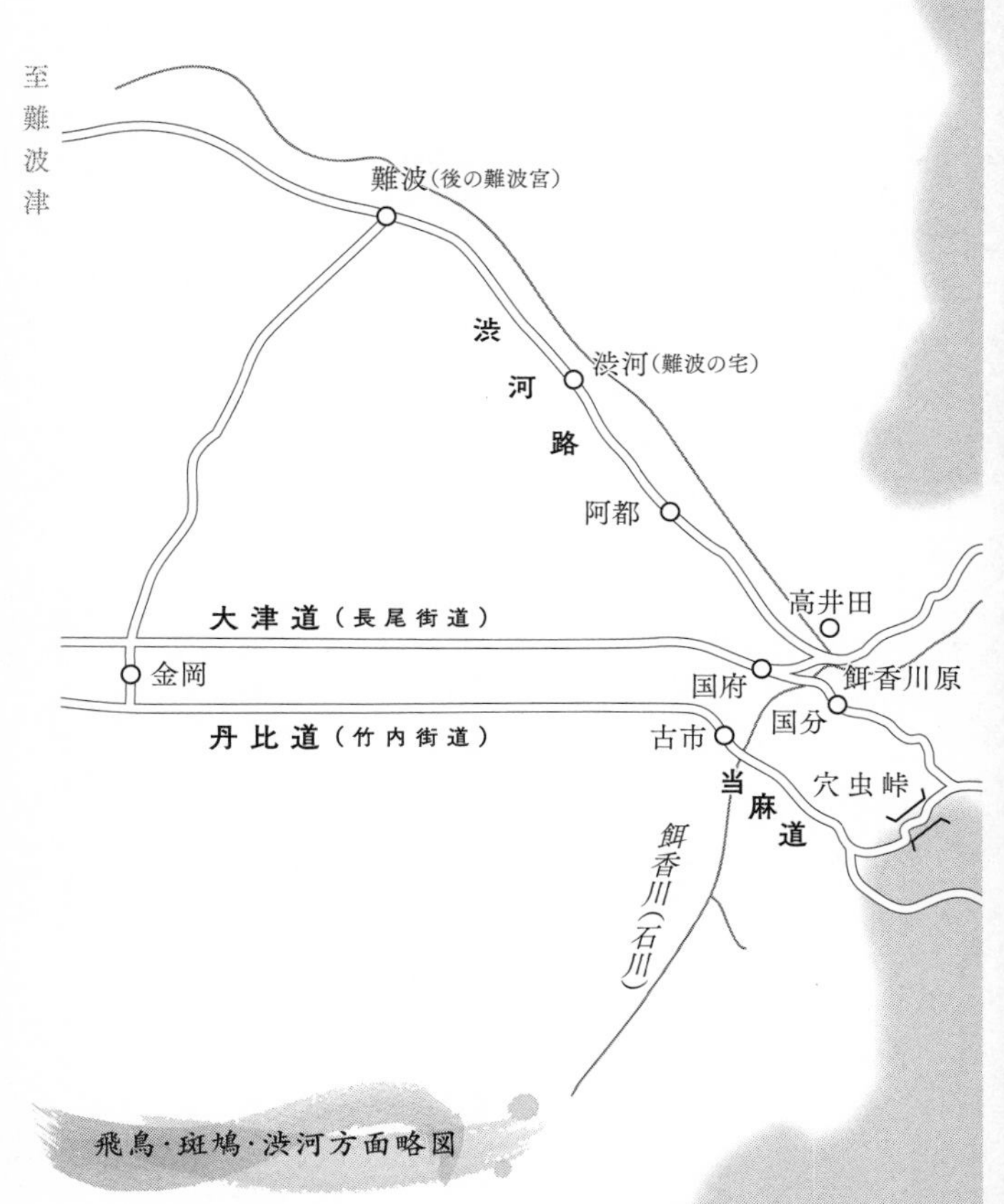

飛鳥・斑鳩・渋河方面略図

参考）『蘇我氏の古代』吉村武彦著　p.110「斑鳩付近地図」
　　『蘇我氏四代──臣、罪を知らず──』遠山美都男著　p.117「守屋追討軍進路図」

蘇我氏と大王家関係略図

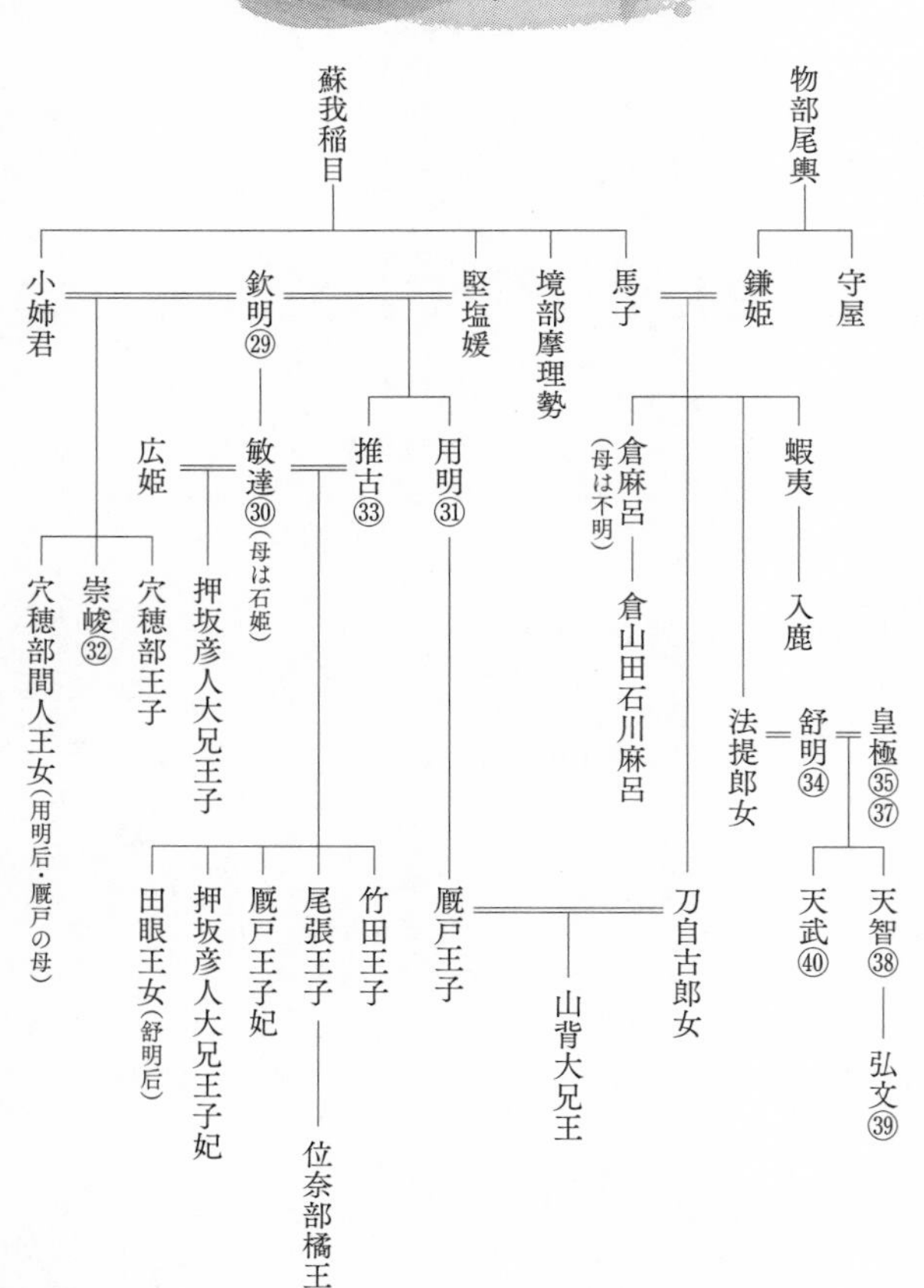

注)○数字は天皇の代数

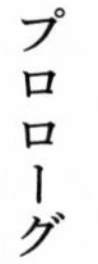
プロローグ

——雨、か。

突然、大地を叩く雨音が迫ってきた。黒々とした雲の中から、腹底に響くような雷鳴も聞こえる。

——まさか、仏は怒っているのか。

大極殿(だいごくでん)の前庭には屋根がないため、そこに整列する武官や史(ふびと)（文官）たちの体も濡れ始めた。

誰もが不安そうに空を見上げ、小声で何事か話し合っている。海を渡ってきた三韓（高句麗(こうくり)・百済(くだら)・新羅(しらぎ)）の使者たちもそれは同じで、恨(うら)めしそうに空を眺めている。

遠方に目をやると、甘樫丘(あまかしのおか)はかろうじて見えているが、その右手にあるはずの耳成山(みみなしやま)と香具山(かぐやま)は、霧に閉ざされて山麓しか見えない。

——果たしてうまくいくのか。

不安が頭をもたげてきた。長槍を持つ手が震え、頭巾(ときん)から垂れる雨が視界を遮(さえぎ)る。

そうしたことが、さらに不安を募らせる。

足を滑らせて転倒し、武官たちに取り押さえられる己の姿が頭をよぎる。

――やはり、やめよう。

その時、中臣鎌足の言葉が脳裏によみがえった。

「入鹿は厩戸王子を父とする山背大兄王さえも滅ぼしたのです。蘇我氏の血縁に連なっていないあなた様を殺すことに、何の躊躇がありましょう」

そして鎌足はこう続けた。

「殺らなければ、殺られるだけです」

中大兄王子は、自らの心に芽生えつつある不安や怯懦を捻じ伏せるべく、蘇我入鹿への憎悪をかき立てようとした。

――入鹿よ、そなたは飛鳥宮を見下ろす甘樫丘に巨大な邸を築き、大王（後の天皇）とその一族にしか許されない「八佾の舞」を舞わせて祖先の祭祀を行った。また大王だけが使役できる部曲を無断で徴用し、「今来の双墓」を造営した。これらが謀反の証しでなくて何であろう。

「八佾の舞」とは、大王の一族にだけ許された古代中国の雅楽の編成で、「今来の双墓」とは、蝦夷と入鹿が造営した生前墓のことだ。

――しかしそうしたことは、些細なことにすぎない。

入鹿の最大の罪は、厩戸王子の血脈を受け継ぐ山背大兄王の一族を滅ぼしたことにある。

──これぞ臣下にあるまじき行為！

中大兄は大きく息を吸うと、共に大極殿の脇殿の陰に隠れる佐伯子麻呂（さえきのこまろ）と葛城稚犬養網田（かつらぎのわかいぬかいのあみた）を見た。二人は韓人の衣装を着けており、手にしている長剣は、韓人の朝貢品の中に隠しておいたものだ。

──鎌足はどこにいる。

儀式が始まるや、鎌足は配下の者たちを使い、飛鳥宮の十二の門すべてを閉ざす予定になっていた。おそらく手抜かりはないのだろうが、鎌足の姿が見えないだけで不安になる。

瓦で葺（ふ）かれた大極殿の屋根を、激しく雨が叩く。それでほかの物音がかき消されることに、中大兄は気づいた。

──足音が消せるなら、警固の武官たちが気づくのも遅れる。やはり、やるべきだ。

決意が次第に凝固してくる。

やがて十人ほどの群臣を従えた大臣（おおまえつきみ）の蘇我入鹿が姿を現した。

群臣とは、大夫（まえつきみ）（政府高官）や国造（くにのみやつこ）（豪族）たちのことを言う。

──何と憎々しい姿か。

入鹿は紫冠をかぶり、紫色の朝服を着ている。腰の上に回した長紐は鮮やかな朱色で、紫主体の装束を引き締めている。

紫冠は冠位十二階で定められた五冠を超越したもので、蘇我氏の族長位にある者だけがかぶれることになっている。蘇我氏だけが群臣の中で特別な存在だということを、強く主張するために設けられたものだ。

傲慢さをあらわにして周囲を睥睨した入鹿は、すでに整列している三韓の使者たちに軽く目礼し、恭しく歩を進めた。雨をものともしないその悠然とした姿は、この国の実質的支配者が誰かを、三韓の使者たちに知らしめようとしているかのようだ。

その時、俳優と呼ばれる道化役を兼ねる案内役が現れ、入鹿に何か話しかけた。

この俳優には鎌足の息が掛かっており、「三韓の使者が無剣で儀式を行うことを望んでいる」と告げているはずだ。しかし入鹿は首を左右に振り、腰に手を当てて拒否の姿勢を示した。これまでは儀式で帯剣を外すことなどなかったので、そうした異例を嫌っているに違いない。

一方、入鹿の背後にいる蘇我倉山田石川麻呂は帯剣を外し、俳優に手渡した。

入鹿が石川麻呂に何か問うと、石川麻呂が答えている。おそらく「三韓では儀式で帯剣を外すことが多いと聞きます。此度は三韓の使者を迎えた大事な儀式なので、かの者たちの望みを容れましょう」と言っているのだろう。

石川麻呂は入鹿の従兄弟（いとこ）にあたり、一族の重鎮として入鹿からも一目置かれていた。だが石川麻呂は蘇我氏の族長の座に就きたいという野望を持ち、鎌足の誘いに一も二もなく乗ってきた。

――外せ。外してくれ。

中大兄は心から念じた。

石川麻呂が背後に向かって何か言うと、付き従ってきた者たちも帯剣を外して俳優に渡している。それを見ていた入鹿は、致し方なさそうに帯剣に手を掛けた。

それでも躊躇していると、俳優が何か戯（ざ）れ言（ごと）を言った。それが入鹿の緊張を解いたのか、笑みを浮かべて帯に手を掛けると、止め紐（ひも）を解いて帯剣を外した。

――これでよい！

中大兄は心中、快哉（かいさい）を叫んだ。

自邸内で寝ている時でさえ、剣（つるぎ）を肌身離さず持っていると噂される入鹿である。渡来人から剣の稽古をつけてもらっているとも聞く。そんな入鹿を討つには、まずその剣を奪う必要があった。そのために練りに練った秘策がこれなのだ。

入鹿が俳優に帯剣を渡す。それを確かめた中大兄は、額から垂れる雨混じりの汗を拭い、再び入鹿の動きを注視した。

剣を抱えて去っていく俳優の背を不安げに見ていた入鹿だったが、やがて群臣を従え、縦に整列する三韓の使者の隣に並んだ。入鹿は大臣なので、整列した者たちよりも一歩前に出る形になる。続いて石川麻呂が進み出ると、入鹿の前に立った。石川麻呂は、「三韓の表文」と呼ばれる上表文を読唱することになっている。

今回の儀式は、三韓すなわち高句麗・百済・新羅三国が、大和国（日本）の仲立ちにより和睦を結ぶという誓約を皇極大王の前で誓うというものだ。

——入鹿よ、そなたは、この和睦を成立させることに心血を注いできた。しかもそれによって絶対的な権勢（権力）を築き得たと思っているはずだ。だが、それは違う。入鹿の偉大な業績に心が折れそうになるのを堪え、中大兄は入鹿の政策が間違っていると思い込もうとした。

——三韓の和睦をまとめることで、そなたは大和国を含めて四国の頂点に立ったつもりでいるのだろう。そして群臣の力を結集して唐を討ち、この世の王になるという大それた野望を果たそうとしているのだ。

中大兄は、鎌足が語った入鹿討伐の大義に必死にすがり付こうとした。

「このまま入鹿の思い通りにさせておけば、ゆくゆくは唐と戦うことになり、間違いなく大敗を喫します。さすればこの国は唐の一部になり、われらの多くが農奴とされます」

鎌足は半島の争乱に関与しないことこそ、この国を守ることだと信じていた。

その時、突然、「大王の出御」という史の高らかな声が聞こえた。続いて大極殿の奥から供の従女（女官・侍女）を従えた皇極が姿を現すと、石川麻呂を除く全員が拝跪の姿勢を取った。

拝跪の姿勢とは、左膝をついて両手を組み、頭を下げることだ。

——母上、お目を汚すことになりますが、ご容赦下さい。

中大兄は心中で皇極に詫びた。

佐伯子麻呂と犬養網田が入鹿を討った後、中大兄は大極殿の五級の階に駆け上り、この襲撃が正当なものだと皇極の前で宣言するのだ。

皇極が常と変わらぬ優雅な身のこなしで玉座に着く。その頭上には屋根があるので、濡れ鼠となった居並ぶ者たちとの対比が鮮やかだ。

位階に合わせた色とりどりの朝服を着た百を超える史と武官が、三韓の使者たちと共に大極殿の前庭に拝跪する光景は、まさに壮観の一語に尽きた。しかし誰もが、この雨に堪えきれなくなっており、一刻も早く儀式を終わらせてほしいと願っているに違いない。

——いよいよだな。

刻一刻と迫る勝負の時に、中大兄の心は身震いしていた。

やがて石川麻呂は「三韓の表文」の読唱を始めた。

その時、ふと傍らを見ると、子麻呂と網田が震えているのに気づいた。

「しっかりしろ」

中大兄は小声で叱責したが、二人は心ここにあらずといった有様だ。

──何か落ち着かせる方法はないか。

その時、中大兄は水を持ってきたことに気づいた。

「これを飲め」

「は、はい」

まず子麻呂に渡したが、子麻呂はそれを飲むと、すぐに吐き出してしまった。

──此奴(こやつ)らはあてにできぬ。

二人が刺客(しかく)の用をなさないのではないかという危惧(きぐ)がわき上がる。

「心を強く持て。必ずうまくいく」

中大兄の言葉にうなずく二人だが、その顔色は蒼白だ。

その時、石川麻呂の読唱が乱れているのに気づいた。遠目から見ても、手が震えているのが分かる。事前の打ち合わせでは、読唱が終わった直後に襲い掛かる手はずになっていたが、入鹿に不審に思われては終わりだ。入鹿を見ると、射るような眼光で石川麻呂を見つめている。

石川麻呂の声がさらに乱れる。いかに大王の前とはいえ、これだけ緊張するのはおかしい。

次の瞬間、石川麻呂が上表文の束を落とした。慌(あわ)ててそれらを拾い集める石川麻呂を手助けするかのように入鹿は近づくと、その耳元で何事かを囁(ささや)いた。おそらく「何ゆえ震えおののく」と問うたに違いない。首を左右に振りつつ石川麻呂は何か言ったが、その挙動はぎくしゃくしている。それを見た入鹿の顔が、さらに険しいものに変わる。

――もはや猶予(ゆうよ)はない。

だが頼みの子麻呂と網田は、とても入鹿を討てるような状態にない。

――やはりだめだ。今日はやめよう。

弱気の虫が騒ぎ始めた。

――だが、ここでやめたらどうなる。この儀式によって入鹿の功績が母上に認められれば、それに反対することは反逆に等しいことになる。

つまりこの儀式の後で入鹿を殺すことは、皇極の意向を否定することにつながる。

――儀式を続けさせてはならない！

鎌足の言葉が脳裏によみがえる。

「蘇我氏は悪(あ)しき者たちです。彼奴(きゃつ)らを滅ぼさねば、大王家は名ばかりとなり、すべての権勢は蘇我氏のものとなるでしょう」

――この国を入鹿のものにしてたまるか！

中大兄は槍を握り直すと言った。

「私に続け」

「えっ」

「当初の段取りでは、そなたらが入鹿を討った後、私が大王の前に進み出で、この襲撃の正当性を説くつもりでいた。だが、そなたらでは入鹿を討てぬ。私が最初の一撃を浴びせるので、それに続け」

二人が顔を見合わせる。

「分かったか」

「は、はい」

――入鹿め！

中大兄は憎悪の塊と化そうとした。

石川麻呂の読唱はさらに上ずり、入鹿の不審は頂点に達していた。群臣の中には、小声で何事か囁き合っている者もいる。

――これからすることは、この国のためなのだ！

長槍を捨てた中大兄は剣を抜いた。直感的に接近戦になると思ったのだ。

――どうとでもなれ！

大きく息を吸い込むと、中大兄が物陰から飛び出した。二人がそれに続く。整列した者たちの先頭までは二十間（約三十六メートル）ほどある。その距離を誰にも邪魔されずに駆け抜けねばならない。

横殴りの雨が吹き付ける。すでに周囲は暗くなり、雷鳴も頭上で鳴り続けている。

砂利を踏む音に驚いたのか、そこにいる者たちが一斉にこちらに顔を向けた。だが何が起ころうとしているのかまでは分からないのだろう。武官たちも拝跪したまま動かない。

雨滴が顔に掛かり、驚く者たちの顔が次々と後方に去っていく。砂利に足を取られ、速く走れないのがもどかしい。それでも中大兄は懸命に走った。

異変に入鹿も気づいたようだ。しかし拝跪の姿勢のまま肩越しにこちらを見ているだけだ。おそらく、国家的儀式の場で襲撃されるとは考えてもいないのだ。

「蘇我入鹿、覚悟せい！」

言葉が迸った次の瞬間、天が割れたかと思うほどの雷鳴が轟き、青白い光が大極殿を照らした。

ようやく入鹿の顔に恐怖の色が浮かんだ。同時に居並んだ者たちが算を乱して逃げていく。だが入鹿は大臣という自らの地位を思い出したのか、その場から動かず、ゆっくりと立ち上がると腰に手をやった。だが、そこに帯剣がないのに気づき、顔色が変わった。

慌てて逃げ出そうとする入鹿の肩に中大兄の長剣が振り下ろされる。

——しまった！

最初の一撃は冠を叩き落としただけだった。入鹿が背を見せると同時に、中大兄は再び剣を振り上げた。

「死ね！」

今度は手応えがあった。入鹿の袍(ほう)の左肩から腰に掛けて裂け目が走ると、鮮血が迸る。

「何をする！」

振り向いた入鹿の顔は、怒りとも恐怖ともつかない凄(すさ)まじい形相になっていた。

「なにゆえ——、なにゆえかような狼藉(ろうぜき)をいたすか！」

皇極の庇護を求めるかのように、入鹿は大極殿の方に逃れようとした。

皇極が立ち上がるのが一瞬、視界の端に捉えられた。

その時、背後から中大兄を追い抜いていった子麻呂が入鹿の足に斬りつけた。事前の打ち合わせでは、入鹿の動きを止めるため、第一撃は足と決めていたのだ。

入鹿は「おおっ！」という声を発すると、その場に転がった。それでも五級の階にたどり着くと、それを這うように上った。

そこに網田の一撃が振り下ろされる。

「ぎゃー！」

入鹿が鮮血にまみれながら振り向く。

その形相に恐れをなしたのか、子麻呂と網田は剣を構えたまま後ずさった。

「どけ！」

二人を左右に分けた中大兄は剣を振り下ろした。だが、鈍い音がして剣が折れた。腰骨に当ててしまったのだ。

その時、入鹿が玉座にいる皇極に向かって叫んだ。

「臣、罪を知らず。大王、何ゆえ私が、かような目に遭わねばならぬのですか！」

その言葉にかぶせるように、背後から入鹿の襟首を摑（つか）んだ中大兄が喚（わめ）く。

「大王、この者の罪は明らか。この者は――」

中大兄は背後を見渡しながら大声で告げた。

「大王の座を狙っております！」

「何を言うか。大王の座に就けるのは大王の血脈のみ。それを心得ぬ入鹿とお思いか！」

「黙れ！　そなたが大王の王統を廃絶させようと企んでおることは、誰もが知っている！」

中大兄が背後にいる二人に剣を渡すよう合図する。だが二人は足がすくんで階を上れない。

「どうした。早くしろ！」

彼らの身分では、大極殿の階を上るという行為が畏れ多くてできないのだ。

だが、これで入鹿に隙を与えてしまった。入鹿は懸命に皇極に懇願した。

「大王、私に叛意などないことは、大王が最もよくご存じのはず！」

皇極は唖然として中大兄と入鹿を交互に見ていた。この一件を起こしたのが自分の息子でなければ、すぐにでも捕らえるよう命じたに違いない。

――だが私は大王の子なのだ。

事ここに至れば、中大兄はその立場にすがるしかない。

「母上、どうかご聖断を！」

中大兄は、皇極のことをあえて「母上」と呼んだ。

その時、背後で「放せ！」という声がしたので振り向くと、子麻呂と網田が駆けつけてきた武官たちに取り押さえられている。

――しまった。

これにより、中大兄は武器を手にすることができなくなった。

続く皇極の言葉次第で、中大兄も捕らえられる。

――ここで母上が「この者たちを捕らえよ」と仰せになれば、私は配流となり、二度と飛鳥には戻れまい。もちろん王位に就くことも叶わなくなる。残された子麻呂と網田は入鹿の手で殺される。鎌足も同じだ。いや、配流地への護送途中に私も殺されるだろう。

そうなれば蘇我氏の支配は続き、その権力は大王一族を上回っていくに違いない。

「大王、私が何をしたというのです！」

入鹿が哀願する。

「母上、この者は大王の地位を簒奪しようとしております！」

その時、ようやく皇極が呟いた。

「朕は与り知らぬ」

皇極は玉座から立ち上がると、奥へと向かった。

「お待ちあれ。お待ち下さい！」

追いすがろうとする入鹿の背を踏みつけて振り向くと、武官たちの背後に鎌足の顔が見えた。

武官たちはどうしてよいか分からないのか、子麻呂と網田を押さえつけたまま、左右を見回している。

――誰かの下知を待っているのだ。

「皆の者、この者たちを捕らえろ！」

入鹿もそれに気づいたのか、肩越しに振り向いて命じる。だが入鹿の声は弱々しく、雨の音にかき消された。

「鎌足、これへ！」

「はっ」と言うや、鎌足が武官たちをかき分け、階の下に馳せ参じた。

「剣を渡せ」

「はい」

鎌足は腰の帯剣を外すと、それを厳かに捧げ持ち、入鹿を踏みつける中大兄に献上した。

「入鹿、覚悟しろ！」

再び雷鳴が轟き、閃光が入鹿の顔を青く照らす。

「よせ、何をする。わしを殺せば、国内は混乱し、この国は唐に蹂躙されるぞ」

「そんなことはない！」

「わしを殺しても、わが父蝦夷が健在である限り、そなたらは滅ぼされる。今ならまだ間に合う。そうだ、そなたを王位に就けると約束しよう！」

「何を言うか。これまで大王の威を借り、この国を支配してきたことを、いかに弁明するのか」

「弁明だと。わしには弁明などない。わしは仏意に従い、この国のために一身を捧げてきたのだ！」

「それは仏意ではない。そなたの邪悪な心のなせる業だ！」

「わしには邪悪な心などない。わしの心にあるのは――」

口から血を吐き出しつつ入鹿が叫ぶ。

「この国のことだけだ」

「いや、違う！　そなたは己のことしか考えておらぬ。今こそ裁きを受けよ！」

中大兄が剣を振り上げる。

「何と愚かな。わしを殺せば、この国は滅ぶぞ」

「滅ぶものか。これが仏意だ！」

中大兄が入鹿の背に剣を突き立てた。

「あっ、く、く、ぐあー！」

入鹿の断末魔の叫びが耳朶を震わせる。

「逆臣、蘇我入鹿を討ち取りました！」

中大兄が誰もいない玉座に向かって叫ぶ。

「おう！」という声に振り向くと、鎌足たちが弓や剣を掲げて声を上げている。子麻呂と網田も、いつの間にか解放されていた。

入鹿が殺されたことで、流れが一瞬にして変わったのだ。

入鹿の顔をのぞき込むと、すでに息絶えたのか、瞳を閉じて微動だにしない。その顔に浮かんでいた無念の形相も和らいできている。

——天寿国への道を歩んでおるのだな。

息絶えた入鹿の背から剣を抜き取った中大兄は、それを天にかざした。

いつの間にか雨雲は去り、耳成山の上空に掛かる雲間から光が差してきていた。

「あれを見よ！」

中大兄が耳成山の方角を指すと、その場にいた者たちの顔も一斉にそちらを向いた。

「あの光こそ、わが行為が仏意であることの証しだ！　これは新しき世の到来だ。われらは新しき国家を造るのだ」

「おお——」というどよめきとともに、群臣や武官が平伏する。

中大兄の掲げる剣に太陽光が反射する。

——私は勝った。勝ったのだ。

「うおー！」

中大兄が勝利の雄叫びを上げると、そこにいた者たちも快哉を叫んだ。

皇極四年（六四五）六月、飛鳥の地には光が溢れていた。

かくして乙巳（いっし）の変は成功し、大和国の舵取りは中大兄と中臣鎌足に託された。大化の改新である。しかしその政治方針は、それまで政権を担っていた蘇我氏のものと一線を画しているとは言い難く、蘇我氏に集中していた権勢を、中大兄と鎌足が奪ったに等しいものだった。

では誰が、その大方針を打ち立てたのか。

この物語は、大化の改新の前代を生き、この国のカタチを作った一人の男の苦闘の足跡をたどったものである。

第一章

蕃神の守護者

一

欽明三十一年（五七〇）二月、父の稲目が倒れたという知らせが入った。馬子は百済人から献上された馬高五尺（約一・五メートル）の「鬼葦毛」を駆り、稲目の別邸・軽の曲殿に赴いた。

屋敷の前では、多くの従女を引き連れた美女媛が、馬子の到来を待ち受けていた。

欽明二十三年（五六二）、百済に援軍として派遣された大伴狭手彦が高句麗に攻め入り、敵城の一つを攻略した際、逃げ遅れた王族の娘を捕虜にした。それが美女媛だった。帰国した狭手彦は、宝物や仏教の荘厳具と共に美女媛を稲目に献上した。それ以来、美女媛は稲目の妾となり、身の回りの世話をしていた。

「お迎え、ありがたく存ずる」

馬子は「鬼葦毛」から下りると、拝跪の姿勢で頭を垂れた。

「どうぞ、こちらへ」

大和語（日本語）がまだ十分に話せない美女媛に代わり、従女頭の吾田子が応対する。吾田子は対馬の出身で、両国語を話すというので、狭手彦によって飛鳥まで連れてこられた。

「それで、父上の具合はどうか」

吾田子が目を伏せる。

「朝方までは何の異変もなく、常と変わらず書見などしていたのですが、昼餉(ひるげ)の後、具合が悪いと仰せになり、そのまま床に就かれました」

「そうだったのか。話はできるのだな」

「はい。正気は保っておられます」

正気を保つとは、意識がはっきりしていることをいう。

「医博士(くすし)は何と言っている」

「胃にしこりがあるので、その毒が体に回ったのではないかと仰せです」

稲目は以前から食欲不振と胃痛に悩まされていた。医博士の触診により、それが腹中にできる〝おでき（潰瘍(かいよう)）〟の一種だと分かった。そのため軽の曲殿で静養していたが、ここのところ頻繁(ひんぱん)に痛むようになり、朝議に参加することもままならなくなっていた。

「案ずることはない。これまで父上は病一つしたことがなかった。きっと快癒(かいゆ)する」

白絹のような美女媛の手を取り、馬子が言う。

「心を強くお持ち下さい」

水晶のような瞳を馬子に向けた美女媛が、片言の大和語で言った。

「あ、り、が、と、う」

――わしがついておる。心配は要らぬ。

言葉には出さないものの、その意が通じたのか、美女媛がその白い顎をかすかに上下させた。

「では、案内してくれるか」

「はい」と答えて吾田子が先に立つ。

二人の先導で稲目の居室に入ると、中央に置かれた寝台の上に稲目が仰臥(ぎょうが)していた。その顔は苦痛に歪み、頬は土気色(つちけ)をしている。かつては黒々としていた美髯(びせん)も、今は白いものが増えて艶(つや)がない。

――これは駄目かもしれない。

この時代の医療は、病がどの程度進んでいるかを触診と顔色で判断する。

――爪の色も青い。

衾(ふすま)から出された手の先を見ると、青黒くなった爪が並んでいた。爪の根本の色が赤みを帯びていれば、病人はまだ生きられる。しかし海のように青いと、病人の死期が迫っているという。

「父上、馬子です。急を聞いて駆けつけてまいりました」

あえて明るい口調で馬子が声を掛けると、稲目がゆっくりと目を開けた。

「馬子、か」

その声はかすれており、かつてのように生気に溢れたものではない。

「どうやら、わしも長くはなさそうだ」

「何を仰せですか。まだ死相は表れておりません」

「己の寿命も分からんで、大臣(おおまえつきみ)が務まるか」

稲目が自嘲的な笑みを浮かべる。

大臣とは群臣の頂点に立ち、彼らの意見をまとめて大王(おおきみ)に伝える役で、稲目一人がその職に任じられている。それに次ぐのが大臣とほぼ同格の大連(おおむらじ)で、残る群臣は大夫(まえつきみ)と呼ばれ、対等の位置付けになる。

大和朝廷（大和王権）の氏姓(うじかばね)制度は、血族を表す氏と政権内の地位（氏族の称号）を表す姓から成っていた。臣と連は姓にあたり、臣は地域の王だった大豪族に、連は特定の職能によって大王に仕えてきた豪族に与えられた。この頃、臣の長の大臣には稲目が、連の長にあたる大連には物部尾輿(もののべのおこし)が就いていた。

「父上がいなくなれば、この国はどうなるのです」

「だからといって、人の寿命ばかりはどうにもならぬ。いかに心残りがあろうと、御仏が迎えに来た時は、潔く死を受け容れるだけだ」

「しかし父上――」

「もう何も申すな。この病は治らん。医博士たちには、胃の腑の痛みを和らげる薬草だけは処方してもらっている」

側近くに控える医博士や助手たちの傍らには、蕪や薄黄などの薬草と、それをすりつぶすための乳鉢や薬研といった道具が見える。

「わしが床に就いたことは、宮中に広まっているのか」

「いや、まだです。私のところに真っ先に知らせが入りました」

「美女媛と吾田子からだな」

馬子がうなずく。

「二人は賢い。わしの死後も召し使うとよい」

「もちろんです」

「馬子、人払いせよ」

「はっ。そなたらは下がっていろ」

政に関する話が出てくると察した馬子は、美女媛や吾田子はもとより、医博士や従女たちを下がらせた。

人の気配がなくなるのを待ち、稲目が小声で言った。

「わが病態は、どのみち二、三日もすれば飛鳥中に知れわたる」

軽の曲殿で働く者たちは五十を下らない。彼らの口を封じるには、全員を殺す以外にない。

「それゆえそなたの口から、わしの引退とそなたへの大臣職委譲を伝えるのだ」

「私からですか」

　この時、馬子は二十歳にすぎず、何の地位にも就いていなかった。

「蘇我家の族長の座はわしの一存で決められるが、大臣職は世襲制ではない。大王の承認が必要になる」

　この時の大王は、馬子の姉の堅塩媛と妹の小姉君を后とする欽明だった。

「仰せの通りです。では、いかにすべきでしょうか」

「まずは物部尾輿の許に赴き、娘の鎌姫（太媛）を正室に迎えたいと告げるのだ」

　尾輿の娘は鎌姫大刀自という名で、馬子と同年代だった。

「鎌姫を、わが正室に迎えよと――」

「そうだ。蘇我と物部の総意として、そなたが大臣職に就くなら、大王とて否とは言えぬ」

　物部氏は軍事・警察・刑罰執行権を管掌しているだけでなく、討ち取ったないしは処刑した死者の霊魂を慰撫する職務を兼ねていたことから、「祟り」を抑える祭祀を司っていた。

　つまり自らの職能が侵されることから、仏教の受容には積極的ではない。それが蘇我氏と物部氏の対立を生んでいた。

「だが、そのことを尾輿には伝えても、守屋には伝えるな」

尾輿の息子の守屋は、鎌姫の兄にあたる。

「まさか父上は、二人を離間させるおつもりですか」

「そうだ。尾輿は物事を感情で判断せぬ男だ。きっとわしの意を汲み、鎌姫を室に差し出すだろう。だが守屋は感情の赴くままに判断を下す。しかも鎌姫を次なる大王に入輿させたいと思っている」

守屋が蘇我一族と共存共栄を果たすつもりがないことは、これまでの言動から明らかだった。守屋は現状維持を望む尾輿としばしば対立し、蘇我氏に代わって権力の座を独占しようという野望を抱いている。

「それだけではない。守屋の背後には、中臣御食子という利け者がおる」

中臣氏は宮廷の祭祀、すなわち「百八十神」の祭祀を一手に担っており、神々の祟りを和らげ鎮めるという重大な使命を帯びていた。すなわち朝廷の神事と祭祀を司るという立場から、仏教の国教化に強く反対し、稲目と対立していた。だが軍事力はなきに等しく、朝廷の軍事を司る物部家と結託しなければ、単独で蘇我氏に対抗する術はない。

「御食子が背後から守屋を操り、この縁談に反対するのは歴然です」

「その通りだ。しかし幸いにして、尾輿は御食子に信を置いておらぬ」

御食子が守屋を操り、物部家の軍事力を利用しようとしていることを、尾輿は見抜いていた。

「父上は、何手も先を読んでいるのですね」

「まあな。ここに横たわり、痛みに苦しんでいても、この頭だけははっきりしておるからな」

稲目が皮肉な笑みを浮かべる。

「では、向後どうすればよいのでしょう」

「それを考えるのはそなただ。今日を限りに、わしの言葉を聞かずともよい」

「それはどういう謂ですか」

馬子が啞然とする。

「これまでわしは宮中に出入りし、誰よりも雑説（情報）に通じていた。それゆえ的確な判断が下せた。だがこれからは違う。ここに病臥していれば、雑説か真説かを見極められぬこともあれば、雑説が古くなっていることもあり得る。つまり蘇我氏の行く末について、わしが口を挟めば、そなたの目を曇らせてしまうことにもなりかねないのだ」

「とは仰せになっても、私のような若輩者に何ができるというのです」

さすがの馬子も戸惑いを隠せなかった。

「これからはそなたの時代だ。そなたの双肩にこの国の先々（未来）が掛かっている。若輩者だろうが何だろうが、そなたがすべて判断し、この国と一族に繁栄をもたらすのだ」

——わしが蘇我家を、いや、大臣としてこの国を支えていくのか。

稲目の言葉が、馬子に重くのしかかってくる。

いつかこの日が来ると頭では分かっていたが、いざその段になると、その重圧は想像以上のものだった。しかし族長位は世襲でも、権力者は世襲ではない。つまり稲目が大臣を退き、首尾よく馬子がその座に就いても、それまで稲目が保持してきた権力と権威が、そのまま馬子のものになるわけではないのだ。

——これは容易なことではないな。

馬子は前途に大きな不安を抱いた。

「思えば長き道のりだった」

稲目が遠い目をする。

「いかにも父上は、長き道のりを歩んでこられました」

「ああ、そうだ。だが終わりのない道はない」

稲目の瞳はここまで歩んできた道のり、すなわち過去の日々を見ていた。

蘇我氏は、葛城（かずらき）地方（大和盆地南西部）に勢力基盤を持つ葛城集団に属する一族だった。その祖は五代の大王に仕えたとされる武内宿禰（たけのうちのすくね）で、石河宿禰―満智（まち）―韓子（からこ）―高麗（こま）と続いて稲目に至る。

葛城氏は五世紀に仁徳（にんとく）大王の后を出すなどして「大王の外戚」の地位を築き、大王一族と共に繁栄してきた。その葛城氏も六世紀になると衰退し、その勢力基盤は徐々に蘇我氏に吸収されていった。というのも稲目の母親は葛城氏の嫡流に近い出だったので、稲目は葛城氏の保有していた土地や財産を継承し、大王一族を凌駕（りょうが）するほどの勢力と財力を有するようになったからだ。

さらに稲目は、葛城氏が営々と築いてきた大王との姻戚関係という強みを生かし、多くの権益を手中に収めていった。とくに外交権を掌握することで、渡来人を傘下に収めたのが大きかった。

渡来人とは中国大陸と朝鮮半島から大和国に渡ってきた人々のことで、高度な学識と技術力を持ち、大和国の発展に多大な貢献を果たしてきた。

かくして稲目によって蘇我氏の勢力は急速に拡大してきたが、いまだ物部氏や中臣氏といった敵対勢力も健在で、蘇我氏が権力を独占しているわけではなかった。

二

稲目が大きく息を吸うと言った。

「これからわしが語るのは、そなたが守っていかねばならないことだ。これらを守る限り、この国と蘇我一族の繁栄は続く」

「ぜひ、お聞かせ下さい」

稲目はうなずくと、かすれた声で語り始めた。

「わしの残せるものの中で、最も大切なのは大王家との絆だ」

「仰せの通り、わが姉妹の堅塩媛と小姉君が欽明大王の后になったことで、大王家との絆は、さらに強固なものになりました」

「その通りだ。大王家あっての蘇我氏ということを忘れるな」

「承知しております。これからも大王家との絆を大切にし、共に歩んでまいります」

「そうだ。そなたの代になっても、大王家にわが一族の血を入れ続け、そなたも次の代も大王の外戚として、その地位を盤石なものとするのだ」

稲目が苦しげな顔をする。

「父上、お加減が悪いのでは」

「いいはずがなかろう。だが今、言い残しておきたいのだ」

「分かりました。お続け下さい」

「二つ目に大切なのは、渡来人たちとの絆だ」

　本来、蘇我氏は大王家の財産を管理する家柄だった。それが国家の入前（予算）を掌握することにつながり、また渡来人を積極的に迎え入れたことで、大伴氏に代わって外交権をも管掌するようになった。

　その結果、蘇我氏は文字を読み書きする知識を独占し、仏教の教義や先進的な技術を文字によって広めていった。さらに朝鮮半島南部でしか取れない鉄を輸入し、鉄素材を鍛錬して鉄器の生産を行った。また灌漑水路工事の方法、馬の飼育、乾田法、須恵器の製造から、国家の蔵や戸籍の管理といった書記（事務）の方法に至るまで、大陸や半島の文物の導入を積極的に行ってきた。とくに鉄製武具を使った軍事技術は、兵器の生産から兵団の運用まで、渡来人たちが圧倒的な優位を築いていた。

「漢土（中国大陸）や朝鮮の技術をこの国に伝え、定着させたのは渡来人たちだ。とくに三韓との外交は、彼らの助言なくして行えない」

　渡来人たちの功績の中でも、最大のものは高句麗・新羅・百済三国と大陸国家の情勢を把握し、的確な助言をする外交顧問的な役割だった。しかし彼らの大半が百済出身ということもあり、百済寄りの政策に傾くきらいがあった。

六世紀になり、新羅の勢力拡大に危機感を抱いた百済は、半島南部の加耶諸国との連携を強くしようとした。ところが新羅は、五三二年に加耶諸国の一つの金官加耶を実質的に滅ぼして傀儡政権を樹立すると、次々と小国を併合して百済を圧迫した。五五二年、漢城（現・ソウル）を新羅に占領された百済は反撃に出るが、自ら先頭に立った聖王が戦死を遂げることで防戦一方になる。さらに五六二年には、加耶諸国の中で最大版図を持つ大加耶が滅ぼされることで孤立し、大和国に救いを求めるしか手はなくなっていた。

こうした情報は渡来人たちからもたらされた。それを直接聞いている稲目と馬子は危機感を共有しているが、それを大夫たちに伝えても、なかなか理解してもらえない。人は危機が自らの身に迫らない限り、真剣になれないからだ。

「もはや加耶諸国は救えない。だが百済だけは助けていかねばならぬ」

稲目が口惜しげに言う。

しかし現実問題として、任那国府なき今、半島への派兵はままならなくなっていた。任那国府とは、加耶諸国から大和国に貸与された広大な駐屯地のことで、朝廷の命で入植させられた兵たちは、平時は自給自足の生活を送り、戦時は戦闘員となった。

「父上、このままいけば新羅による三韓統一は避けられないのでは」

「そうだ。わしはそれを危惧している。新羅に三韓を統一されてしまえば、鉄が入ってこなくなる。いつの日か新羅が兵船を連ねて押し寄せてきた時、鉄製武具が不十分なわれらは、制圧されるのを待つだけとなる」

大和国の仮想敵は、北海（日本海）を隔てて対峙する新羅だった。それを知る百済は、仏教のみならず人材や文物を惜しげもなく大和国に送り、友好関係を保とうとした。だが鉄の供給が止まってしまえば、海を隔てているとはいえ、新羅が侵攻してくるのは確実だ。

「父上、百済を助けていくという方針を堅持していくのですね」

「そうだ。それ以外に道はない」

「しかし百済の恩義に報いることで、この国を滅ぼしてしまってよいのでしょうか」

それが馬子の大きな懸念になっていった。

「それはわしも考えたが、今はまだ新羅と通交する段階ではない」

「分かりました」

「情勢はそのうち変わる。だいいちわれらには仏教がある。仏教を国教としさえすれば、新羅との間にも国交は築ける」

「つまり仏教が、かの国々との絆になるのですね」

数年前、百済の高僧から仏教の法理を説かれた欽明は、その精巧な理論に惹かれ、仏教の受容を群臣に諮（はか）った。だが「わが国固有の神祇（じんぎ）を祀るべき大王が蕃神（ばんしん）を礼拝（らいはい）すれば、古来の神々は怒る」という物部尾輿や中臣御食子らの意見を聞き入れ、稲目個人が礼拝することは許すが、国教にはできないという判断を下した。だが皮肉なことに、それは仏教と渡来人勢力を稲目が独占することにつながった。

すなわち稲目は仏教の祭祀（主宰と管理）を任され、仏教に付随して入ってくる文物や技術を独占することができた。しかも稲目は渡来人集団をその指揮下に置いたため、激しい戦闘が続く中で発達してきた半島の戦術・戦法から武具の製作法までをも、自らのものにできた。

だが仏教には、運がない一面もあった。

「かつて欽明大王は、百済人の説く仏教に心を寄せ、仏像をわしに授けて礼拝させた。だが折悪しく疫病みが流行り、物部尾輿や中臣御食子は、『われら古来の神を捨て、仏なるものを崇めたからだ』と言ってわしを糾弾し、仏像を奪って難波の入江に捨てさせた」

さも口惜しげに、稲目が生色の失われた唇を嚙む。

「あの時は不運でした。まさか疫病みが流行るとは――」

「だが今となって考えれば、あれも仏の思し召しだったかもしれぬ」

「と、仰せになられますと」

「仏は仏敵を見定めるために、自ら入江に身を投げられたに違いない。つまりあの一件で、渡来人たちは、頼むべきはわれら蘇我一族だけだと見切ったのだ」

仏教を受け容れた当初、稲目は国家支配の思想的基盤としようなどとは思っておらず、あくまで外交のための道具だった。だが仏像を見て、百済の僧の講話を聞き、礼拝を繰り返すうちに、稲目は真の仏教徒になった。

稲目が馬子の袖を摑む。

「馬子よ、何としても仏教を国教にするのだ。仏教こそが国を束ねる根幹だ。そのためには壮麗な祭殿か仏舎（寺院）を築き、この世に天寿国を出現させるのが、最も手っ取り早い方法だ」

その世界観の素晴らしさを壮麗な建築物として示した上で、僧侶の講話を聞かせることにより仏教が浸透すると、稲目は渡来人たちから教えられていた。

「しかしそのために、どれほどの財と人が必要になるか――」

「だからこそ、わしのやってきたように屯倉を増やすのだ。三つ目に大切なのは、その屯倉だ」

稲目は国家運営のための資金調達をすべく、屯倉という仕組みを生み出した。屯倉とは、大王に服属した地方豪族である国造の支配地に設けられた貢納地のことだ。

それまでは、国造の自由裁量に任せて貢物を受け取っていた大王一族と朝廷だったが、屯倉の設置により一定の収入が見込めるようになり、国家予算が組めるようになった。

こうした制度の確立も、百済系渡来人の知恵と書記能力のお陰だった。しかもこの制度を統括するのは稲目であり、貢物が朝廷に納入される前に、蘇我氏が経費として一定の利鞘を抜くこともできた。

「仰せの通り、この国のやりくり（財政）は屯倉によって支えられています。この仕組みをもっと敷衍させていかねばなりません」

「それは、そなたの仕事になる」

「しかし屯倉の仕組み作りは、父上だからこそできたことです。私のような若輩者の言うことを、国造たちが聞くでしょうか」

「聞かせねばならん。武力を用いてもな」

朝廷の武力、すなわち軍事は物部氏の管掌だった。だが鉄製武具の導入により、その供給源を押さえている渡来人たちに依存するようになっていた。その渡来人を統括してきたのは稲目だった。すなわち蘇我氏は鉄の供給を統御することで、物部氏の台頭を抑えることに成功した。

「何事も最初が肝心だ。各地に盤踞する国造どもは無知蒙昧だ。力に物を言わせねばならぬこともある」

「分かりました。屯倉によって大王の支配力を強め、新羅の圧力を跳ね返せるだけの国力を蓄えねばならないのですね」

「その通りだ。大臣となったあかつきには、それに邁進するのだ」

「承知しました」

「まずはそなたの大臣就任だ。さすれば、すべてはうまくいく」

「分かっています」

かつて稲目は、競争相手の氏族を封じ込めることに成功した。その手段は実に巧妙だった。

宣化元年（五三六）、安閑に続いて大王に即位した宣化は重臣の選任を行った。慣例に従い、宣化は安閑の時の群臣を、そのまま指名しようとした。ところが稲目は若い宣化を言いくるめ、大夫たちの上に立つ大臣という官職を作り、その座に就いた。

「わしは継体大王によって引き立てられ、さらに宣化大王が即位した年、群臣の最上位の大臣職を創設し、その座に就いた。大伴金村と物部麁鹿火は大夫のままだったので、その上に立ったというわけだ」

それまで稲目は、大伴金村と物部麁鹿火と三者鼎立の状態で政務を執ってきた。だがそれでは、互いの利害が一致しないことは、いつまでも決められない。それゆえ稲目は二人の上に立つ必要があった。虚を突かれた二人は、その時、何の対抗手段も打てなかった。

その後、外交を担当していた金村は、百済から多額の賄賂(わいろ)をもらって任那国府を百済に割譲したことで失脚。以後、朝廷の運営は、死去した麁鹿火に代わって物部氏の族長となった尾輿と稲目の二頭体制となっていた。

——つまり兵事を預かる物部氏と、金蔵と外交を預かる父上の対立は必然だった。

その対立の構図に、朝廷の祭祀を司る中臣氏が物部氏を支持する形で加わることにより、双方の対立は激化した。しかも稲目の力が衰えるにしたがい、中臣御食子は大夫に名を連ねる者たちを自陣営に取り込み、物部支持派の力を徐々に強めていた。

「わしの歩んできた道は、決して平坦ではなかった。だが仏を知ることで、すべての苦労は報われた。馬子よ——」

稲目が苦しげに言う。

「人の心は欲に満たされておる。それに唯一打ち勝てるのが、仏を信じる心だ。この国古来の神々には欲に勝つ力がない。しかし仏教は違う。仏教を礎にしてこの国を造るのだ」

「父上は仏教なくして、人の欲心は抑えられないと仰せですか」

「そうだ。今この時から、すべてはそなたの判断に委ねる。ただし、仏教を国教として国造りをするという大方針だけは捨ててはならぬ」

「もちろんです。父上の後を引き継ぎ、仏教を礎とした国家を造っていきます」

「それでよい。馬子よ、それだけは忘れてはならぬぞ」

「はっ、忘れません」

「それでもわしが死ねば、必ず物部や中臣らは徒党を組み、仏教とわが一族を攻撃してくる」

「われらには仏のご加護があります。もし彼奴(きゃつ)らと戦うことになっても、打ち勝ってみせます」

馬子は渡来人の鉄製武具や軍事力を駆使すれば、物部氏に十分に対抗できると踏んでいた。

「それは最後の手段だ。まずは、彼奴らを味方にすべく懐柔(かいじゅう)するのだ」

「しかし父上は先ほど――」

「国造らは兵威によって抑えられる。だが物部の兵力は、国造とはわけが違う。力と力でぶつかり合い、互いに疲弊(ひへい)すれば、喜ぶのは新羅だ。われらは心を一にし、外圧を跳ね返していかねばならぬ」

稲目の目が不安げに曇る。

「分かりました。この馬子、父上の思いを継ぎ、この国を守り抜いてみせます」

稲目は「その意気だ」と言って満足げに微笑むと、顔を引き締めた。

「よいか馬子、大王家との絆、渡来人の支配、そして屯倉の拡大の三つを忘れてはならぬ。だがそれ以上に大切なのが仏教だ。仏教がこの国を一つにさせるのだ。それゆえそなたが力を付けるまで、物部氏との間に波風を立たせるな」

「力を付けるまでと――」

「そうだ。それまでは何を言われようと隠忍自重するのだ」

稲目が顔をしかめる。

「父上、痛みますか」

「ああ、痛む。しかしこの痛みも仏の思し召しと思えば、ありがたいものだ」

馬子にとって、これまで尊崇の対象だった稲目が、仏を頼ることで随分と小さく見えてきた。

――だが、それほど仏の力とは大きなものなのだ。

馬子は仏教の力を思い知った。

「馬子よ、そなたは、わしの信仰心が篤いことを不思議に思っておるのではないか」

「いや、そんなことは思っておりません」

図星を突かれた馬子がたじろぐ。

「わしとて当初は、渡来人たちを束ねられるという理由から仏教を信じるふりをしていた。だが仏教には精緻に組み上げられた理屈があることに気づいた。それで仏教書を読み、高僧の教えを聞き、これは信じるに足るものと思ったのだ。しかも仏教には、この国古来の神道にはない国家鎮護という目的がある。それこそは、わしの目指すものと同じだ」

　神道は地域社会の安寧を祈るだけで、国家的な広がりのないものだった。しかし仏教には国家鎮護を祈るという使命があり、大王家を中心とした統一国家を築こうとしている稲目には、それが魅力的に映ったのだ。

「それだけではない。仏教には魂の救済という大命題がある」

　仏教には、ひたすら仏像に祈りを捧げることで、日々の生活の苦しさや先々の不安といったものを一時的に忘れられるという効用もある。

「わしは今、死を迎えようとしている。誰でも死は怖い。だが御仏を信じることで、安らぎを得られたのだ」

「父上がそうしたお気持ちになられたのなら、それ以上のことはありません」

「今、そなたは若く、何者も恐れぬ英気がある。だがいつかはそれも衰える。その時こそ、仏教のありがたみが分かるはずだ」

　馬子にも、ようやく稲目の気持ちが分かってきた。

　——人は衰えれば何かにすがらねばならない。父にとって、それが仏教だったのだ。いつかは、わしも仏教にすがる日が来るのか。だが、それは今ではない。

「では、これにて」

馬子が一礼し、稲目の居室から出ていこうとすると、背後から「待て」と呼び止められた。

「まだ、何か――」

「ああ、いくつかある。まず美女媛をそなたに授ける」

「えっ、今何と――」

「そなたと美女媛が男女の仲であることくらい、わしにも分かる」

稲目は高齢で体調もよくなかったため、美女媛を妾にしていたものの手を付けていなかった。

「ご存じでしたか」

「当たり前だ。わしの目を節穴だと思うな」

稲目が弱々しい笑い声を上げる。

「馬子よ、そなたと美女媛のことは、わが一族にとって幸いだった」

「と、仰せになられますと」

「美女媛をそなたの妾にすることで、渡来人たちはそなたに従う」

男女のことまで政に結び付けて考える稲目は、やはり生粋の政治家だった。

――それほど国家の礎を固めていくことは大変なのだ。

政に携わる限り、そうした姿勢は見習わねばならない。

「父上は、そこまでお考えだったのですね」

「当たり前だ。わしはこの国を統べていくと決意した時、私情を捨てた。いつの日か、そなたもわしと同じ立場から決断を下さねばならぬ時が来る。例えば——」

稲目の顔が悲しげに歪む。

「この国のために、美女媛と別れた方がよいと判断する時が来るやもしれぬ。いかに美女媛が愛おしくても、政を執る者（執政）が人としての感情を重んじれば、この国は滅ぶ」

稲目は冷徹な政治家として欽明を支えてきた。そのために個人的に犠牲にしたものも多かったに違いない。

——つまり政を執る者は、人としての心を殺さねばならぬということか。

美女媛は暗喩にすぎず、馬子は今後、人としての感情を押し殺していかねばならないのだ。

「父上——」

馬子は片膝をついて頭を垂れた。

「美女媛を謹んで拝領いたします」

「ああ、それがよい。だが——」

「分かっております。美女媛も手駒の一つ——」

「そうだ。それでこそ蘇我家の族長だ」

稲目が骨と皮だけになった手を伸ばす。それを馬子が摑む。

「馬子よ、わしを超えていけ」

「父上を超えるなど――」

今の馬子には、それは遠すぎる道のりに思えた。

「先人は超えるためにある。わしを超えるぐらいのつもりでいないと、この国を治められぬ」

「はっ、そのお言葉、胸に刻みます」

稲目が腕を下ろした。

「ここだけの話だが、大王も長くはないだろう」

それは宮廷内のもっぱらの噂でもある。

「そなたは、王子との絆を強めておく必要がある」

王子とは、太珠敷尊(ふとたましきのみこと)こと、後に大王となる敏達(びだつ)のことだ。

「その手立ては――」

「額田部(ぬかたべ)(後の推古(すいこ)天皇)だ」

「わが姪の額田部を王子に嫁がせるのですか」

欽明と稲目の娘の堅塩媛の間には、七男六女があった。そのうちの四番目(次女)

が、十七歳になる額田部だ。王子の太珠敷尊とは異母兄妹になる。

「わが外孫の額田部を王子に嫁がせ、大王一族との絆をいっそう強くするのだ」

「額田部でなければいけませぬか」

「なんと――。そういうことだったか」

稲目は目を閉じると言った。

「馬子よ、あきらめるのだ」

「なぜですか。額田部には適齢の妹が二人います」

「では、なぜ額田部では駄目なのだ。それをいかに王子に説明する」

馬子に言葉はない。

「かねてより王子は武張ったことが好きで、守屋と仲がよい。それを覆すには、美貌と知恵を併せ持つ者に頼るしかない」

「そういうことでしたか」

馬子が俯く。

「馬子よ、堪えるのだ。それがこの世を統べる者の宿命なのだ」

稲目が唇を嚙む。

「しかし額田部の入輿を私の一存で決められるのでしょうか。必ずや物部や中臣らは反対し、己たちに都合のよい后を入輿させようとします」

「おそらく、そうなるだろう。それゆえ、わしに策がある」

馬子が身を乗り出す。

「それは何ですか」

「そなたには内緒にしてあったが、若いそなたには後見人が必要だ」

「後見人と仰せか」

後見人は、同族の長老から選ばれるのが一般的だ。

蘇我氏には「八腹臣等」と呼ばれる強力な同族集団があった。境部・小治田・久米・桜井・田中・箭口氏らだ。稲目は氏族の形成にも熱心で、馬子の庶兄や弟を諸方に通じる交通上の要所に配し、飛鳥を守るようにしていた。

だが後見となると、適任者はなかなかいない。

「後見人は分かりますが、それが額田部の入輿と、どう関係が――」

「つまりだ。そなたは後見人と力を合わせて、わが死後の混乱を治めていかねばならない。それができるか」

「父上のご指名とあればもちろんです。それで、いったい誰をご指名か」

「その前に、そなたは、その男と力を合わせていけると誓えるか」

「誓います」

「分かった」と言うや、稲目が大きく息を吸うと言った。

「なんと——」

——父上は老耄したのか。先ほど尾輿と守屋父子を離間させると言っていたのに。

馬子が絶句する。

「そなたは、わしが老耄したとでも思っておるのだろう」

「いや、そんなことは——。しかし、あまりに意外な名だったので驚いておるのです」

「そうであろう。これは考えに考えた末の策だ」

「なぜ敵と手を組むのですか」

馬子には、どうしても納得がいかない。

「そなただけでは対抗しきれぬからだ。しかも守屋の合意が取れない限り、額田部の入輿は成就しない」

「その見返りに守屋には何を——」

「守屋を大臣とする」

守屋を馬子と同等の大臣とすることで、馬子の大臣就任を円滑に進めようというのが稲目の考えだった。しかもそのために、馬子は守屋の妹の鎌姫を室に迎えることになる。

「それでは権勢を二分することになります。いや、大臣にしてしまえば、義兄の守屋が私の上に立つことになります」

「分かっている。守屋はここぞとばかりに宮廷内の発言力を強め、権勢の拡大に走るだろう。それをいかに抑え、時が来るのを待つことができるかが勝負なのだ」

「つまり尾輿と守屋を離間させつつ、双方共に懐柔していくのですな」

「そうだ。守屋は大臣になり、有頂天になるだろう。しかし父の尾輿が守屋に内緒で、そなたと鎌姫の縁談を進めていたと知れば、不快になるはずだ」

稲目の深慮遠謀（しんりょえんぼう）は、馬子の想像もつかないものだった。

「なるほど。そういう細かい手を打っていくのですね」

「そうだ。人は感情の生き物だ。たとえ小さな疑念でも、それが育てば疑心暗鬼になる。そうした手を地道に打っていくことで、いつか道は開ける」

「父上、分かりました。物部一族と手を組みます」

「よくぞ分かってくれた。くれぐれも慎重にな」

「もちろんです。一筋縄ではいかぬ相手です。事は慎重に運びます」

「よし、行け。すでにそなたの戦いは始まっておるぞ」

「では！」

軽の別邸を後にした馬子は、「鬼葦毛」にまたがると元来た道を引き返した。

手綱を引くと、「鬼葦毛」は瞬く間に全力疾走に移った。清新な空気が胸に満ちる。

――わしは父上以上の者になる。見ていろよ！

「うおー！」

獣のような雄叫びが迸る。「鬼葦毛」の馬足があまりに速く、周りの風景がどんどん後方に押しやられていく。

――わしが新しい国を造るのだ！

胸内から溢れ出てくる熱気の奔流に、馬子は身を委ねていた。

この数日後、稲目は死去する。享年は七十六で、大臣就任から三十四年の月日が経っていた。

三

欽明三十一年（五七〇）三月一日、蘇我氏の族長となった馬子は、稲目の盛大な葬儀を催し、蘇我氏の勢威が衰えていないことを示した。

蘇我氏の墓域は飛鳥川支流の冬野川流域にある。しかし稲目は、畝傍山の東南麓に位置する軽の地に壮大な墳墓を営むことを遺言した。

稲目の葬儀は盛大なものとなり、群臣の大半が集まった。その中には物部守屋の姿もあった。

「此度のご不幸、お悔やみ申し上げる」

葬儀が終わるやいなや、守屋が擦り寄ってきた。笑ってはいないものの、その髭面はいつになく喜びに溢れているように感じられる。

「ありがとうございます。皆様のお力添えにより、盛大に父を送り出すことができました」

「それは何より。お力を落とさぬように」

守屋の息が酒臭い。葬儀に来る前まで祝杯でも挙げていたのだろう。

――果たして此奴とうまくやっていけるのか。

馬子は、どこまで堪えられるか自信が持てなかった。

二人は並んで墳墓の丘陵を下り、互いの馬をつないである場所に向かった。

「父から内密に根回しがあったと思いますが、大臣への任官を承諾いただけますね」

「喜んでお受けしましょう」

守屋が下卑た笑いを浮かべる。

「その代わり、私の大臣就任にも異を唱えることはないですね」

「もちろんです。それが条件ですから」

「ありがとうございます」

「これで、われらの時代の到来ですな」

守屋が満足そうにうなずく。すでに稲目の葬儀など忘れているのだ。

「後見人の件もお引き受けいただき感謝しております」

「なんの。私でよければ頼りにして下さい」

馬子と同格の大臣になっただけでなく、馬子の後見人とされたことで、守屋は優位に立てると思っているのだ。

「早速、大王の許に参じ、新たな体制をご承認いただこうと思いますが――」

「お待ちあれ」

その時、背後から現れたのは中臣御食子だった。御食子は狐目をつり上げ、口端を歪めて不満をあらわにしている。

「聞きましたぞ」

「おお、御食子殿も聞いたか。亡き稲目殿のご配慮により、わしも大臣になれる」

「その代わりに馬子殿の大臣就任を認めねばなりませぬぞ」

「それがどうした」

いぶかしむ守屋を制して馬子が問う。

「御食子殿、何か不都合でもおありか」

「そなたはまだ二十歳ではないか。大臣としては若すぎる」

「若すぎるとは異なことを申される。私は父の稲目に付き従ってきたので、諸事万般に通じております」

「だが先例はない。大臣職は世襲ではないゆえ、しかるべき者を一族から出し、そなたが三十になったら任ずればよいではないか」

御食子としては大臣の座から蘇我氏嫡流を遠ざけ、守屋を操り、実質的な権力を握ろうというのだろう。

「お言葉を返すようですが、わが父は二十四歳で大臣の座に就き、以後、五十年余にわたって政を取り仕切ってきました」

大臣位は稲目の提案によって作られた職なので、当初から大臣ではないものの、大夫に就任した二十四歳の時から、実質的に政を司ってきたのは間違いない。

守屋が鷹揚な口調で言う。

「中臣殿、まあ、よいではないか。亡き稲目殿の置き土産だ。無下にはできぬ」

「しかし大王はご病気の上、死の穢れをまとった――」

御食子が言葉を濁す。

これは死穢と呼ばれるもので、誰かが死んだ場合、その遺族は穢れているとされ、一定の服喪期間、いわゆる殯を置かないと貴人に会うことはできないとされた。というのも死は伝染すると信じられてきたからだ。

「私が死穢をまとっていると仰せですか」

「その通り。父上が亡くなられたのだから、すぐ大王に会うことはできぬ」

三人が馬のつないである場所に着く。

「御食子殿、すでに父稲目の殯は明け、埋葬も終わったのです。いつまでも死穢などと言っている場合ではないはず」

殯に決められた期間はない。馬子は五日間にわたって殯小屋を出ず、斎戒沐浴して稲目のために祈り続けた。

「あまりに殯が短いではないか」

「殯は長ければよいというわけではありません。気持ちを込めて祈れば一日でもいいはず」

「なんと――。一日の殯で死穢を払うなど聞いたことがない」

「それを決めるのは貴殿ではありますまい。お会いになる方次第です」

「もちろん貴殿を忌むか忌まぬかは、大王次第だが――」

「それで結構」

馬子が、すかさず守屋に告げる。

「では守屋殿、大王に会う日取りが決まりましたら使者を送ります」

「承知した」

守屋は馬に乗ると、勝ち誇ったような顔で去っていった。不満をあらわに御食子も続く。その後ろ姿を見ながら、馬子は先々の多難を予感した。

数日後、ようやく大王から面談の許しが出た。

欽明の住む磯城嶋金刺宮（しきしまのかなさしのみや）は、御諸山（みもろやま）（現・三輪山（みわやま））の南西山麓を流れる初瀬川と粟原（おおばら）川の間の小丘の上にある。西方に広がる奈良盆地を見渡す場所にあり、まさに大王の私邸にふさわしい。

馬子は守屋と共に、磯城嶋金刺宮の最も奥まったところにある大王の居室に案内された。

「二人そろって来るとは珍しいな」

欽明が病み疲れたような目をしばたたかせる。

まず馬子が面談の礼を述べる。

「此度のこと、心から御礼申し上げます。また先だってのわが父稲目の葬儀の折、勅使を派遣いただき、感謝の言葉もありません」

馬子が言うと、守屋も負けていない。

「蘇我一族の族長である稲目殿の死は、まさに国難です。この国難を乗り越えていくのは容易ではありません。しかしながら、われらは新たな構え（体制）で国運を切り開いていくつもりでおります」

　守屋が馬子を促すように咳払いする。

「そこでご相談ですが、父稲目が生前、物部尾輿殿と語らい、新たな大臣に守屋殿と私を立てようということで一致しました」

「稲目の遺言状は読んだ。だが大臣を並立させてうまくいくのか」

「はい。うまくいきます。たとえ意見が違っても、国家のためを思い、互いに歩み寄らねばなりませんから」

　守屋が得意げに釘を刺す。

「ただし、この守屋が馬子殿の後見を務めることに相成りました」

　――此奴！

　二人の意見が一致しない時は、守屋が最終的に決定すると言いたいのだ。

「それも書かれていたが、馬子はそれでよいのだな」

「もとより」

「それならよいが、もめごとはご免だぞ」

　欽明が迷惑そうな顔をする。若い頃は英名を謳われた欽明だが、生来の病弱から、ここ数年は政務を執ることに熱心ではなくなっていた。

「見ての通り、朕はこのような有様だ。どれだけ生きられるかも分からぬ」

「何を仰せで――」

欽明が二人の言を遮る。

「励ましは無用だ。それよりも太珠敷尊のことだが――」

欽明の息子で次期大王に内定している太珠敷尊は、すでに三十三歳になっている。

「稲目の遺言状によると、太珠敷尊に額田部を嫁がせたいという話だが――」

「えっ」と言って守屋が驚く。

「お待ち下さい。私はわが妹の鎌姫大刀自を勧めようと――」

「待て。鎌姫は馬子に嫁がせるということで、尾輿も了解したと聞いておるぞ」

「はい」と言って馬子が話を代わる。

「父が生前、尾輿殿に申し入れ、了解をもらっています」

「なんと！　私は聞いておりません」

――守屋よ、これが駆け引きというものだ。

守屋としては大臣になったことで、鎌姫を太珠敷尊に嫁がせる資格ができたと喜んでいた。しかしそれを見越して、稲目は尾輿との間で話をつけてしまっていた。尾輿としても守屋が大臣になれるとは思ってもおらず、娘を馬子に嫁がせられるなら良縁と思ったに違いない。尾輿にはほかに適齢の娘もおらず、これで物部氏が大王の外戚になる道は断たれた。

「此奴――、はめおったな」

守屋が小声で馬子を脅す。

「御前ですぞ。慎まれよ！」

逆に馬子は大声で言った。

「もうもめておるのか。稲目と尾輿の代から諍いを仲裁しておるわしの身にもなってみよ」

「申し訳ありませんでした」

二人が片膝をついて頭を下げる。

「太珠敷尊は額田部を妃に迎える。それでよいな」

「ははっ」

それで話は終わった。

馬子はあらためて亡父稲目の周到さに舌を巻いた。

かくして稲目の組み上げた新体制が発足する。まさに肉を斬らせて骨を断つような駆け引きの果てに作り上げられたものだったが、馬子はこの体制を維持しつつ、自らの権力基盤の確立を急ぐことになる。

四

飛鳥は気候温暖な上に湿潤で、土地がよく肥えている。そのため農作物はよく育ち、農業生産性が高かった。こうしたことから人が住み着き、集落を形成した。その集落が豪族によって次第にまとめられ、さらにそのまとまりが大和国となっていく。

飛鳥の名の由来は諸説あるが、半島の騒乱に疲れて安住の地を求めて大和国にやってきた渡来人たちが、気候温暖で平穏なこの地を「安宿（あすか）」と呼んだことに始まったとされる。なぜ文字が「飛鳥」となったかについては定かでないが、渡来人たちが故郷への思いを飛ぶ鳥に託したからだとも言われる。

欽明三十二年（五七一）三月、晩春の風が吹く飛鳥の田園地帯を、二頭の馬が駆け抜けていった。二頭は一つの丘の頂に着くと止まった。

飛鳥は田園と低丘陵から成っており、どこかの丘の上に上がれば、奈良方面まで見渡せる。

「そなたには敵わぬ」

馬子が愛馬の「鬼葦毛」を止め、手巾で汗を拭きつつ言う。

「そんなことはありません。叔父上が手を抜かれたのは分かっています」

額田部が口を尖らせる。

「見抜かれたか」

二人は天にも届けとばかりに笑った。

額田部は薄青色の袍をまとい、濃黄の下襲を着ていた。その裾が風に翻り、額田部の美しさと奔放さを際立たせている。

馬子は舎人（従者）たちに「鬼葦毛」を託し、下がるよう命じた。額田部も舎人に台を置かせて馬から下りると、馬子に従った。

二人は丘の上を散策する形になった。

「そなたは、この丘の名を知っておるか」

「甘樫丘ですね。以前、叔父上から教えていただきました」

馬子は叔父といっても、三つほど年が上にすぎない。

「そうであったか」

「もうお忘れですか」

「そなたの覚えのよさには敵わぬ」

談笑しながら歩いていると、飛鳥の地が一望できる場所に着いた。晴天の下、飛鳥の地は生き生きとした緑に包まれ、涼やかな風が木々の枝や葉を揺らしている。

「いつか、この丘に屋敷を建てたいものだ」

「どうしてですか」

「この丘は、南北に手を広げるようにして飛鳥の地を守っている。ここにこそ、王家を守護する蘇我一族の屋敷があってしかるべきだ」

「王宮を見下ろすことになりますが――」

馬子が鼻で笑う。

「俗人どもは『王家に対して無礼極まりない』と言うだろう。だがわしは蘇我一族の権勢を誇示するためではなく、飛鳥の地を守るために、ここに邸を築きたいのだ」

「叔父上らしいお考えですね」

額田部は幼女のように馬子の前後を歩きながら、丘に咲く花を摘んでいる。

「この国と王家、そして仏教を守っていくことが、わが一族の使命だ。それを邪魔する者に容赦はしない」

「おお怖い。でも叔父上、人というのは他人の栄華を羨(うらや)むものです」

「そうした者ほど、何かを守っていくという強い意志を持たぬ。わしは何を言われようと、己が正しいと思った道を歩んでいく」

「ご立派なことです。でも他人の気持ちを知ろうとすることも大切です」

「それがわしの弱いところだ」

「分かっておられるなら何も申しません」

晩春の陽光を浴びた額田部が、屈託のない笑みを浮かべる。

「それで、輿入れの支度は進んでおるのか」

「はい。ここのところ太珠敷尊様への輿入れの支度と称し、様々な従女がやってきては、私に王宮内の作法から立ち居振る舞いまで指図するので、退屈でしかたありません。今日は叔父上が遠出に誘ってくれたので、従女たちから逃れられました」

額田部の小さな口から白い歯がこぼれる。

「それはよかった。だが妃となってからは、少し控えねばならぬぞ」

「そうでしょうか。私は、そんな地位に縛られたくありません」

額田部は幼い頃から聡明な上に男勝りで、馬子と共に飛鳥の野を駆け回っていた。

「私のような者に、大王となるお方の妃が務まるでしょうか」

ちなみに后という字は大王の妻の場合だけに用いられ、王子の妻の場合は妃という字を使う。

「ああ、務まる。そなたにしかできないことだ」

欽明の后となった堅塩媛が産んだ七男六女の中でも、額田部の聡明さは際立っていた。

「でも今の大王の病は篤く、婚礼の日取りは延びるかもしれませんね」

二人の御婚の儀は七月に予定されているが、欽明の病態は徐々に悪化してきている。

「いっそのこと、太珠敷尊様の邸に押し掛けてしまいましょうか」

「ははは、炊屋(かしきや)らしいな」

額田部は幼い頃は炊屋媛と呼ばれていた。

「それで太珠敷尊様のことだが――」

馬子が言いにくそうにしていると、額田部が先を促した。

「何なりと仰せになって下さい。私は太珠敷尊様の妃となるのですから」

「そうだったな。では言うが、太珠敷尊様は聡明であらせられるが、意志堅固な方ではない。それゆえ、そなたが常に気遣っていかねばならぬ」

「気遣う――」

額田部が不思議そうな顔をする。

「分かるだろう」

馬子は額田部を使って太珠敷尊を監視させ、馬子の意に反する者がいたら知らせてもらうつもりでいた。

「つまり太珠敷尊様を見張り、叔父上にとってよからぬ輩を近づけぬようにするのですね」

馬子が苦笑する。

「そなたは直截だな」

「回りくどいことは嫌いです」

ひとしきり笑った後、額田部は険しい顔で言った。

「ご趣旨はよく分かりますが、太珠敷尊様とて己の考えをお持ちです。それを重んじることも妃の務めでは」

「その通りだ。しかしよからぬ輩が、よからぬことを吹き込むことも考えられる」

「物部守屋様と中臣御食子様のことですね」

「そなたには呆れるわ」

馬子が、お手上げといった仕草をしながら笑う。

「ところで――」と言って、額田部が悪戯っぽい笑みを浮かべる。

「叔父上も鎌姫様を娶るそうですね」

「そうだ。この二つの婚礼によって大王家、蘇我家、物部家の絆を強くしていく」

「しかし大王家と物部家の間は、そのままと――」

馬子が何も答えないでいると、額田部が先回りした。

「物部家と大王家の絆は断ち切ったままとするのですね」

「うむ。三者の絆は強めていくが、大王家と物部家の接近は阻んでいく」

「なるほど、大王家と緊密な関係を築けるのは蘇我家だけにするのですね」

額田部がその細く長い指先で黒髪をかき上げた。

——美しい。

馬子はそう思ったが、すぐに視線を外した。

「わしだけの力では、それにも限りがある。向後は、そなたの助力が必要だ」

「私にとって荷の重いことです」

額田部の顔に暗い影が差す。

「物部に限らず、大王家と蘇我家以外のあらゆる豪族との間に、婚姻などの関係を持たせてはならぬ。それが世の静謐を保つことにつながるのだ」

「叔父上は随分と強引ですね」

「歩き出したばかりのこの国の静謐を保つためには、そうした強引さも必要なのだ」

額田部が寂しげに言う。

「かつて叔父上は学問好きでした」

「昔のことだ」

本来、馬子は学究肌の人物で、漢籍を貪るように読み、朝鮮や漢土のことを知ろうとした。

「叔父上は変わられました」

「わしがか」

「はい。以前はもっと明るかった」

「そうか。若かったからだろうな」

「今は大臣にして蘇我家の族長ですからね」

「そうだ。人は成長すれば立場が変わる」

それは額田部にも言えることだった。

「私も、これからは勝手気ままに振る舞うことができなくなるのですね」

「そんなことはない。好きな時に好きなことをすればよい」

「馬に乗って遠出することもできますか」

馬子が沈黙で答える。

飛鳥の田園を渡る風が、背中でまとめられた額田部の垂髪を撫でていく。

「そなたは大王の室となり、この世に安寧をもたらすのだ」

「それが私に課せられた使命なのですか」

「うむ。大王の后として、そなたはこの世に仏の教えを広めていくのだ」

「それが、叔父上にとって最も大切なことなのですね」

「そうだ。上は大王から下は農夫まで仏を信じることで、この世は静謐になる」

馬子は政治と宗教の一体化こそ、世を静謐に導くものと信じていた。

額田部が幼い頃のように瞳を輝かせる。

「私も、それをお手伝いするのですね」

「そうだ。いや、逆にそれを手伝うのはわしの方だ」

「それだけ私の役割は重くなるのですね」

「うむ。これはそなたにしかできぬことだ」

そう言うと馬子は後方に合図し、舎人に「鬼葦毛」を引いてこさせた。

「そろそろ戻ろう」

西に傾いた夕日が、飛鳥の野を紅色に染め始めている。

「この大地を、われらの手で守っていくのですね」

「そうだ。それが、われらの使命なのだ」

額田部の瞳は愁いを帯び、物言いたげな光を投げかけている。

「馬子様――」

「何も言うな。わしも同じ気持ちだ」

「でも――」

額田部が悲しげに目を伏せる。

「われらは結ばれぬ運命(さだめ)だったのだ。それを受け容れ、己の使命を全うせねばならぬ。それが御仏の思し召しなのだ」

自分の口から「御仏の思し召し」という言葉が出たことで、馬子の決意は固まった。

「馬子様は遠いところに行ってしまわれた」

「そんなことはない。これからも、そなたとずっと一緒だ」

「分かっています。過去を断ち切り、それを受け容れることが御仏の思し召しなのですね」

馬子はうなずくと、舎人が引いてきた「鬼葦毛」にまたがった。

それを見た額田部も、己の舎人を呼んで台を置き、馬に乗った。

甘樫丘を下りた二人は、手を振って別れた。

——このような時を額田部と過ごすことは、もはやないであろうな。

馬子は何かを振り払うように、沈む夕日に向かって馬を走らせた。


それから約一月後の四月、欽明が崩御し、太珠敷尊が即位する。敏達大王である。

そして欽明の喪が明けた後、敏達と額田部の婚礼が執り行われた。二人は飛鳥の北東の磐余(いわれ)の地に王宮を新設し、そこで暮らすことになった。

かくして稲目と欽明亡き後の新たな時代が始まった。

五

高句麗・新羅・百済三国による朝鮮の「三国時代」は四世紀半ばから続いていたが、半島の東北部から満州の一部までを押さえた高句麗の勢力が、ほかの二国に比べて強かった。

仏教の伝来が三国の中で最も早かった高句麗は、いち早く土俗信仰を捨てることができ、仏教によって国家の統一と発展を成し遂げ、半島の統一を目指すようになる。

一方、百済は中国王朝の梁と大和国との関係を強化し、高句麗の南進に対抗しようとした。

六世紀半ば、百済は新羅と結んで高句麗軍を撃破し、占領されていた漢江流域を奪還した。だが新羅は占領地を百済に返さない。というのも地味に乏しい半島の東南部を所領とする新羅にとって、中国王朝との交易窓口にあたる漢江河口を領有するのは、長年の念願だったからだ。

これに怒った百済は新羅と断交し、それまで戦っていた高句麗と手を組み、新羅に対抗していくことになる。欽明率いる大和国も百済に与して半島の騒乱に介入していった。というのも、半島南部から産出される鉄を安定的に供給してもらう必要があったからだ。

六世紀後半、勢力を伸長させた新羅は「六加耶」と呼ばれていた半東南部の加耶諸国を滅ぼし、百済を圧迫する。この時、大和国も任那国府を失った。

大和国にとって任那国府は出兵拠点であると同時に交易拠点であり、とくに農耕と武力を支える鉄の輸入が止まったことは大打撃となった。それゆえ欽明は、大和国の死活問題として任那国府の回復を遺詔（いしょう）（現役大王や天皇の遺言）とした。


敏達が即位して間もない五月、高句麗から祝賀使が来朝した。使者は敏達に即位の祝賀を述べると、高句麗王の国書を手渡した。

国賓を迎える儀式ということもあり、この席には敏達、后の広姫、同じく額田部はもとより、馬子や物部守屋をはじめとした群臣が参列していた。広姫は敏達の王子時代からの后だが、近江国の小豪族の娘という出自から、その立場は弱いものだった。

敏達が国書を受け取り、渡来人の史（ふびと）に手渡して読ませようとした時だった。史の一人が戸惑うようなそぶりを見せた。それを見た史たちが集まり、国書を見ているが、いっこうに読み出す様子がない。

どこからか、「どうしたんだ」「まさか読めないのか」といった声が聞こえてくる。

――この場を取り繕わなくては。

高句麗王の国書が読めないとなると、大和国の威信にかかわる。

致し方なく馬子が、「いかがした」と問うと、史の長が畏まり、「この形式の文を読める者はおりません」と答えた。

高句麗王の国書に書かれた高句麗式の漢文は極めて特殊なもので、それを翻訳できる史が宮廷内にいないというのだ。

致し方なく馬子は儀式の中断を告げ、祝賀使一行を別の間に案内させると、史たちに協議させた。

その中に「船史（交易専門の史）の王辰爾なら読めるのでは」という声があったので、すぐに王辰爾が呼び出された。

駆けつけてきた王辰爾に国書を読ませたところ、たちどころに解読できた。

半島と大和国を行き来し、交易に従事してきた王辰爾にとって、高句麗の文を解読するのは朝飯前だった。

儀式は再開され、滞りなく終わったが、問題は国書の内容である。

王辰爾によると、国書の内容は「救いの兵を請う」というもので、この国書にどう答えるか、大和国の態度を示さねばならなかった。

祝賀使一行を相楽館と呼ばれる接待兼宿泊施設に向かわせた後、王辰爾が国書の内容を敏達と群臣に説明した。それが終わると、馬子が厳かな口調で言った。

「今は代替わりしたばかりです。外征は民心を不安にし、よからぬことを企む輩が出てこぬとも限りません。また多大な国費を使うことにもなります。よって当面は、出兵を見合わせるべきだと思います」

馬子が遠まわしに慎重論を唱える。当然、敏達も同意すると思っていたが、意外な答えが返ってきた。

「それでは、わが父の遺詔をどうする」

敏達の一言が群臣をざわつかせる。これまで温厚で馬子の言いなりになると思っていた敏達が、大王に就いて初の議事の場で、馬子に反論したのだ。

心中で疑問を感じつつも、馬子は答えた。

「遺詔はよく存じ上げております。しかしながらわれらは今、王権の強化に力を傾けるべきであり、あたら外征で国費を蕩尽すべきではないと思います」

「それでは、そなたは遺詔を守れぬというのだな」

「そうは申しておりません」

「お待ちあれ」

その時、守屋が発言を求めた。

「遺詔を守れぬとは聞き捨てなりませせぬな」

――此奴、何を申すか。

稲目の死後、馬子は後見役の守屋の立場を尊重し、波風が立たないようにしてきた。だが守屋は、鎌姫を敏達に嫁がせられなかったことで馬子に恨みを抱いており、すでに二人の間には、隙間風が吹き始めていた。

「私は遺詔を守れぬとは申していません。今は外征などすべきではないと申しておるのです」

守屋が馬子の言葉尻を捉える。

「これは異なことを申される。高句麗王の国書によると、今、高句麗は新羅との国境（くにざかい）に兵を集め、南進の勢いを示しております。この機にわれらが渡海軍を差し向ければ、新羅は南北から圧迫されます。それを見れば、百済が東進の兵を起こすは必定。これにより新羅は三方から攻め込まれ、成す術もなく崩壊するはず」

敏達が守屋に追随する。

「その通りだ。今こそ兵を出すべきではないか」

「お待ち下さい。百済の使者が来るのを待って決すればよいことではありませんか」

百済の祝賀使節は何かの都合で遅れているらしく、いつやってくるか分からない。

敏達が声を荒らげる。

「そんなものはあてにならん。だいいち高句麗と百済は同盟を結んでいるとはいえ、向後どうなるかは分からぬ」

「だからこそ百済の使者を待つべきです」

「では、お聞きするが――」

守屋がぎろりと目を剝く。

「わが国に鉄が入ってこなくなってから三年が経つ。この間に新たな鉄製武具は作られておらん。このまま三韓を新羅に統一されれば、次に新羅が狙ってくるのは、わが国だ。その時、武器がなくては戦えぬではないか」

――大王と守屋は裏で通じているのか。

敏達と守屋が口裏を合わせているのは明らかだった。彼らは馬子に対して反対のための反対をしており、本気で任那国府を復興させることよりも、馬子の顔をつぶすことが目的に違いない。

群臣を見回すと、中臣御食子のにやけた顔が見えた。

――此奴が取り持ったのだな。

中臣家は大王家の神事と祭祀を司っていることもあり、敏達の百済大井宮に自由に出入りできる。そのため敏達にあることないこと吹き込んでいるに違いない。

守屋が勝ち誇ったように言う。

「馬子殿、何なら群臣に諮っても構いませんぞ」

——もう根回しを済ませているのか。

馬子は衝撃を受けた。

——どうする。

馬子がどう答えていいか考えている時だった。

「お待ち下さい」

澄んだ声が議場に響いた。額田部である。

「そなたは黙っておれ」

敏達が慌てて額田部を押しとどめようとする。

「女が国事を論じてはいけませんか」

厳密には、そうした決まりはない。

「何か申したいことでもあるのか」

「はい」

「では、申してみよ」

「国書を見る限り、高句麗の真意は摑めません。もしもわれらと長らく友好関係を築きたいなら、まずはわれらの求めに応じ、儒教の五経博士や高僧を派遣すべきでしょう。そうした前段なくして祝賀使節のついでに出兵を要求するなど無礼極まりません。さような軽々しい要請に応える必要があるのでしょうか」

五経博士とは儒教の経典である五経を教える学官のことで、大和朝廷は半島諸国との友好関係を深めるために、仏教や儒教を講じる学官や高僧の来朝を求めていた。百済は援兵を請いながらも、こうした手順を踏んでくれたので、大和国の文明化は急速に進んだ。

――いいぞ。

馬子は内心快哉を叫んだが、敏達は渋い顔で額田部の発言を制した。

「何を言うか。こうして正式な国書が来ておるのだぞ。それに応えるのが礼というものだ」

この時代、仁義礼智信は儒教で説く五つの徳目であり、文明国の証しとされた。

「仰せの通り」と守屋が追随する。

「新羅に三韓を制圧されれば、鉄の渡来は完全に途絶し、われらは新羅と戦っても勝つ見込みがありません。今のうちに高句麗を支えることが肝要かと」

「そうでしょうか」と言って額田部が首をかしげる。

「高句麗は、わが国が国交を開いた際に求めた易博士、暦博士、医博士、律師、禅師、比丘尼、造仏工、造寺工などを送ってこず、一方的に兵を頼んできています。これは礼に反すること。一方、百済はわれらの求めに応じて諸博士を送り、信頼関係を築いていきました」

――よし、今だ。

馬子は発言すべき機会を察した。

「額田部女王(ひめみこ)の仰せの通り、高句麗いまだ信ならず、信なき国に信で返す必要はありません。今は様子を見るべきかと思います」

守屋が血相を変えて敏達に訴える。

「いかにもわが国と百済の関係は良好。しかしそれが成ったのも、われらの使いが滞在しているからです。誰も送っていない高句麗と差が出るのは当然です」

百済には常駐使として、王族の大別王(おおわけのおう)や難波吉士(なにわのきし)らがいた。そうしたことから大和国と百済は緊密な関係を保っていたが、常駐使のいない高句麗との関係は、そこまで濃密ではない。

「それなら――」

額田部が守屋の言葉尻を捉えた。

「われらの使いを送り、高句麗王の真意を確かめてからでも遅くはないのでは」

それを聞いた馬子寄りの群臣から、次々と賛意を示す声が上がった。

――勝負あったな。

馬子はほっとしたが、敏達と守屋は憤懣(ふんまん)やる方ないという顔をしている。敏達と守屋が手を組んでいることは明らかで、向後、様々な場面で馬子の邪魔をしてくることも考えられる。

——だが、わしには額田部がいる。

馬子は、額田部という手札が予想以上に力を発揮することを知った。

高句麗に返礼使を送って友好関係を築くことから始めるということで、群臣も合意した。これにより何人かの若い史や百済から来た渡来人の史が、高句麗の使者と共に半島へと渡っていった。

その後のことだが、敏達三年（五七四）の初頭に戻った使者の報告によると、高句麗は内紛が激しく、その逆に新羅は王の下にまとまり、高句麗を圧迫し始めているという。しかも分裂している漢土の諸王朝とも新羅は親交を深めており、孤立した状態から脱しつつあるらしい。つまり大和国が国力を傾けて出兵しても、高句麗や百済は防戦に徹して攻勢に転じられない状態だったのだ。

六

敏達四年（五七五）十一月、広姫が病死した。これにより額田部一人が敏達の后となった。

その葬儀も一段落した翌年の正月、馬子は稲目から受け継いだ軽の曲殿で、美女媛と過ごしていた。

「そなたは故郷に帰りたいか」

男女の事が終わった後、馬子は美女媛に問うた。

「突然、何のことですか」

「高句麗の使者に会っただろう」

高句麗の使者が来朝した時、その接待役として、馬子は美女媛を相楽館に派遣した。

「はい。会いました」

「どんな話をした」

美女媛はその問いにすぐに答えず、馬子の胸に白い指を這わせている。質問の意味を考えているのだ。

「ただ聞きたいだけだ。他意はない」

それを聞いて安心したのか、美女媛が語り始めた。

「使者には、高句麗の様子を聞きました」

「そなたの眷属(けんぞく)のことだな」

「そうです。私の父は病死しました。母のことは分かりません。私の家は、兄が跡を取ったようです。でも私の一族は力を失いました」

拉致されてから十三年が経ち、美女媛は流暢な大和語を話すようになっていた。

「そうか。故国も変わってしまったんだな」

「はい。そのようです」

美女媛があきらめたような笑みを浮かべる。

「そなたは帰りたくないか」

美女媛の顔色が変わる。

「高句麗にですか」

「そうだ。ずっと帰りたいと言っていたではないか」

稲目が健在の頃、すでに馬子は美女媛と関係ができていた。その時、美女媛はさかんに「帰りたい」と言っては、子供の頃に覚えた高句麗の歌を歌った。

——その繊細な調べは、今でもわしの耳奥に残っている。

それは「黄鳥歌」という名の曲で、紀元前十七年に第二代高句麗王にあたる瑠璃明王が、側室だった漢人の雉姫を懐かしんで作ったと伝わる。雉姫は生まれが卑しく、別の側室から「下女」と蔑まれ、堪えきれなくなって出奔した。そして二度と帰ってこなかった。

翩翩黄鳥　（すいすい飛び交うウグイスは）

雌雄相依　（雌と雄が寄り添っている）
念我之独　（我がひとり身が身にしみる）
誰其與帰　（誰とともに帰ろうか）

「この歌ですね」

美女媛が「黄鳥歌」を口ずさむ。その繊細な声音が耳に心地よい。だが歌い終わると、美女媛は悲しげに言った。

「高句麗に帰っても、どこかの誰かに嫁がされるだけです」

――それはそうだろう。

いまだ二十代半ばの美女媛なら、嫁ぎ先はいくらでもあるはずだ。

馬子がゆっくりと切り出す。

「そなたが帰りたければ、高句麗から来た使者の船に乗せてやる」

美女媛は一瞬、驚いた顔をした後、あきらめたように問うた。

「それは命令ですか」

「命令ではないが――」

馬子は一瞬ためらったが、思い切って言った。

「そなたを返すことで、われらは高句麗の人々と打ち解けられる。そなたには、双方の橋渡し役になってほしいのだ」

　それだけで美女媛は、自らの役割を理解したようだ。

「お別れなんですね」

　馬子は美女媛の瞳を見つめて言った。

「はっきり申せば、そういうことになる。ただし――」

「そなたがこの国に戻りたいなら、一緒に行く返礼使と共に戻ってきてもいいぞ。そなたの意志で戻るのなら、高句麗の人々も引き止めはしないだろう」

　美女媛の顔に複雑な笑みが浮かぶ。

「もう戻ってこないかもしれませんよ」

「それは、そなたの勝手だ」

「戻ってきてほしいですか」

　それについて馬子は何も言わなかった。だが美女媛は、その答えを聞きたがった。

「お答え下さい」

「一人の男としては戻ってきてほしい。だがわしは、この国を率いる立場にある。そなたが両国の絆となってくれれば、それに越したことはない」

　美女媛が悲しげに眉根を寄せる。

「分かりました。それが私の使命なんですね」

「そうだ。分かってくれるか」

「はい」

「出発は海が荒れぬ三月になってからだ。それまでは――」

そこまで言ったところで、美女媛が泣いていることに気づいた。

「そなたの気持ちは分かる。わしも別れは辛い。だが故郷に戻り、母上を捜し出して孝養を尽くすことも一つの道だ」

そう言うと馬子は美女媛の居室を出た。

次の間では吾田子が控えていた。

「そなたからも、よく申し聞かせよ」

「はい。承知しました」

吾田子は帳の外に控え、二人の会話を聞いていた。

「高句麗に着いた後、美女媛がこの国に戻りたいと申しても、そなたがよく申し聞かせ、とどまるようにするのだ」

「は、はい」

馬子の意図が吾田子にも通じたようだ。

「むろん、そなたも高句麗の者にならねばならぬ」

「承知しております」

「辛い仕事だが、それもこの国のためだ。分かってくれ。ただし、もしそなたが帰りたければ――」

「私は美女媛様の従女です。最後まで行を共にいたします」

吾田子が顔色を変えずに平伏した。

――よくぞ申した。

馬子は心中、吾田子に頭を下げた。


軽の曲殿を出ると、北風が吹いていた。

――人生は短い。何事も即座に決し、行動に移していかねばならない。だが、それでよいのか。

馬子にはもう一つ、美女媛を高句麗に返す理由があった。

――ここからは額田部の心を取らねばならない。そのためには、額田部が嫉妬心を抱くようなものは、すべて取り除くのだ。

以前から額田部は美女媛に嫉妬していた。馬子の正室の鎌姫には全く嫉妬していないにもかかわらず美女媛に嫉妬するのは、馬子の心が美女媛にあるのを感じ取っているからだろう。

――美女媛よ、どうか幸せになってくれ。

美女媛への思いを振り捨てるようにして、馬子は軽の曲殿を後にした。

この数カ月後、美女媛は使節と共に高句麗に戻っていった。

七

河内国渋河郡衣摺にある物部氏の稲城は、物々しい柵列で守られていた。

稲城とは収穫した稲を貯蔵する蔵のある建物群のことだが、野盗の襲撃を防ぐため、館の周囲に堀や柵列などの防備を施しているので、稲城と呼ばれていた。

館の内外からは「ええい」「よおー」「えいほー」といった掛け声が聞こえてくる。物部氏の稲城は兵たちの養成所でもあり、百を超える者たちが鍛錬に励んでいる。

——かような稲城に籠もられれば、手の出しようもないな。

しかも稲城の敷地は広大で、城柵の外から火矢を射込んでも、よほど風が強くないと、城内の建築物には届かないように造られている。

——ここを攻めるとなると、この国のすべての兵を動員せねばならなくなる。

長年にわたって朝廷の軍事を司ってきた物部氏の軍備が、なみなみならぬものになっていることを、馬子は痛感した。

蘇我氏の行列が近づいてきていることを知ると、城外で訓練していた兵たちが一斉に手を止め、道を空けた。

――この者たちは物部の私兵ではない。

朝廷の軍事を司る物部尾輿・守屋父子は、朝廷の命によって各地の豪族から差し出された奴婢（ぬひ）を兵に仕立てていた。こうして物部氏によって一人前の兵に育てられた者たちが物部氏に忠節を誓うのは自然なことで、それが物部氏の力の源となっていた。

「止まれ！」

物部氏の随身（ずいじん）（警固兵）らしき者たちが、馬子とその兵仗（ひょうじょう）たちを制した。

随身や舎人とは貴人を警固するための兵のことで、総称して兵仗と呼ばれる。本格的な戦闘訓練を受けた兵を随身、警備や雑用をこなす身分の低い兵が舎人になる。内舎人（うどねり）は貴人の周囲に侍る舎人のことを言う。

「ここからはお一人で入られよ」

「供の者たちを入れぬと言うのか」

「わが主の命です」

「致し方ない。そなたらは城外で待っていろ」

随身頭の東漢直駒（やまとのあやのあたいこま）に告げると、直駒が難色を示した。

「それは、あまりに危ういと思います」

蘇我氏の私兵も同然の渡来人部隊の長は、東漢直駒が務めている。

「ゆえなくわしを殺せば、物部家も終わりだ」

それだけ言うと、馬子は「鬼葦毛」に乗ったまま稲城の門をくぐった。

「こちらです」

城内に入ると内舎人が待っていて、「鬼葦毛」の口を取った。

その時、大きな笑い声が聞こえてきた。そちらを見ると、的場で弓矢の稽古をしている者たちがいる。その中心にいるのは言うまでもなく守屋である。

——守屋め、それで威嚇しているつもりか。

無視して行こうとすると、守屋の胴間声が聞こえてきた。

「そこに行くのは馬子殿ではないか！」

致し方なく「鬼葦毛」を下りた馬子は、作り笑いを浮かべて的場へ近づいていった。

「これは義兄上、お久しぶりです。今日は義父上との約束で参りました」

「おう、そうだった。今日参られると聞いていたが、すっかり忘れていた！」

その言葉に取り巻きたちがどっと沸く。

馬子の来訪を軽く見ていることを、守屋は周囲に主張したいのだ。

「そうだ、馬子殿、せっかくだから弓を引いていかぬか」

肩肌脱ぎになった守屋が汗を光らせながら近づいてくる。その盛り上がった肩の筋肉は、日々の鍛錬を怠っていないことの証しだ。

「私は義父上と義兄上にお話をしに参ったのであり、弓を引くために参ったのではありません」

「まあ、そう理屈をこねずに引いてみるがよい。すかっとするぞ」

守屋の獣のような体臭が鼻をつく。

「いえ、私は――」

「そう固いことを申すな」

守屋は馬子の腕を取ると、無理に弓を持たせた。

――致し方ない。

馬子も覚悟を決めた。

「分かりました。では、引かせていただきます」

――的までは二十間（約三十六メートル）ほどか。こうなれば腕を見せて黙らせてやる。

渡来人たちの指導の下、馬子も武芸の鍛錬を欠かさないので、さほど難しい距離ではない。

矢をつがえると、集中力が漲（みなぎ）ってきた。

――だが、腕を見せたところで何になる。

的の中心を射たところで、守屋が畏縮するとは思えない。

──今日の話し合いのことを思えば、守屋の機嫌を取っておいた方がよい。

馬子が、つがえた矢の先をかすかに上に向けて放つと、矢は的の中心を外し、後方に積まれた土俵（つちだわら）に当たった。

「ははは、惜しかったな」

「私の腕はこんなものです」

「そなたの仕事柄、鍛錬を怠るのは仕方がない。だが武芸は大切だ。怠らぬがよい」

「分かりました。では──」

「待て。わしの腕を見せてやる」

守屋は自分の弓を持ってこさせると、矢をつがえた。

──この距離なら外すまい。

馬子が、的を射た時の称賛の言葉を考えようとした時だった。

「そうだ。止まっている的ではつまらぬ。昨日、罠に掛かった猪を出せ」

「的場の中でよろしいので」

守屋に命じられた下部（しもべ）（従僕）が戸惑う。

「そうだ。早くせい！」

その言葉に弾かれたように走り出した下部たちは、檻（おり）に入った大猪を運んできた。

的場の四囲には三尺（約九十センチメートル）ほどの高さの土塁が取り巻いており、

逃げ出す心配はない。

「おう、よう肥えておるな」

守屋がうれしそうに檻に近づくと、猪は鼻を鳴らして威嚇した。

「馬鹿め、お前は、まもなく殺されて食われるのだ」

守屋が弓の先で猪をつつくと、猪は檻の四囲に体をぶつけて猛り狂った。

「よし、出してやれ」

そう言うと、守屋や取り巻きは射場に戻った。

的場を囲む土塁の上に檻を置いた下部たちは、猪を突き落とすように扉を開いた。

檻から出された猪は転がりながら土塁を滑り、泥土の上に転倒した。しかしすぐに起き上がると猛然と走り出した。だが逃げ道はなく、土塁の内側で右往左往するばかりだ。

「獣というのは愚かなものよ」

黄色い歯を見せ、慌てふためく猪の様子を笑って見ていた守屋だったが、真顔に戻ると弓を手にした。

「馬子殿、しっかり見ていろよ」

守屋は馬子を促して土手に上ると、矢をつがえた。だが目は赤く濁っており、指先は微妙に震えている。

――酒の飲みすぎだ。一矢では殺せぬ。

馬子がそれを確信した次の瞬間、矢が放たれた。

「グヒヒヒーン！」

矢は猪の尻に当たった。

「あっ、外したか」と言いながら、守屋が二の矢をつがえる。

その時、守屋が目をしばたたかせるのが見えた。

――そうか。酒のこともあるが、眼力（視力）が落ちていて、動くものを射られなくなっているのだな。

遠くのものや動くものを見る時、守屋が目を細めるのを、馬子は思い出した。

一方、死の恐怖に取りつかれたかのように、猪は土塁を登ろうとあがいている。

次の瞬間、守屋が放った二の矢は大きく外れた。

「ううっ、くそ！」

守屋が慌てて三の矢を放つ。だがそれも空しく土俵に当たった。

猪は後ろ脚を土俵に引っ掛け、外に出ようとしている。

「棒でつついて突き落とせ！」と守屋は命じたが、周囲に棒状の長いものはない。

「門にいる番士が持っておる。誰か取ってこい！」

守屋の命に何人かの下部が走り出す。

守屋は慎重に狙いを定めると、四の矢を放った。

「グヒヒーン！」

再び矢は尻に当たった。だがその拍子に、猪は火がついたように足をかき、遂に土俵を乗り越えた。土俵の外側に落ちた猪は体勢を立て直すと、逃げ道を求めて走り出した。

「しまった！」

守屋がそれを追う。馬子もそれに続いた。

猪は興奮状態にあり、稲城の中を猛然と走り回っている。兵も下部も逃げ回り、誰一人として捕まえようとする者はいない。

「あちらに行かせるな！」

猪は逃げ場を探しながら奥へ奥へと進んでいく。その先には井戸があり、女たちが水を汲んでいる。

「おい、逃げろ！」と守屋が叫ぶことで、ようやく異変に気づいた女たちの悲鳴が空気を切り裂く。

守屋は走りながら矢を射るが、当たるはずがない。

――致し方ない。

守屋の傍らを走り抜けた馬子は、片膝をつくと猪に的を絞った。

その時、女の一人が転倒した。猪はそこに向かっていく。女までの距離は十間（約十八メートル）もない。

——落ち着け。集中するのだ。

そう己に言い聞かせた馬子が矢を放つ。

次の瞬間、矢は猪の急所である背中に突き刺さった。

「ガフフフウ！」

猪はうなり声を発すると、その場に横倒しになった。

兵や下部が駆け寄り、猪にとどめを刺している。生臭い血の臭いが立ち込めると、やがて猪は、悲しげな鳴き声を上げ始めた。

馬子が振り向くと、顔を真っ赤にした守屋がいた。

「見事な腕であった」

「いいえ、義兄上の矢によって弱っていたからです」

「そんなことはない」

「もう、よいではありませんか。あの猪は二人で倒したのです」

馬子はまだ息のある猪に近づくと、腸（はらわた）がはみ出している腹の上に片足を乗せた。

「聞け！」

その大声に、周囲にいた者たちが何歩か下がって拝跪（はいき）する。

「皆も見たように、この大猪は守屋殿の射た二本の矢と、わしの放った一本の矢によって仕留めることができた」

馬子は効果を高めるように間を置くと、大声で言った。

「つまりこの猪は、物部家と蘇我家が力を合わせて殺したのだ。われらは大王家の両翼として、これからも共に進んでいく！」

「おう！」

兵や下部が腕を突き上げる。

「われらが力を合わせれば倒せぬ敵などおらぬ！」

「おう！」

「相手が新羅でも同じだ！」

「おう！」

「よし、皆で物部家と蘇我家が射殺したこの猪の肉を食らえ。これは天の恵みであり、両家の絆なのだ！」

「おう！」

周囲にいた者たちは猪を担ぎ上げると、炊場へと運んでいった。

本来なら、守屋が単独で射殺せなかったことは、守屋の恥になるところだった。だが馬子のお陰で、守屋は恥をかくどころか面目を施すことができた。

「では馬子殿、父の許に案内仕る」

そう言うと、守屋が先に立った。


「よくぞいらしていただけた」

そう言いながら尾輿が上座を示したが、馬子は下座を選ぶと言った。

「用があるのは私ですから、お伺いするのは当然です」

すでに齢六十に達する尾輿は白髪で好々爺然とした面持ちだが、かつては廃仏派の急先鋒として、幾度となく稲目と対立してきた。だが、前の大王の欽明が仏教の導入に積極的だったこともあり、渋河に仏舎を建立し、仏教を受け容れる姿勢を示した。そのあたりの政治感覚はさすがだと、稲目も感心していた。実は、尾輿は仏教の受容に反対していたのではなく、朝廷や王家の祭祀を蘇我氏に独占されることを警戒していたのだ。


――それでも尾輿は妥協点を見いだせる相手だった。だが守屋は違う。

守屋は廃仏派の急先鋒であり、蘇我氏との融和を図ろうとする父尾輿とも、しばしば衝突していると聞く。

「馬子殿、鎌姫は壮健にしておるか」

鎌姫は尾輿の末娘にあたる。

「はい。当家にも慣れ、炊場にも立つほどです」

「それはよかった」

「おい、待て」と言って守屋が会話に割り込む。

「そなたは、わしの妹に飯を作らせているのか」

「自ら進んで炊場に立っております。私が命じたわけではありません」

尾輿が守屋をたしなめる。

「守屋、よいではないか。鎌姫は幼い頃から、そうしたことが好きだったであろう」

「それはそうですが――」と言いつつ、守屋は不服そうな顔をしている。

「それで馬子殿、今日は何か重大なお話があると聞いたが」

「はい。これからの大王家とわれらの行く末を決める大事な話です。むろん決定するには大夫たちに諮らねばなりませんが、その前に、義父上と義兄上のご意向を伺おうと思って参りました」

「そうか。では聞こう」

馬子が威儀を正す。

「大王はたいへん聡明であらせられるので、われらも助かっております」

「ああ、そうだな。大王は実に賢い」

「しかしながら」と馬子が言うと、守屋の目が光った。

「ここのところご判断を仰ぐ案件が多くなり、様々なことが滞っております。各地の屯倉では、国造たちとの間で境目争いや貢納量をめぐる軋轢が頻発しています」

　屯倉は増加の一途をたどり、管理上の問題も多くなっていた。少しでも監視の目が行き届かないと、国造たちは田部の供出を拒んだり、貢納量をごまかしたりする。それを管理する田令（朝廷から派遣された代官）はいても、その威令は行き届いていない。

「それほど屯倉に関するもめごとが多くなっているのか」

「はい。屯倉については現地でないと分からないものが多く、裁定は難しいものとなります」

「そのために、馬子殿と守屋がおるのではないか」

「仰せの通りです。しかし、われらも常に大王の側近くに侍るわけにはまいらず、また大王の威権（権威）を守るためにも、気軽に語り合うわけにもいきません。しかも大王は体調の優れぬことが多く、しばしば裁定が遅れます」

　敏達は気難しく神経質な一面があり、複雑な問題になればなるほど、裁定を先延ばしする傾向があった。

「それでは、馬子殿はどうすべきとお考えか」

　皺深い顔の奥に隠された尾輿の双眸が光る。

「此度、不幸にも広姫様が身罷られましたが、これにより額田部女王が立后されます。

その機に大后という地位を作り、額田部女王に就いていただこうと思っております」

「大后と仰せか」

「そうです。大王のご相談に乗り、また大王の体調が優れぬ折は、その仕事を代行していただくつもりです」

守屋が目を見開く。

「女に政をやらせるのか」

「守屋、慎め！」

尾輿がたしなめる。

「義父上、義兄上、女王は大王に劣らず聡明であらせられます」

馬子は額田部に大王の補佐をやらせることから始めて、やがて大王権力の一部を担わせるつもりでいた。

「駄目だ」と言って守屋が首を横に振る。

「いまだ女王は二十三歳ではないか。大王の役割や仕事についても十分に把握しておらず、判断を誤るのではないか」

「仰せの通り、女王には政の経験がありません。しかしそう言ってしまえば、大王の誰もが即位当初は経験などないはず。それゆえ徐々に経験を積んでいただければよいと思います」

尾輿が問う。

「どのように積ませるのだ」

「外交や国家としての決定といった重大事は、これまで通り大王の判断を仰ぐこととし、屯倉にかかわる裁定だけを女王に託せばよろしいかと」

守屋が不満をあらわにする。

「それだけなら、何も大后などという正式な地位を設けなくてもよいではないか」

「いいえ、それでは大夫たちも国造たちも従いません。あくまで大王の代行者としての地位を確立すべきです」

馬子が冷静な口調で答えた。

八

守屋が酒で荒れただみ声で断じる。

「やはり駄目だ。これまで通り、われらが大王を支えていけばよい」

大王の権限の一部を額田部に与えることに、守屋はどうしても納得しない。

――だが、この場は堪えねばならない。

馬子が諭すように言う。

「屯倉は大王家、そして国家の所有となるものです。われらが関与すべきではありません」

「どうしてだ」

「われらが関与すれば、大夫たちから、あらぬ疑いを掛けられます」

「しかし蘇我一族は、国家の金蔵（財務）を握っているではないか」

確かに蘇我氏は、大王家の金蔵を管理する仕事を世襲してきた。

「金蔵を取り仕切ることと、屯倉に関する裁定を下す権限を有することは違います」

「よく分からんが――」

「訴え事の裁定に関与すれば、勝訴した者から圭幣（賄賂）をもらっているなどといった噂を囁かれかねません」

「ああ、そうか」

――この愚か者め。

守屋にとって大切なのは日々の酒食や美妓だけで、「どんな国にしていきたい」などと考えたこともないのだろう。考えていないから「このままでよい」となる。

その一方、馬子は「仏教によって人心を束ねることで強国を造っていく」という国家像を持っている。

――人は同じものを信じることで心が落ち着き、力を合わせられる。だがこの国古来の神々には形がない。その逆に仏教には仏像があり、それを共に礼拝することで、この国の民であるという自覚ができ、皆の心を一つにできる。

かつてはおぼろげだった国家像が、今の馬子には明確に見えてきていた。

親愛の情の籠もった笑みを浮かべると、馬子は真摯に説いた。

「われら大臣は、群臣に対して清廉潔白な姿勢を示さねばなりません。それが、この国の静謐を保つことにつながるのです」

尾輿は腕組みしたまま黙っている。守屋は尾輿の方をちらちらと見ている。自分で判断が下せないのだ。

馬子は切り札を投げるべき時を覚った。

「このまま大王のご負担が増せば、病がさらに重くなるかもしれません」

――物部父子は、大王の体調を案じているに違いない。

馬子は、そこに付け入る隙があると思っていた。

「ご負担だと」

「そうです。ご負担が増せば心労が重なります」

「まあ、それも考えられるが――」

ここぞとばかりに馬子が畳み掛ける。

「大王は元来が蒲柳の質でした。それを押して大王の座に就いていただいたのです。

そのご負担を和らげるのも、われら大臣の務めではありませんか」

蒲柳の質とは虚弱体質のことだ。

「そなたの狙いは分かっておるぞ」

突然、守屋が何かに気づいたとばかりに馬子を指差す。

「額田部女王に権勢を握らせ、陰から操ろうとしておるのだな」

「何を仰せか」

「守屋！」

尾輿が厳しい声で守屋を制する。

「大王も女王も聡明であらせられる。馬子殿が操ることなどできぬ」

「仰せの通り。お二人の聡明さは、われらをはるかに凌駕しております。お二人以上に優れた者は、この世におりませぬ」

馬子が自信を持ってそう言うと、尾輿が守屋に顔を向けた。

「よいか守屋、何があろうと大王と女王を軽く見てはならぬ。そなたは大臣なのだ」

「それは分かっておりますが――」

守屋が不服そうに頭を垂れる。

「馬子殿」と言って、尾輿が向き直る。

「仰せのことはご尤も。わしも賛成しましょう」

「ありがとうございます」

「しかし父上——」

「まあ、待て」

守屋はなおも不服そうだが、父に逆らうことはできない。

「だが馬子殿、女王の権限を規定せねばなりませぬぞ」

——来たな。

賢い尾輿がそれを指摘するのは、想定内だった。

「仰せの通りです。では、屯倉と金蔵の管理についてだけ裁定いただくということではいかがでしょうか」

尾輿が腕を組んで考えに沈む。

これまで蘇我氏が金蔵の管理から書記全般を担当し、物部氏が軍事全般を担い、大伴氏失脚後の外交については、蘇我氏が主導しているものの、建前上は集団合議制が取られてきた。こうした体制は自然にできたものだが、金蔵を握っていることから、蘇我氏の勢力伸長には著しいものがあった。

——尾輿は、ずっとそれを案じていた。

これまで国家の軍事を一手に握ってきたことで安泰だと思ってきた物部氏の地位が揺らぎ始めていることに、尾輿は気づいているのだ。

「よかろう」

尾輿が腕組みを解いた。

「ただし屯倉以外の裁定は、大王が決することとし、女王の関与はなしとする」

「それで構いません」

「父上、納得いきません！」

守屋が顔を真っ赤にして膝を叩く。

「守屋、今は大王の肩の荷を少しでも下ろすことが肝要だ」

「だからといって――」

なおも反論しようとする守屋を尾輿が制する。

「もうよい。これで決まりだ」

「はっ、はい」

守屋が不承不承うなずく。

「それでは、馬子殿の歓迎の宴の支度を見てこい」

「えっ、わしが行くのですか」

「そうだ。賓客を遇する時は主人自ら細心の注意を払う。それが礼節というものだ」

「分かりました」

まだ何か言いたげだったが、守屋が座を立った。それを見送った後、尾輿が言った。

「馬子殿、貴家と当家の間にはいろいろあったが、それもこの国のためだった」

「心得ております」

「これからはそうしたわだかまりを捨て、共に繁栄の道を歩んでいきたい」

「もちろんです。物部家と蘇我家あってのこの国です」

尾輿は老いと共に弱気になってきていた。

——老いとは何と恐ろしきものか。

老いてくれれば、自らの残り時間を常に勘案しつつ、様々な判断を下していかねばならないのだ。

——そのためには、妥協や迎合も必要となる。

自らが老いた時にそうならないよう、馬子は地位を盤石にしておこうと思った。

「見ての通り、守屋はさような性質(たち)だ。三十も半ばに達しながら心に支配され、大臣としても族長としても大局に立った判断ができぬ」

心に支配されるとは、感情の赴くままの謂だ。

「その点、貴殿は常に冷静沈着だ。逆に守屋の後見をしてほしいほどだ」

「過分なお言葉です。守屋殿は人望人徳共に優れた大臣であり、族長です」

馬子は尾輿を喜ばせようとしたが、尾輿は守屋の素養をわきまえていた。

「そんなことはない。彼奴のことは、父であるわしが最もよく分かっている。此度の貴殿の提案をのんだのも、後々のことを考えてのことだ」

「後々のこと――」

「そうだ。幸いにして守屋は大王と仲がよい。だが大王が身罷られれば、われらの後ろ盾はなくなる。その時、頼りになるのは貴殿しかいない」

「私などは――」

「謙遜は要らぬ。それよりも当面、わしに免じて彼奴の横暴を大目に見てくれ」

尾輿が懇願するように言う。

「はっ、心得ました」

「わしの死後、もしも守屋が気に食わなければ隠居させてもよい。そなたの庇護の下で、物部家を栄えさせてくれ」

――鎌姫をわが嫁にほしいと申し出た時、尾輿殿が快諾したのは、そういうことだったのか。

守屋は武人として優れていても、政治家として馬子に一歩も二歩も譲ると、尾輿は見抜いていた。それゆえ競争相手だった蘇我家の族長の馬子に、物部家の将来を託したいのだ。

「くれぐれも頼む」

「心得ました」

「これで安堵したわ」

尾輿がため息をつく。

だが、事はそう容易でないのを馬子は知っていた。

――守屋が大人しく従うなら、尾輿殿の望み通りにしよう。だが、そうはいかないだろう。

尾輿が死ねば、守屋は必ずや蘇我氏を滅ぼそうと画策してくる。馬子はそれを確信していた。

――その時は戦うしかない。

尾輿には気の毒だが、馬子の決意は変わらなかった。


この夜、馬子を迎えての酒宴は大いに盛り上がった。守屋も機嫌を直して大いに酔い、猪の肉を食らっては「これは二人で捕ったものだ」と繰り返し言い、馬子の肩を痛くなるほど叩いた。

守屋は愛すべき男だった。それは兵たちの信望が厚いことからも十分に分かる。

――だからこそ油断はできない。

政治家としては役に立たずとも、守屋は生まれついての将器を身に着けていた。

――そして守屋の背後には、中臣御食子がいる。中臣一族に油断はできぬ。

馬子は己に強く言い聞かせた。

その数日後、朝議の座で額田部の大后就任の件を諮ったところ、守屋も賛意を示したことで、敏達もこの決定を受け容れた。敏達にとっても仕事量の増大は頭の痛いことだったのだ。かくして敏達の新王朝は、額田部に権力の一端を握らせるという新たな局面を迎える。

第二章　仏敵掃滅

一

額田部は馬子の予想を上回るほど優秀だった。複雑な問題の苦情や請願もきちんと聞いて理解し、高所から次々と判断を下していった。国造たちが差し出す賄賂まがいの贈り物にも一切の興味を示さない。

そのため豪族の集まりにすぎなかった大和国は、法治国家へと変貌を遂げていった。敏達、額田部、守屋、そして馬子による政治運営体制は軌道に乗り、平穏無事な十年が瞬く間に過ぎていった。この間、馬子はひたすら守屋との軋轢を避け、義兄として敬い、協調して政権の運営に当たっていた。

ただし仏教国家を造っていくという馬子の方針は揺るぎなく、その実現に向けて一歩一歩進んでいた。それについて尾輿と守屋からは強い反対の声も出なかったので、国教として仏教を取り入れるという点では合意が取れていると、馬子は思っていた。

だが数年前に尾輿が亡くなることで、物部家の全権を守屋が握るようになると、状況は一変した。守屋が仏教の国教化に異議を唱え始め、馬子が進めていた仏教国家の象徴たる大寺院の建立に難色を示し始めたのだ。

一方、馬子と鎌姫の間には、五七六年に長女の河上娘が、五八〇年に長男の善徳が、そして五八四年に蝦夷が生まれ、その関係は良好だった。

　この頃、大陸では五八一年に北周の後を受けて建国された隋が急速に勢力を拡大し、南朝の陳と対峙する形になっていた。朝鮮半島では、いち早く隋の冊封を受けた新羅が高句麗と百済を圧倒し始めていた。


「よいさー、よいさ！」

　舎人たちの独特の掛け声と共に、巨大な塔が基壇に据えられた。

　――まさに天を衝くばかりだ。

　その塔が中天を指した瞬間、馬子は拝跪し、塔に向かって祭文（古代の経）を唱えた。それを見た額田部も頭を垂れて手を合わせたので、そこにいる者たちも皆、それに倣った。


　敏達が即位してから十四年目の五八五年、馬子は甘樫丘の南西に続く大野丘の北の端に、刹柱塔と呼ばれる仏塔を建てた。屋根が幾重にも重なった層塔ではないものの、東国から運ばれてきた類まれな大木を削り、漆を幾重にも塗った柱で、馬子は当面、これを仏教信仰の象徴にしようとしていた。

　この時代の寺院建立の手順は、まず寺院の建立を天地に伝えるために刹柱塔を建てることから始まる。それで災害や疫病が起こらなかった場合、土地の神々が承認したと解釈し、その近くに仏舎利（釈迦の遺骨の一部）を地下心礎に収めた層塔を建て、ようやくその後に、金堂や回廊を備えた寺院の建立を開始するという手順だった。

——これでよい。

塔の基礎が固められ、舎人たちが下がって整列するのを見た馬子は、参列した群臣の方に向き直ると威厳のある声音で言った。

「われらが祈ることは一つ」

馬子は間を置くと、拝跪する人々を見回してから続けた。

「国家鎮護に尽きる。この国が永劫に栄えることを祈願するために、われらはこの塔を建立したのだ。それだけではない。向後この丘の眼下に、金堂、層塔、回廊などを備えた寺院と新たな大王宮を築く。この塔は、それを仏に誓うという意味がある。つまりこの地が、この国の中心になるのだ」

「おお」というどよめきが起こる。

馬子が目で合図すると、代わって額田部が立ち上がった。

居並ぶ者たちが一斉に頭を垂れる。

額田部の澄みきった声が大野丘に響き渡った。

「われらはこの地に王都を移し、王権の聖地として寺院や大王宮を営んでいく」

額田部は再び塔の方を振り向くと、声を大にして言った。

「仏よ、この国を鎮護し、永遠の平穏と静謐(せいひつ)をもたらして下さい。われらは皆、心の底から仏を敬い、その教えに従った生き方をいたします！」

額田部が祭文を唱え始めたので、皆もそれに倣った。

周囲に厳かな雰囲気が漂い始めた。

――仏教とは不思議なものよ。

仏教には教理と呼ばれる精緻な理論構造がある。それを理解するための修行は容易ではない。だがそんな理屈を学ばずとも、真摯(しんし)な気持ちで仏を敬い、そして祈るだけで、なぜか心の中にある澱(おり)は一掃され、清々しい気持ちになるのだ。


儀式が終わり、馬子は額田部に寄り添うようにして輿に向かった。

額田部が険のある声で言う。

「叔父上、これでよろしいのですね」

「何か不満でもおありですか」

「その他人行儀な物言いに不満です」

額田部の機嫌は、ここのところずっとよくない。

馬子が黙っていると、額田部が話題を変えた。

「この地に移ることを、大王(おおきみ)は快く思っていません。叔父上はそれをご存じのはず」

「はい。知っております。しかし磐余の王宮周辺は手狭で、王宮と対になった壮麗な寺院を築くには、もっと広闊な地が必要です」

「大王は磐余の王宮を気に入っています。新たな王宮を築いても移ることはないでしょう」

馬子が小声で問う。

「お待ち下さい。大王から新たな王宮を築く了解を取っていないのですか」

「もちろん取っています」

「それなら、前向きになっていただけるようにするのが、大后様の仕事です」

「どうやって――」

それについて、馬子にも明確な方策はない。

――大王の本心が分からぬ。

敏達は気まぐれで定見がない。額田部に何かを勧められれば、「そうせい」と答え、守屋に何かを捻じ込まれれば「そなたに任せる」と言う。

「大王は心変わりの激しい方です。決定されたことを覆すこともしばしばです」

「だとしたら、いかがなされるのがよいと思われますか」

「そんなこと、私には分かりません」

やがて二人は輿の前に着いた。

「では後日、このお話で海石榴市宮(つばいちのみや)に参上します」

額田部は海石榴市の地に別邸を持っていた。

「後日とはいつですか」

「使いを走らせます」

そう言うと馬子は、額田部の背を押すようにして輿に乗せた。

自邸の寝室で一人天井の梁を見つめながら、馬子は物思いにふけっていた。

——大后という今の地位が、額田部には不本意なのか。

馬子によって設えられた大后の地位に座らされ、馬子の意のままに操られることに、額田部が息苦しさを感じているのは明らかだった。

——むろんそこには美女媛(おみなひめ)のこともある。

馬子は心を鬼にして美女媛を高句麗に帰した。そこには高句麗との友好ということもあったが、その裏には額田部の心を取るという気持ちがあった。たとえ馬子と結ばれる運命(さだめ)になかったとしても、馬子は額田部と二人三脚で理想を実現していかねばならないからだ。

その時、居室の外から「ご無礼仕(つかまつ)ります」という内舎人(うどねり)の声が聞こえた。

馬子は起き上がると、灯明皿を持って居室を出た。

内舎人は庭先に拝跪していた。

「いかがいたした」

「あちらをご覧下さい」

促されるまま縁の端まで行った馬子は、その指し示す方角を見て啞然とした。

「あれは何だ」

丘の上に炎の柱が立ち上っている。

「馬子様、あれは大野丘では」

——しまった！

馬子は「馬を用意しておけ」と命じると、起きてきた従女に着替えを用意させた。

やがて引かれてきた「鬼葦毛（おにあしげ）」にまたがった馬子は、「支度のできた者から大野丘へ向かえ！」と言い残すと、馬に鞭をくれた。

丘に駆け上ると、炎の柱がはっきりと見えてきた。その下では複数の人間が動き回っている。

「何をやっておる！」

馬子の怒声が闇を引き裂く。

「ようやく参ったか！」

「その声は、まさか――」

「そうだ、わしだ！」

炎を背にして立っているので顔まで見えないが、その猪のようにがっちりした体軀は、守屋以外の何者でもない。

馬子は馬上のまま怒りに震えた声で言った。

「なにゆえさようなことをする。この塔は額田部女王(ひめみこ)が大王のお許しを得て建立したものだ。それを勝手に焼くとは国家に盾突くと同じ！」

だが守屋は、平然として言い返した。

「何を言っておる。大王は塔のことなど知らぬと仰せだぞ。しかも許しも得ずに大王宮まで移すと宣言したことに激怒しておられる。それゆえこの塔を焼くことを、わしに命じられたのだ」

「何だと――」

――まさか、わしは大王の気まぐれに振り回されたのか。

馬子は愕然(がくぜん)とした。

「どうだ、馬子、そなたの野望はこれで頓挫(とんざ)した。今そなたを討ち取っても、大王からは何のお咎(とが)めも受けぬ。いや、逆に言葉を尽くして褒めたたえられるはずだ」

――しまった。

背後をちらりと見たが、蘇我家の兵仗の姿はない。徒歩なので馬子に追いつけなかったのだ。

守屋の配下の者たちが馬子を取り囲む。

「馬子、祭文を唱えよ。そなたの好きな仏とやらが迎えに参るぞ」

守屋はこれみよがしに弓を手にすると、矢をつがえた。

――この距離なら射られる。

馬子の脳裏に、包囲を突破して逃げ出そうという気持ちがよぎった。だが蘇我家の族長として、背を見せて逃げるわけにはいかない。

――だが待てよ。守屋は動いている的を射るのが不得手だったな。夜ならなおさらだろう。

至近距離からでも、守屋は猪を射られなかった。

――この勝負、勝てる！

その時、馬子の胸底から得体の知れない英気がわき上がってきた。

――わが身に仏のご加護あれ！

「射たければ射よ！」

「何だと！」

守屋が狙いを定める。

「そなたの矢は、わしに当たらぬ！」

次の瞬間、馬子が「鬼葦毛」に鞭を入れると、「鬼葦毛」は巨体を持ち上げるように後ろ脚だけで立った。その姿に圧倒されたのか、守屋は馬子を確実に殺せる一瞬を逃した。

「鬼葦毛」が守屋目指して猛然と走り出す。

——守屋、勝負だ！

炎に照らされた守屋の顔が恐怖に引きつる。それでも一歩、二歩と後ずさりつつ、守屋は再び弓弦(ゆづる)を引き絞った。馬子が射殺されるか、「鬼葦毛」が守屋を蹴り殺すかのどちらかしかない。

——わしには仏のご加護がある！

「馬子、死ねい！」

守屋の弓から矢が放たれる。ビュンという風を切る音が近づいてくる。だが矢は、馬子の頬をかすめるようにして後方に飛び去った。

守屋に二の矢をつがえる余裕はない。

——死ぬのはそなただ！

馬子がさらに鞭を入れる。

弓矢を投げ出し、両手で身を守ろうとする守屋の無様な姿が眼前に迫る。

——だが待てよ。蘇我氏の力で国をまとめるには、大義ある戦いで守屋を討ち取る必要がある。ここで殺してはならぬ！

すんでのところで馬子が手綱を引き絞ると、「鬼葦毛」は雄叫びを発しながら、守屋を飛び越えた。

振り向くと、転倒した守屋が茫然としてこちらを見ている。

「守屋よ、わしはこういう形で、そなたと雌雄を決するつもりはない」

「何だと！」

「いつの日か、大王の命によってそなたを討つ。それを待っておれ！」

馬子は燃え盛る刹柱塔を背にして、その場から走り去った。

二

刹柱塔を燃やされた翌日から、馬子は渡来人で編制された私兵を呼び寄せ、自らの館の警備に当たらせた。

一方、守屋は何事もなかったかのように沈黙を守っていた。

大王を握っている上、王家の兵（朝廷軍）の指揮権を持つ物部氏は圧倒的優位にあった。大王が蘇我氏討伐の勅令を下せば、すぐにでも軍勢を差し向けてくるだろう。

一方、馬子は額田部の力に頼るしかなかった。一つだけ幸いなことは、大王と額田部の仲がよいことだ。むろんそれは、額田部の手腕によるところが大きい。

守屋は連日にわたって磐余宮を訪れ、大王に「馬子討伐」の勅令を下すよう要求していた。だがそれを、額田部が何とか押しとどめていた。

事件があった数日後の夜、馬子は額田部の住む海石榴市宮へと向かった。


馬子が来着を告げると、すぐに対面の間に通された。

しばらく待っていると、額田部が従女を従えず一人で姿を現した。

「大后様におかれましては――」

「堅苦しい挨拶は抜きにして下さい」

白絹張りの帳を通し、額田部が険のある声音で言う。

「分かりました。ではお尋ねします」

「何なりと」

「大后様は、大野丘に塔を建てる承認を大王から取られたのですか」

「もちろんです」

額田部が鋭い声で返す。

「では、これはいかなることですか」

「私の与り知らぬことです」

「それでは困ります。飛鳥の地に寺院を築くことは、国家を挙げての大事業ですぞ」

「そんなことは分かっています。だからこそ私は大王の許しを得ました」

「しかし大王は、守屋には別の命を下したではありませんか」

額田部が苦しげに頭を振る。

「私にも分かりません。大王は誰かに何かを言われれば、『そうせい』『それでよい』とお答えになります。それがいったん出した命と矛盾していても、関連付けて考えようとしません」

——何たることか。

馬子は学問所の僧とも通じていたが、僧は「王子（当時）は何事にも優柔不断で、他人の言に左右される。自ら何かに取り組むことは少なく、不平不満を常に口にする」という評価だった。

——もしかすると、わしと額田部のことに妬心を抱いているのか。

それは、かねてからの疑問だった。敏達は額田部を下にも置かないほど寵愛し、子までなした。だが睦み合う時でも、額田部の心が敏達にないことを見抜いているのかもしれない。

「では、守屋や中臣勝海を大王に会わせぬようにしていただけませんか」

この頃、御食子は健康がすぐれず、従兄弟の勝海が中臣家の主導権を握っていた。

額田部が悲しげな声音で言う。

「さようなことを言えば、大王は不機嫌になります」

「どうしてですか。お二人は仲がよいはず――」

それを聞いた瞬間、額田部は感情が激したのか嗚咽（おえつ）を漏らした。

「私は馬子殿に言われるままに、よき后を演じ、大王を好いているふりをし、子までなしました。しかしそれが心の底からでないことを、大王は見抜いたのです」

馬子が言葉に詰まる。

「大王は私の心が大王にないのを知って絶望し、私を困らせようとしているのです」

額田部はがっくりと肩を落とし、さめざめと泣いていた。

馬子は立ち上がると、額田部の了解を取らずに帳を開けて中に入った。

「何をなさるの」

額田部を荒々しく抱き締めると、最初は抗（あらが）おうとした額田部も、馬子に応えるかのようにその腕にしがみ付いてきた。

「この時をどれだけ待っていたか――。馬子殿には分かりますまい」

馬子に抱かれた額田部が、馬子の胸に手を這わせる。

「わしも気持ちは同じだ」

いつの間にか、額田部に対する口調は以前のものになっていた。帳に入った瞬間、かつての二人に戻ったような気がしたのだ。

「でも、これはいけないことです」

自らの立場を思い出したのか、額田部が体を離そうとする。だが馬子はいっそう強く抱き締めた。

「そんなことはない」

「いいえ。私たちは結ばれる運命（さだめ）にはないのです。それなら、私の心を弄（もてあそ）ばないで」

「そうとは限らないぞ」

「どういうことです」

額田部の顔に不安の色が走る。

「そなたが大王を操れるなら、それでよかった。だが、そうでないとすると——」

馬子が袖の中から陶器の小瓶を取り出す。

「それは——」

「鴆毒（ちんどく）だ」

「えっ」と言って額田部の顔が一瞬にして青ざめる。

「私に何をやらせるのです！」

「申すまでもなきこと。これで大王を亡き者にするのだ」

「ああ、何ということを――」

逃れようと抗う額田部の肩を摑んだ馬子は、無理に引き寄せると耳元で囁いた。

「ほかに手はないのだ」

「そんなことはできません！」

「では、この国を物部ごときに託してもよいのか。さような蛮人どもによって仏を踏みにじられてもよいというのか！」

片腕で額田部の肩を抱いた馬子は、もう一方の手で額田部の顔を自分に向けさせた。

「そ、そんなことを仰せになられても――」

「よいか」と言って馬子が顔を近づける。

「もはや、これ以外に道はないのだ」

「嫌です！」

「そなたは仏を裏切るのか」

額田部が息をのむ。

稲目や馬子の影響で、額田部も熱心な仏教徒になっていた。それゆえ仏の名を出せば、額田部を説得できると馬子は見切っていた。

「われらが崇めるのは御仏だけ。それともそなたには、御仏以上に大切なものがあるとでも申すのか」

「嫌です。放して下さい」

苦しそうにあえぐ額田部の眼前に、馬子が小瓶を置く。

「ここのところ、大王は深酒をしていると聞く。酔って目を離した隙に、この鴆毒を一滴、酒杯に垂らすだけでよい」

「そんなことはできません！」

左右の耳を押さえようとする額田部の手首を摑み、馬子は言い聞かせた。

「そなたは、この国がどうなってもよいのか。仏を捨てて旧来の神々に、この国を委ねてもよいと申すのだな」

「そんなことは——」

「だったら、やるしかあるまい！」

馬子が額田部の肩を強く揺する。

「よいか。わしのためではない。仏のためにやるのだ」

「ああ、どうしたら——」

それだけ言うと、ようやく馬子は額田部から体を離した。

——額田部は、このことを大王に告げるだろうか。

それだけが馬子の懸念だった。

——ここまで私情を押し殺し、冷徹であろうとしたわしが、額田部の心というか細い糸だけに頼っていいのか。

馬子と額田部の間に男女の関係はない。しかし敏達と額田部は子までなしている。

だが馬子には、勝算があった。

——まだ額田部はわしを慕っている。

それを馬子は知っていたからだ。

「このことを大王に告げてもよいぞ」

「えっ」

「そなたがこのことを告げれば、大王は守屋にわしを攻め滅ぼすよう命じる。その時、わしは抵抗せぬ。渡来人たちがわしを守ろうとしても、それを断り、わしは自害して果てる」

「そ、そんな」

額田部が愕然として目を見開く。

「大王を殺すか、このことを告げ口するか、どちらを選ぼうとわしは構わぬ」

——ここまで追い込んでよいのか。

馬子の良心が問う。

馬子は額田部を愛おしく思っていた。だが国を統べる者としての責任は何物にも勝る。父稲目の跡を継いだ時、馬子は私情を抑えて政治家に徹する道を選んだ。

――だが本当にそうなのか。

この時初めて、馬子は己が敏達に嫉妬していることに気づいた。

――いや、そんなことはない。わしはこの国を取り仕切る者なのだ。

馬子は何かを振り捨てるように立ち上がると、荒々しく帳を払って外に出た。

その背に額田部の声が掛かる。

「もし私が馬子殿の言う通りにすれば――」

そこで額田部は口をつぐんだ。少し考えてその意味を覚った馬子は答えた。

「わしは生涯そなたを支える。それだけは約束しよう」

馬子はあえて大股でその場を後にした。背後から額田部のすすり泣きが、いつまでも聞こえていた。

三

敏達十四年（五八五）九月、敏達が磐余宮で崩御した。その死は守屋一派にとって痛手となり、微妙な均衡（きんこう）を保っていた両陣営の力関係に大きな変化をもたらした。

それゆえ守屋一派は、敏達の代わりに別の王位継承候補を担ぎ上げる必要があった。

だが欽明（きんめい）と非蘇我氏系の石姫の間に生まれた敏達を除けば、王位継承適齢期の王子はいない。

　そうなれば故欽明の后だった姉妹、すなわち堅塩媛（きたしひめ）と小姉君（おあねのきみ）の産んだ王子の中から、担ぐべき相手を選ばざるを得ない。

　言うまでもなく次の王位に最も近いのは、姉の堅塩媛系の王子となる。しかも次なる大王決定の主導権を握るのが堅塩媛の娘の額田部なので、小姉君系の王子に勝ち目はなかった。

　このままで順当に行けば、堅塩媛の長男にして額田部の兄にあたる大兄王子（おおえのみこ）が王位に就くことになる。現に群臣の中には、大王がすでに決まったかのように話をする者もいた。

「広瀬の殯宮（もがりのみや）が兵に囲まれているだと！」

「はい。穴穂部王子（あなほべのみこ）が開門を要求しています！」

「穴穂部王子が――。どういうことだ！」

　穴穂部王子とは小姉君の長男で、以前から守屋と行き来があり、守屋が担ぐ可能性が最も高いと思われる王子だった。

「われらにも分かりません」

　使者は、広瀬の殯宮の警備にあたっていた三輪逆（みわのさかう）の手の者だった。

広瀬の殯宮は敏達を弔うために造られたもので、額田部が少ない供回りだけで籠もっていた。

突然のことに、馬子にも穴穂部の狙いが何なのか分からない。

——まさか殯の最中の額田部に、王位継承について直談判するというのか。

穴穂部は小姉君の息子なので、王位継承に不利な立場にある。

——それゆえ額田部を説得して王位に就こうというのか。だが、そんな説得に応じるような額田部ではない。しかも穴穂部には説得の材料などないはずだ。では、どうして押し入ったのか。

「馬子様、一刻も早く駆けつけて下さい」

必死の形相で告げる使者に、馬子は問い返した。

「守屋もおるのか」

「そこまでは分かりません。分かっているのは、兵を率いて現れた穴穂部王子が開門を要求していることです」

——いかなる勝算が穴穂部にあるのだ。

穴穂部と額田部の間に、密な交流があるとは聞いていない。さほど親しくない間柄にもかかわらず説得できると踏んだ根拠がどこにあるのか。馬子には見当もつかない。

使者が悲壮な声で続ける。

「わが主、三輪逆の手勢は少なく、門を破られることは必定です」

三輪逆は亡き敏達の寵臣で、その警固の役割を果たしていた。敏達の死後は広瀬の殯宮の警備にあたっていた。

「分かった。とにかく行ってみる」

馬子が庭に出ると、すでに渡来人部隊が整列していた。その中から東漢直駒（やまとのあやのあたいこま）が前に進み出た。

「馬子様！」

「おう、随分と早かったな」

「何があるか分からない折ゆえ、いつでも兵を出せるようにしておりました」

「見事な心構えだ。よし、行くぞ！」

馬子は渡来人部隊を率いて一路、広瀬を目指した。

あとわずかで広瀬というところまで来た時だった。誰が率いているのか分からない軍勢に行く手を遮られた。

――まさか守屋か！

敵は横に広がり、弓に矢をつがえようとしている。それに対抗すべく、渡来人部隊もすぐに散開して弓を構える。

――ここで戦闘となれば、わしが逆賊とされるやもしれぬ。

守屋率いる兵と戦うことは、朝廷に弓引くことを意味する。

「直駒、決して先に手を出してはならんぞ」

「心得ております」

そう言うと直駒は「下がれ、下がれ！」と配下に命じ、敵の矢頃（射程内）から後退させた。これで双方は、矢頃ぎりぎりの三十間（約五十四メートル）ほどの距離を隔てて対峙した。

それでも兵力的には五十ばかりの蘇我方に対し、敵は優に三百はいる。いかに強弓（こわゆみ）を引く渡来人たちでも、戦いとなれば不利なのは明らかだ。

渡来人部隊が下がったことで、敵の矢が一騎だけ残った馬子に向けられた。敵が一矢でも放てば、馬子は死ぬ。

――それくらいのことで動じてはおられぬ。

馬子が威圧するような声音で言う。

「女王の危急を聞きつけ、大臣の蘇我馬子が参上した。わが行く手を阻む者は朝敵ぞ。いったい何者だ！」

「はっははは」

弓兵の背後から現れたのは、やはり守屋だった。

「守屋か。これはいかなることか！」

「いかなることも何も、わしは王族の命に応じ、兵を率いて殯宮の守りに就くべく赴いてきたのだ。わしが率いるのは朝廷の兵であり、われらに弓引く者こそ謀反人となる！」

「王族とは誰だ！」

「穴穂部王子だ！」

「穴穂部王子には、王家の兵を動かす権限はない」

「では聞くが、そなたは誰の命によってここに来た」

――しまった。

馬子は三輪逆の要請で兵を率いてきたのであり、額田部の要請ではない。

「額田部女王の警固を担う三輪逆だ」

「ははは、さような者に何の権限がある」

それを言われれば返す言葉はない。

「よいか馬子、そなたと違い、わしは王族の命によって兵を動かしておる。ここに勅諚（ちょくじょう）もある」

「勅諚だと。それは大王だけが出せるものだ。大王が身罷（みまか）られた今、勅諚を出せる者はおらぬ」

「それは違う。穴穂部王子なら出せる」

「どういうことだ！」

守屋の勝ち誇ったような笑い声が、再び飛鳥の空に響き渡る。

「今頃、王子は女王から王位の象徴たる神器（じんぎ）を受け取り、神前に誓いを立てているはずだ。これにて大王は決した」

――何ということだ。

穴穂部は額田部を説得し、自らが大王になることを認めさせ、さらに額田部の預かる神器を譲らせようとしているらしい。

大王の即位の儀には、鏡、剣、勾玉（まがたま）から成る三種の神器が必須とされ、それらがあれば、場所を問わず即位の儀を執り行える。逆にそれらがないと即位の儀は執り行えず、群臣から大王とは認められない。

――たとえ刃を突き付けられようと、気の強い額田部が説得されるはずがない。

馬子には確信があった。

だが、これは周到に練られた政変なのだ。穴穂部と守屋にも勝算があってのことに違いない。

「守屋、冷静になれ。たとえ神器の前で即位の儀を執り行ったとしても、大王の決定には大臣と群臣の推挙が必要になる。つまり推挙のない即位は無効だ」

「いいや、大臣のわしと額田部女王が推挙すれば、それで即位できる」

大王の決定手順は慣習的にでき上がったもので、それを明文化したものはない。それゆえ大臣の一人の守屋が額田部に「言挙げ（要請）」し、額田部がそれを認め、群臣から強い反対がなければ、それで決定となる。

――額田部が決めたとなれば、公然と反対する群臣はいないはずだ。

額田部さえ認めなければいいのだが、逆に一時逃れでも認めてしまえば、それで穴穂部は大王となる。

――すべては額田部次第だ。

だが穴穂部と守屋は、馬子の考えつかないような方策を講じるかもしれない。

敵陣を突き破っても広瀬の殯宮に駆けつけたい衝動に駆られた馬子だが、すんでのところで思いとどまった。

その時だった。

「待たれよ」

馬子の背後から、輿に乗って供を引き連れた貴人がやってきた。

――まさか大兄王子か！

輿の中から現れたのは、案に相違せず大兄だった。

「神器なら、ここにあるぞ！」

輿を降りた大兄王子が何かを高く掲げる。三種の神器の一つの天叢雲剣だ。

守屋は唖然として言葉もない。

「私は大兄という名を兄上（敏達）から賜り、後継に指名されている。こうして女王からも神器を預かっている。しかも女王からは、殯が明ければ即位の儀を執り行うと申し渡されている」

――そうだったのか。

馬子の知らない間に額田部は機転を利かせ、大兄に神器を託していたのだ。

ちなみに大兄という名は、大王の有力な後継者にだけ下賜（かし）されるもので、敏達が死の直前、池辺王子（いけのへのみこ）という名だった大兄に下賜したものだった。

「私こそ亡き大王の決めた後継者であり、ほかの者は何人たりとも、わが膝下（しっか）にひれ伏さねばならぬ！」

大兄の堂々たる態度に圧倒され、馬子もその場に片膝をついた。

「守屋よ！」

馬子が強い口調で命じる。

「大王の通る道を空けよ！」

守屋がその声に気圧（けお）されているところに、後方から使者が入った。使者は何事かを守屋に耳打ちしている。

守屋の顔が険しいものに変わった。

――額田部が説得に応じないのだ。

守屋はうなずくと、配下に向かって何かを命じた。それによって弓矢を収めた兵が整列した。

馬に乗った守屋が口惜しげに喚く。

「馬子よ、勝負はこれからだ！」

「いいや、勝負はあった。そなたの負けだ！」

守屋は怒りで顔を引きつらせると、兵を率いて去っていった。

――これでよい。

馬子は胸を撫で下ろした。

「馬子！」

大兄の声に馬子がわれに返った。

「女王が心配だ。すぐに行こう」

「分かりました。参りましょう」

馬子と渡来人部隊は、大兄の輿を守るようにして広瀬宮に向かった。

四

無残に破壊された門の前で、馬子が大声を上げた。

「大兄王子と馬子が参った。開門を請う！」

殯の最中に許可なく殯宮の中に入ることは禁じられているので、壊された門の前で待っていると、奥から三輪逆が走り出てきた。

「ああ、これは馬子殿、大兄王子も一緒ですか！」

「安心せい。朝敵は追い払ったぞ」

馬子が三輪逆に告げると、大兄も輿から降りてきた。

「三輪逆、よくぞ女王を守った」

「いや、それが――」

よく見ると、三輪逆の顔は腫れて唇の端から出血している。

「小競り合いがあったのか」

「はい。『開けよ』『開けませぬ』という押し問答の末、力ずくで開門されました。われらは何とか穴穂部王子らを押しとどめようとしましたが、力足らず――」

三輪逆が肩を落とす。

「分かった。順を追って説明せよ」

「まずはこちらへ」

三輪逆が二人を邸内に導き入れた。

大兄に従うようにして広瀬の殯宮に入ろうとした馬子は、振り返ると言った。

「直駒、宮の周りを固めよ」

「承知しました」

東漢直駒が百済語で指図すると、配下の者どもが殯宮の周囲に散っていった。よもやとは思うが、守屋らが再び攻め寄せてくることも考えられるからだ。

控えの間に通されるやいなや、大兄が三輪逆に問うた。

「いったいどうしたのだ。経緯を聞かせてくれ」

「それが、私の口からは——」

三輪逆は煮え切らない。

——これは何かあるな。

馬子の直感がそれを教える。

「女王様はどこにおられる」

「奥の間で休まれております」

大兄が切迫した調子で問う。

「女王が無事かどうか確かめたい。すぐに会わせてくれ」

「ご意向を確かめてまいりますので、しばしお待ち下さい」

　三輪逆が合図すると、背後に控えていた舎人が走り去った。

「で、どうしたのだ。早く経緯を聞かせろ」

　大兄に迫られ、三輪逆が口ごもりながら話し始めた。

　この日、殯宮に入った額田部は誄を奉じていた。

　誄とは貴人の死を哀悼するための儀式の一つで、大王が死した場合、后が殯宮に籠もり、生前の遺徳をしのぶ誄詞を読み上げることだ。

　そこに突然、穴穂部が押し掛けてきたという。

　穴穂部は額田部との面談を要求してきたが、殯の最中なので通すわけにはいかない。殯宮の門前で押し問答が続いたが、痺れを切らした穴穂部は力ずくで三輪逆らを押しのけ、門を破って強引に押し入ったという。

「あまりの傍若無人ぶりに、われらは戸惑いました。しかし穴穂部王子は王族なので、弓を引くわけにもいきません。それでも身を挺して押しとどめようとしたのですが、見ての通りの有様です」

　顔の青あざを示した三輪逆が、口惜しさに顔を引きつらせる。

「それでどうした。女王は穴穂部と会ったのか」

「いや、それが――」

言葉に詰まる三輪逆に、大兄が険しい声で催促する。

「構わぬ。はっきり申せ」

「到底、私の口からは申せません」

その時、「私から申しましょう」という澄んだ声が背後から聞こえた。

「女王、いったいどうしたのだ」

額田部は上座に着いた。それを見た三人が下座で拝礼する。

「亡き大王の祭壇の前で、私は――」

額田部が何の恥じらいもなく言った。

「犯されました」

馬子と大兄が絶句する。三輪逆は嗚咽を漏らしつつ「申し訳ありません」と言って平伏した。

――何たることか。

馬子に言葉はない。まさか穴穂部が、そこまでの暴挙に出るとは思わなかった。

――これが彼奴（きゃつ）らの方策だったのか。

穴穂部は額田部と男女の関係を結び、できれば妹背（いもせ）（夫婦）となることで、王位を認めさせようとしたに違いない。

――守屋の考えだな。

こうした思慮分別に乏しい発想は、守屋のものと思ってよい。

――体の関係ができれば、額田部は何でも言うことを聞くと思ったのだ。

だが、そんな浅知恵に乗せられる穴穂部も浅はかなことこの上ない。

――かつて守屋の背後には、常に冷静な中臣御食子（なかとみのみけこ）がいた。だが此度（こたび）ばかりは、御食子の代わりとなる勝海の影が感じられない。つまり守屋と勝海は、御食子健在の頃のような緊密な関係にはなっていないのだ。

――そこに付け入る隙がある。だがそれは先のことだ。

大兄が悲痛な面持ちで問う。

「女王、それは真か」

額田部がうなずく。

「それが真なのは、私の体が知っています」

「おのれ、許さん！」

大兄は立ち上がると、その場から出ていこうとした。その背に額田部の鋭い声が掛かる。

「どこに行くのです！」

「渡来人部隊を率い、穴穂部討伐に赴く」

「軽挙は慎んで下さい。穴穂部の周りは守屋率いる王家の兵が固めています。ここで起てば、兄上は己の手足となるべき兵と戦うことになるのですぞ」

大兄が口惜しげに唇を嚙むと、馬子が問うた。

「女王様、穴穂部王子の狙いはいずこにありや」

「かの者は私を組み伏せながら、大王位に就かせてくれたら后にすると申しました」

「それで女王様は何と――」

「私を見くびるなと――」

そこまで言うと、額田部は口に手を当てて泣き崩れた。ここまで堪えてきた怒りと屈辱が、一気に噴き出したのだ。

大兄が怒りを抑えながら問う。

「女王、穴穂部はそれで引き下がったのか」

「いいえ。かの者は、『わしを大王位に就かせず、神器も渡さぬなら、このまま絞め殺してもよいのだぞ』と申し、私の首に手を掛けました」

「何たることか！」

大兄の顔が憤怒に歪む。

一方、馬子は冷静さを取り戻しつつあった。

「事前に神器を大兄王子に託していたことが、どうやら功を奏したようですな」

「そうです。彼奴らは広瀬宮の至るところを荒らし回り、神器を探しておりました」

馬子らは対面の棟に通されたので、宮の奥に続く複数の棟の荒らされようは見ていない。

「それでも見つからなかったので、あきらめて帰ったのですね」

ほつれた髪が額に掛かっているのも気にせず、額田部がうなずく。

満面に怒りをあらわにして、大兄が馬子に問う。

「穴穂部の傍若無人の振る舞いは許し難い。だが王家の兵を握る守屋が背後にいる限り、容易に手を出せぬ。何かよい方法はないか」

「ないこともありません」

「それは何だ！」

「それをお話しする前に、私と女王様二人にしていただけますか」

大兄が口を尖らせる。

「なぜだ。私がいては差し支えるのか」

「いえ、そういうわけではありませんが――」

「構わぬから話せ。私は大王になる身だ」

その時、「王子様」と三輪逆が口を開いた。

「この戦いは長引くかもしれず、王子様は一歩引いておくべきです」

「なぜだ」

「申し上げにくいのですが、敵方が勝った場合のことも考えねばなりません」

万が一の時、仲裁役として大兄を残しておきたいという馬子の気持ちを、三輪逆が代弁してくれた。

大兄がしばし考えた後に言った。

「分かった。二人に任せる。私は別室で待とう」

大兄は立ち上がると、控えの間から出ていった。その後を三輪逆が追う。同時に額田部が人払いしたので、従女らも下がっていった。

それを見届けた後、冷めた声音で額田部が言った。

「馬子殿、これでよろしいか」

「はい。ありがとうございます」

――この場は私情を差し挟まず、心を鬼にせねばならぬ。

馬子は己に言い聞かせた。

「馬子殿のことです。また私に何かをさせようというのですね」

「仰せの通り」

馬子が開き直ったかのように言う。

「もう、馬子殿の言いなりになるのは嫌です！」

額田部が唇を震わせる。

「どうして私が、こんな目に遭わねばならないのですか！」

その問いには答えず、馬子は冷めた声音で逆に問うた。

「女王様、穴穂部王子に身を任せたというのは本当ですね」

「本当です。嘘を言うようなことではありません。かの者は無理やり――」

「それはよかった」

額田部の顔色が変わる。

「今、何と申しましたか」

「『それはよかった』と申しました」

「何とおぞましい――」

額田部が目を剝いて後方に身をのけぞらせる。

「よろしいか」

馬子が射るような視線を額田部に向けた。

「守屋に王家の兵を握られている限り、われらは優位に立ってはいません。まずは、それをご承知おき下さい」

「そんなことは分かっています」

「それなら結構。その措定（前提）で考えていくと、離間策しかありません」

「そうです。穴穂部、守屋、王家の兵を離間させるのです。この三者が堅固に手を組んでいる限り、勝つのは容易ではありません。それゆえ三者の間に疑心暗鬼を生じさせます」

「離間策――」

馬子が険しい顔で続ける。

「まずは穴穂部王子と守屋の離間です。これは女王様に担っていただきます」

「私に何をさせたいのですか」

「女王様と穴穂部王子は、すでに男女の仲になっております」

その言葉に、額田部が嫌悪をあらわにする。

「何と汚らわしいことを！」

それに構わず馬子が続ける。

「男女の仲になった者たちは、常人（つねびと）の考えもつかぬことを行います」

「私に何をやらせたいのですか！」

「穴穂部の体を求めてほしいのです。そして『王位継承の折は后にしてほしい』と言って誘惑するのです」

額田部の瞳が大きく見開かれる。

二人は異母兄妹の関係だが、片方の親が異なる場合、結婚は許される。

「私はいやしくも女王です。そんなふしだらなことを――」

「何を仰せか」

馬子が有無を言わせぬ口調で迫る。

「女王だからこそ、国家のためにやらねばならないのです」

「そ、そんな――」

額田部が息をのむ。

「よろしいか。穴穂部を呼び出し、再び体を与えるのです」

「さようなことができますか！」

「いえ、できるできないではなく、やらねばなりません。ただし二つ条件を付けるのです」

「どのような」

額田部が馬子の術数にはまっていくのが、手に取るように分かる。

「一つは守屋と手を切ること。いま一つは、いったん大兄王子を即位させるのです」

「穴穂部にとって守屋は頼みの綱です。それは無理でしょう」

「いいえ。女王様という新たな後ろ盾ができれば、守屋など要らぬはず」

「でも物部には、王家の兵が付いています」

「仰せの通り。守屋と王家の兵も離間させねばなりません」

「どのような方法で」

「本を正せば、兵たちは国造どもの配下や奴婢です。国造どもに言い含め、兵たちに物部の稲城からの脱出を促すのです。それは私の方で手を回します」

「それでも物部に忠節を尽くす兵がいるはずです」

守屋は兵の中に入り、共に酒を飲み、肩を組んで歌うような男だ。守屋に殉じようという者がいても不思議ではない。

「その通りですが、方策がないとは言えません」

「それは――」

「国造の配下の者たちは親兄弟や妻子眷属を故郷に残し、王家の兵となっています。つまり国造が親族を人質に取っているも同じです。もしも守屋の許から脱出しないなら、親族の命を奪うと脅すのです」

「そんなことをしても、誰も聞く耳を持ちません」

「では、守屋に殉じようという兵の妻子を実際に殺せばどうでしょう。さすれば皆、慌てて逃げ出すことでしょう」

額田部の顔から血の気が引く。

「何とむごい――」

「では、それ以外に守屋と王家の兵を離間させる方策がありますか」

額田部は首を左右に振ったが、すぐに別のことを指摘した。

「でも穴穂部は、兄上が先に即位することには納得しないはずです」

「そうかもしれません。しかし、それにも方策があります」

「いかなる方策があるというのです」

「大兄王子の即位は、敏達大王の遺詔（いしょう）ということになっています。それゆえ大兄王子を即位させないと、前の大王の遺詔が守られないことになり、群臣が騒ぎます。それを理由にし、即位させた上で半年ほど経った後、退位させると告げるのです」

馬子の脳裏で、離間策の構図が次第にでき上がってきた。

――額田部には穴穂部を骨抜きにさせる。わしは国造たちに兵の召還を呼び掛ける。そして急いで大兄を即位させる。

筋書き通りに事が運ぶかどうかは分からない。だがほかに方策はないのだ。

「駆け引きの材料はそろいました。あとは女王様次第です」

「あなたは――、何と恐ろしい方なの」

額田部が顔をひきつらせたが、馬子は意に介さず言った。

「それもこれもこの国のため。すなわち仏のためです」

「国家と仏のために、私は女王の誇りを捨てねばならないのですか」

憎悪に満ちた額田部の眼差しが馬子を捉えたが、馬子は腹底に力を込めて答えた。

「そうです」

それを聞いた額田部は、開き直ったかのように口辺に笑みを浮かべた。

「分かりました。私の身などどうでもよいことです。穴穂部に抱かれた時の声を、あなたに聞かせてあげたかった」

――何だと！

胸底からわき上がる嫉妬の焔を、馬子は力ずくで捻じ伏せた。

馬子が顔色を変えずに言う。

「次も存分に声を上げなさい。女王が歓喜に咽べば咽ぶほど、穴穂部は女王の言葉を信じます」

「そ、そんなことができましょうか！」

額田部の瞳から大粒の涙がこぼれる。

「しかしご安心下さい。穴穂部に抱かれると言っても、ほんの数回で済みます。守屋を滅ぼす前になるか後になるかは分かりませんが、穴穂部王子にも土の中にお入りいただきます」

「ふふふ、さようなことだと思っておりました」

「それなら何も申し上げることはございません」

「あなたは魔物です」

「国家のためであれば、魔物だろうと魑魅魍魎だろうとなってみせましょう。そのくらいの心構えがなければ、国家を背負って立つことはできません」

早急に国家の基盤を確立しなければ、国を守っていくことは覚束ない。馬子は、そのためにはいかなる手も使う覚悟でいた。

「こんな国など滅んでしまえばよいのです」

額田部が投げやりに言う。

「そうなれば女王様は新羅に連れていかれ、新羅王の妾にされます。そしてこの国の民は奴婢とされ、新羅の地を耕すことになります。そんなことになってもよろしいのですか」

額田部が嗚咽を漏らしながらくずおれる。

「泣くのは今日までとし、明日は必ず穴穂部に恋文を書くのですぞ」

そう言い置くと、馬子は踵を返した。

「馬子殿」

その背に額田部の冷たい声が響く。

「われらの行く手には、何が待ち受けているのでしょう」

馬子は振り向かずに言った。

「仏の教えを尊ぶ真の国家の誕生です」

それだけ言うと、馬子は控えの間を出ていった。

背後からは、馬子を嘲るような額田部の笑い声だけが聞こえていた。

五

額田部は馬子の言う通りにした。穴穂部は得意満面で広瀬宮に馬を乗りつけると、拝跪する三輪逆を足蹴にしてから額田部の居室に入っていった。

その知らせが三輪逆から入るや、馬子は「堪えろ」と伝え、穴穂部のやりたいようにさせた。

だが事はそう容易には運ばない。額田部の懐柔策にはまりかけた穴穂部だったが、いったん大兄を即位させるという額田部の提案には、どうしても首を縦に振らない。額田部によると自分が先に即位すると言って聞かないという。

穴穂部は額田部に対して精神的優位に立ったと思い込み、我を通そうとしていた。これは馬子にとって誤算だった。

そのため馬子は、自らの推挙だけで大兄の即位を強行した。用明大王の誕生である。

敏達の遺詔により大兄の即位は既定路線だったので、守屋支持派を除けば、強く反対する群臣はいなかった。だが穴穂部と守屋は、そうはいかない。

穴穂部は額田部を罵倒した上、絶縁を宣言した。

ここに群臣を二分する政争が始まる。


飛鳥の緊張は続いていたが、穴穂部と守屋にこれといった動きはなく、半年余が過ぎ去ろうとしていた。

そんな最中の用明元年（五八六）五月、事件は起こった。

夜中に突然、寝屋の外から声が掛かった。

「馬子様、起きて下さい」

「何事だ」

馬子が上半身を起こすと、手燭を持った内舎人が切迫した様子で言った。

「たった今、急を告げる知らせが入りました」

「どうしたのだ」

「物部守屋殿が磐余宮を囲みました。今は三輪逆様が諸門を閉じ、大王を守っておりますが、いつ何時、戦いが始まるか分からぬ様子とのこと」

磐余宮とは、用明が住む磐余池辺双槻宮のことだ。

「何だと！」

馬子は立ち上がると、矢継ぎ早に命令を発した。

すぐに馬子の挂甲(けいこう)が運ばれてくる。挂甲とは革や鉄の小札を紐で綴じたもので、一枚板の短甲(たんこう)よりも柔軟性がある。

――大王を弑逆(しいぎゃく)するつもりなら、戦う相手が王家の兵であろうと反逆の鎮定になる。つまり大義はわれらにある。

「直駒はどこだ！」

その声に、鉄の擦れ合う音をさせながら東漢直駒が姿を現した。すでに短甲を着けている。

「ここにおります！」

内舎人に挂甲を着けさせながら、馬子が問う。

「兵はどれほど集まる」

「今夜のうちなら五十、明日になれば百五十ほどです」

「守屋の兵は優に三百はいるはずだ」

「おそらく――」

「勝てるか」

「勝てないまでも、明朝まで時間は稼げます。さすれば各地から同胞が集まります」

その時、新たな使者が入った。

「戦いが始まりました！」

どちらが先に手を出したのかは定かでないが、遂に双方は衝突に及んだのだ。

「策を練っている暇はない。直駒、すぐに行こう」

「御意のままに！」

表口に出ると、すぐに「鬼葦毛」が引かれてきた。

「よし、行くぞ！」

「鬼葦毛」に乗った馬子は一路、磐余宮を目指した。すでに東の空が朱色に染まり始めている。

——間に合うか。

用明を殺され、穴穂部が践祚してしまえば、いかに非を唱えようと、群臣の多くが穴穂部と守屋側に付くかもしれない。そうなる前に用明を救出するしかない。

磐余の近くまで来た時だった。前方を行く隊列を見つけた。

——あれは、もしや！

よく見ると旗幟は燦然としているが、率いている兵は三十に満たない。

——穴穂部王子か。

前方を行く隊列も馬子らを見つけたのか、行進を止めて兵が散開する。

「直駒、何があっても手を出すなよ」

「何だと！」

「分かりました」

馬子は周囲に「ついてくるな」と命じると、単騎で悠然と馬を進めた。

前を行く隊列の中心にいるのが穴穂部だと分かった時、馬子の胸内から怒りが込み上げてきた。だが憤怒の焔を抑えつけた馬子は、笑みを浮かべて近づいていった。

一方の穴穂部は馬に乗ったまま、憎悪の籠もった眼差しを馬子に注いでいる。

馬子がとぼけたように問う。

「これは王子様、いずこへ行かれるのですか」

「何を言っておる。わしの行くべき場所は一つしかない」

弓を構えようとする衛士たちを、穴穂部が「手を出すな」と言って抑える。

「王子様が向かっているのは、まさか双槻宮では」

「よく知っておるな」

穴穂部もとぼけたように答える。

「何をしに行かれる」

「大王に意見したいことがある」

馬子がため息を漏らしつつ言う。

「そんな言葉を誰が信じますか。とにかく、ここから引き返して下さい」

「そなたに指図される覚えはない！」

それだけ言うと、穴穂部は隊列を前に進ませた。

——致し方ない。

馬子もその後を追ったが、しばらくすると朝日が昇り、中天高くに上る黒煙が見えてきた。

——まさか、守屋は宮を焼いたのか！

さすがの守屋でも、大王の住む双槻宮を焼くとは思わなかった。それは穴穂部も同じらしく、先行する隊列に動揺が見られる。

だが、ここまで来てしまえば後には引けない。二つの集団は小走りになりながら道を急いだ。

近くまで来ると、燃え盛る双槻宮が見えてきた。邸の周囲には王家の兵、すなわち物部の手勢とおぼしき者たちが右往左往している。

「馬子様、どうしますか」

直駒が馬前に拝跪する。

「待て。今、双槻宮に向かっては、守屋の率いる王家の兵と衝突する」

大義はこちらにあるものの、戦って負けてしまえばそれまでだ。

——だが、大王を救出するなら今しかない。

「致し方ない。二人でいこう！」

一瞬、驚く顔をした直駒だったが、すぐに馬子の意を察し、兵たちにここで待つよう伝えると自らの馬に乗った。

双槻宮が近づいてくると、顔に当たる風が熱くなってきた。たった二騎で近づいたためか、守屋率いる王家の兵は茫然と見ているだけだ。

「直駒、裏手に回るぞ！」

二人が宮の裏に回ると、背後から弓を手にした王家の兵がついてきた。

「馬子だ。開門しろ！」

馬子が幾度か怒鳴ったが、中からは何の返答もない。

「馬子様、すでに門衛は逃げ散ったのでしょう」

「致し方ない。直駒、ここで待っていろ」

「何をなさるのか」

それには答えず「鬼葦毛」を二十間（約三十六メートル）ばかり返した馬子は、塀囲いに向かって突進した。

次の瞬間、「鬼葦毛」は跳躍すると、双槻宮の周囲を取り巻く堀と塀囲いを軽々と飛び越えた。

双槻宮の裏庭に着地した馬子が喚く。

「大王はどこにおられる！」

立ち並ぶ多くの棟を通り過ぎ、用明が住処としている棟に近づくと、パチパチと木の焼ける音と黒煙が立ち込めている。

「鬼葦毛」を下りた馬子は池の水に手巾を濡らすと、固く鼻と口に巻いた。

「大王、馬子が参りましたぞ！」

邸内に入った馬子は、用明がいるとおぼしき棟に入った。

すると出入り口付近に倒れ伏す者たちの姿が見えた。黒煙を吸って倒れているのだ。その中には三輪逆の姿もある。

「三輪逆、大王はいずこにおられる！」

「ああ、馬子様、われらが退去を促しても、大王はそれを拒み、奥の間に火をかけました」

奥の間の方からは、もうもうと黒煙が噴き出してきている。

「大王は奥におられるのか！」

「は、はい」

「そなたは外に出ていろ」

そう命じた馬子が奥の間に駆けつけると、部屋の一部が燃えており、黒煙が立ち込めていた。それでも手巾を巻いてきたのが幸いし、馬子は御簾（みす）の中に倒れている用明を見つけた。

「大王、馬子が参りましたぞ」

気を失っていたらしき用明が目を開ける。

「すぐに、ここを出ましょう」

馬子が抱き上げようとしたが、用明は弱々しく首を左右に振った。

「すでに邸の周囲は取り囲まれている。無理にここを出ようとすれば捕まるだけだ」

「では、どうするというのです！」

「わしはここで死ぬ」

「何を仰せか。ここで死ねば、守屋と穴穂部の思うつぼではありませんか」

「そんなことはない。わしがここで神器と共に焼かれれば、群臣は穴穂部の即位を認めぬ」

用明の傍らには、三種の神器が置かれていた。

「いかにもそうかもしれませんが、さような者たちと刺し違えることはありません」

「しかしかの者らに捕まれば、無理に譲位させられる」

用明は囚われ人となり、無理に譲位させられることを恐れていた。というのも譲位の儀が成れば、それを神意として反対できないという伝統が、群臣の間にはあるからだ。しかも自らの地位や自領が安堵されれば、誰が大王だろうと構わないと思っている群臣もいる。

――大王自ら火をかけて死ねば、群臣も穴穂部の即位を支持できないということか。

用明は捨て身で堅塩媛の王統を守ろうとしていた。

「大王、彼奴らに捕まらず、ここを出る方法があります」

「そんなことができるのか」

「できます。私にお任せ下さい」

その間も黒煙は立ち込めてきた。それを吸った用明が咳き込む。

――もはや一刻の猶予もない。

「ご無礼仕る！」

そう言うと馬子は三種の神器の剣を腰に差すと、残る勾玉と鏡を懐に押し込んだ。

さらに用明を背負うや、その棟を飛び出して裏庭へと向かった。

気づくと馬子の背で、用明は気を失っていた。

――これはまずい。

周囲を見回したが「鬼葦毛」の姿が見えない。炎に怯えて自ら塀を飛び越えて外に出たに違いない。

――致し方ない。一か八かだ。

「鬼葦毛」に乗って堂々と外に出ようと思っていた馬子だが、こうなれば歩いて出るしかない。

門の内側から閂を外して外に出ると、王家の兵と渡来人部隊がにらみ合っていた。今にも戦闘が始まりそうなほど、双方は殺気立っている。

「こちらを見ろ！」

馬子の大音声に、両軍の兵の顔が一斉に向けられる。

「こちらにおわすは大王であるぞ。これから大王は遷座なされる。邪魔する者は逆賊として成敗される！」

そう言うと馬子は、あえてゆっくりと両軍の間を歩いた。それを見た両軍の兵士たちが、左右に道を空ける。

馬子の向かう先には、手回しよく直駒が「鬼葦毛」の轡を持って待っていた。

「馬子様、わが手の者が駆けつけてまいりました。真に申し訳なく――」

「もうよい」

どうやら馬子と直駒の身を案じた渡来人部隊が二人を追ってきてしまい、王家の兵と衝突し掛かったらしい。

馬子は「鬼葦毛」の背に昏倒している用明を乗せ、鐙に足を掛けた。その時、黒煙の中から野太い声が聞こえた。

「大王を渡してもらおう！」

多くの兵の中から大兵（だいひょう）肥満の男が進み出てきた。

「守屋か。ようやく現れたな」

「馬子、そなたは囲まれている。観念せい！」

王家の兵は馬子らの三倍から五倍はいる。

「観念などせぬ！」

馬子が「鬼葦毛」に乗ると、その威力を知る王家の兵たちが後ずさった。

「馬子、そこを動けば矢を射るぞ！」

「そうか。そなたは大王に弓を引くのだな」

その言葉に王家の兵たちがたじろぐ。

「王家の兵たちよ、聞け！」

馬子が周りを見回しながら言う。

「わしに弓を引くことは、ここにおわす大王に弓を引くことだ。万が一、大王の身に何かあれば、王家の兵は全員逆賊として扱われる。そなたらの使命は王家を守ること、すなわち大王を守ることだ。心得違いするな！」

兵たちの間に動揺が走る。

それに抗うように、守屋が大声で命じる。

「道を空けてはならぬ。馬子を通すな！」

だが王家の兵たちは戸惑うように道を空けていく。

その中を、馬子と用明の乗る「鬼葦毛」は粛々と通り抜けていった。

それでも守屋だけは、いまだ行く手に立ちはだかっている。

「馬子よ、死ね！」

守屋は弓に矢をつがえていた。

「守屋よ、射たければ射よ。その瞬間、そなたは逆賊となり、物部家は根絶やしとされるのだ！」

「ううっ」

守屋は弓弦を引き絞ったが、その指から矢が放たれることはなかった。

守屋が口惜しげに道を譲る。

——わしの勝ちだ！

心中の快哉をおくびにも出さず、馬子は悠然とその場から去っていった。

六

用明の救出には成功したものの、熱い黒煙を吸ったためか、用明は寝込んでしまった。とくに喉に火傷を負ったらしく、固形物が飲み下せず、用明はみるみる痩せ細っていった。

――何とか生きていただかなくては。

馬子は毎日、暇さえあれば祭殿に向かって一心不乱に祈った。だが用明の容態はいっこうによくならない。

用明の即位は父稲目の悲願でもあった。というのも用明は、欽明と稲目の娘の堅塩媛との間に生まれた蘇我氏系初の大王だからだ。

用明が死ねば、稲目と馬子の親子二代の悲願が水泡と帰す。すでに亡くなった欽明と堅塩媛にも合わせる顔がない。

一方、三輪逆が池辺双槻宮から脱出して本拠の御諸山に戻ったと聞いた穴穂部は、守屋に追討を命じた。亡き敏達の身辺を守っていた三輪逆は、かねてから守屋に嫌われており、さらに穴穂部を恨んで呪詛していたことも発覚し、二人から付け狙われていた。

守屋が御諸山に攻め寄せたと聞いた馬子は、これを阻止しようとしたが間に合わず、守屋によって三輪逆は一族もろとも滅ぼされた。これにより群臣の間からは、あまりに強硬な穴穂部と守屋に対する不満がわき上がり、支持者や与党は日に日に減っていった。

こうした流れを感じ取った馬子は、いよいよ勝負の一手を打つことにする。

「何用で参ったか！」

穴穂部の怒声が訳語田幸玉宮（おさだのさきたまのみや）に響き渡った。この宮は磐余の地にあり、敏達から穴穂部が譲り受けたものだ。

穴穂部の顔は怒りで上気し、その瞳は憎悪の焰に燃えていた。だがそこに手負いの獣のような怯えの色があるのを、馬子は見逃さなかった。

「まずはお人払いを」

単身で乗り込んだ馬子は、穴穂部の兵仗に囲まれていた。すでに帯剣は外してきているので、穴穂部が馬子を殺せと命じれば、馬子は抵抗する術を持たない。

だが馬子にも勝算はある。

「よかろう」

穴穂部が合図すると、そこにいた者どもが、対面の場としている棟から下がっていった。

「これでよいな」

「はっ、これにて、われらの話が外に漏れることはありません」

「漏れてはまずい話なのか」

「申すまでもなきこと。さもなくば人払いなどお願いしません」

馬子が悠揚迫らざる態度で言う。

「おもしろい。つまりそなたは和を請うてきたのだな」

「ははは」

馬子が高笑いする。

「何が可笑しい！」

「和を請わねばならぬのは、王子様ではありますまいか」

「なにゆえわしが、そなたらに和を請わねばならぬ！」

「それは歴然のこと。王子様と守屋は大王の宮に火を放ち、大王を害し奉ろうとしたのですぞ」

「何を言うか！　あれは大王が勝手に火をかけたのだ。守屋がそう申していた」

穴穂部が不安をあらわに言う。

「大王は火などかけておらぬと仰せです。王子様の舎人らによると、火矢が飛んできたとか――」

馬子は嘘をついた。

「何だと。わしは知らぬ。わしが遅れて着いたのは、そなたも知っているはずだ」

「はて、覚えておりませぬな」

馬子が首をひねる。

「わしに濡れ衣を着せようとしておるのか。あの時、わしは大王に会いに行っただけだ」

「守屋は兵を引き連れていましたが――」

　馬子が冷たい声音で言う。

「守屋が何を考えようと、わしは知らぬ！」

「では、何のために大王に会いに行かれたのですか」

「抗議に行ったのだ。大王は仏教を国家鎮護の法とすべく、吟味なされておると聞いた。わしも守屋も、対外的な方便として仏教を受容するのに反対はしない。だが、大王ご本人が仏教に帰依（きえ）するとなると話は別だ」

　用明は幼い頃から熱心な仏教徒だった。

「それは方便にすぎません」

「何を言うか。ただそれだけのことにもかかわらず、大王は何を勘違いしたのか、自らの手で火をかけたのだ」

「それが事実だとしても、王子様と守屋が兵を率いて王宮を囲んだことも事実。その時の火傷が元で、今も大王は苦しんでおられます。もしも――」

　馬子が鋭い視線を穴穂部に向ける。

「大王がお亡くなりになれば、王子様も守屋も逆賊として討伐されます」

「逆賊だと――。わしは知らぬ。知らぬぞ！」

穴穂部が息をのむ。付け入る隙は大きな穴を開けて待っていた。

「王子様、それがしは王子様を追い詰めるつもりはありません。王子様の母上は、わが妹ではありませんか。つまりわれらは同族も同然」

穴穂部の母にあたる小姉君はすでに鬼籍に入っていたが、穴穂部が馬子の外甥にあたるのは紛れもない事実だ。

「それは分かっておる。で、何が言いたい」

穴穂部が少し落ち着きを取り戻す。

「引き返すなら、今しかありません」

「引き返すだと――」

「そうです。このまま守屋と逆賊の道を行くか、これまでの所業を悔い改め、われらと共に別の道を行くかは王子様次第です」

穴穂部の顔に戸惑いの色が浮かぶ。だが次の瞬間、それは憎悪に変わった。

「大王と額田部が、わしを許すはずがあるまい」

「そうでしょうか」

馬子が首をかしげる。

「大王はご違例（病気）で気弱になっておられます。額田部女王様は――」

馬子は一拍置くと、さも当然のように言った。

「王子様を慕っておいでです」

「何だと――」

「従女によると、夜ごと『お会いしたい』と仰せになっておるとか」

穴穂部の顔色が変わる。

「王子様も、女王様の恋文はご覧になっておられるはず」

「なぜ、そなたがそれを知る！」

「此度、それがしが使者としてここに参ったのは、一つには女王様のお気持ちを伝えるためでもあります」

穴穂部が息をのむ。

「女王様は、そのお気持ちを切々とそれがしに語りました。そのお話を聞いたそれがしは情にほだされ、ここに参った次第です」

「嘘だ。額田部は強引に契りを結んだわしを憎んでいる」

馬子が左右に首を振りつつ言う。

「それがしも女心の不思議さは解せません。しかし女王様のお言葉が真か否かは、それがしよりも王子様の方がご存じではありませんか。その腕の中で、歓喜に咽んだのは誰なのですか」

馬子は賭けに出た。もしも額田部が馬子の言いつけを守っていなければ、穴穂部はこの話に乗ってこない。だが、それは杞憂に終わった。

「女王は、そこまでそなたに語ったのか」

「いかにも」と答えて馬子がうなずく。

——額田部はうまく演じたようだ。いや、もしや本気で歓喜に咽んだのか。

胸底から嫉妬の熾火が音を立て始めた。

「馬子よ、大王は本当に弱気になっておられるのか」

「はい。それゆえ仏教受容について近臣に諮られたのです」

すべては都合よく一致している。

「そうか——」

しばし考えた末、穴穂部が言った。

「その話、乗ってもよいぞ」

「守屋と手を切ると仰せで」

「ああ、切る。さように危うい男と手を組んでいてもろくなことはない。大王と女王がわしを許すなら、守屋とはきっぱり手を切る」

用明が死ねば、己が大王になれる可能性もあると穴穂部は思っているに違いない。

——馬鹿め。そんな非道を許すはずがあるまい。

だが馬子は、そんなことをおくびにも出さず言った。

「分かりました。しかし大王に謝罪するにしても、手ぶらで行くわけにはまいりません。つまり何らかの形で誠意を見せることが肝要です」

「では、何かよい策でもあるのか」

「ないこともありません」

「それは何だ」

すでに穴穂部は馬子を頼っていた。自らに依存させることで、相手を意のままに操れることを、馬子は父の稲目から学んでいた。

「では王子様は、二度と再び物部と手を組まぬと誓えますか」

「ああ、かような者とは口も利かぬ」

「では、使者が来ても追い返せますな」

「言うまでもないことだ」

「では向後、それがしの言葉に従っていただけますか」

「何だと。それとこれとは話が違う」

穴穂部が不快そうな顔をする。

「それがしを信じていただけるかどうかということです。信頼していただかないと、大王との間を取り持つことはできません」

「うう――」と呻きつつ、しばし考えた末、穴穂部が言った。

「分かった。そなたを信じよう」

「それならば、仲介の労を取らせていただきます」

――これで此奴の命運は定まった。

内心ほくそ笑みつつ、馬子は深く拝礼した。

七

ここからの馬子の動きは速かった。まず双方の手打ちを演出すべく、馬子は豊国法師という医博士を穴穂部に伴わせ、用明が病臥する仮の宮に向かわせた。

豊国法師はその名の通り、豊前・豊後方面で布教と医療活動に従事していた僧で、効験があらたかなので、その名は畿内にまで響き渡っていた。

当代一と謳われる医博士の到来は、用明にとっても歓迎すべきものだった。これにより馬子の仲立ちで双方の手打ちが行われ、用明は穴穂部を赦免した。

一方、これを聞いた守屋は激怒した。

穴穂部の裏切りにより、王族との連携を失った守屋は窮地に追い込まれた。

身の危険を感じたのか、守屋は飛鳥の邸宅を引き払い、河内国渋河にある阿都の稲城に移った。飛鳥から距離を取り、情勢を観望しつつ与党を集めようというのだ。

しかし、これまで親しくしてきた大夫（まえつきみ）や国造も駆けつける者は少なく、しかも王家の兵を勝手に渋河に移す権限は守屋になく、この機会を捉えた兵の多くは、機を見て脱走を図る始末だった。むろんそこには、馬子が事前に手を回していたこともある。

そんな最中、最も憂慮（ゆうりょ）すべき事態が起こった。

用明二年（五八七）四月九日、用明が崩御した。馬子にとって無念なことだったが、これにより守屋は大王の死の原因を作った逆臣とされ、馬子が何もせずとも、群臣の大半から討伐の声が上がり始めた。

これに対して守屋は、密かに使者を穴穂部の許に送り、淡路島まで狩りに行こうと誘った。共に狩りをして寝食を共にすることで、良好な関係を取り戻そうとしたのだ。

穴穂部は守屋の誘いに乗らなかったものの、使者を無下に追い返すこともできず、迎え入れて話を聞いた。

この情報は、守屋の妹でもある馬子の妻・鎌姫から、馬子にもたらされた。鎌姫は実家の物部家の舎人にも知り合いが多く、そこからの情報を伝え聞いたという。

これにより穴穂部討伐の大義を、馬子は得ることができた。

緊張が続く六月、馬子は額田部の許に向かった。

額田部がいる広瀬宮には、守屋によって族滅を遂げた三輪一族に代わり、佐伯連や土師連といった武力を持つ大夫が守りに就いていた。

彼らの目礼を受けつつ、馬子は対面の間に入った。

馬子の顔を見て何か覚ったのか、額田部が従女たちを下がらせる。

「女王様こそ、此度は――」

馬子は兄を失った額田部にお悔やみの言葉を述べた。

用明の葬礼の儀はほぼ終了し、今は后が殯宮に籠もっている。それが明けるのは七月二十一日で、同日に用明は埋葬される。

馬子が申し訳なさそうに言う。

「飛鳥と河内がかような有様ですから、大王の葬礼も盛大には行えず、無念です」

大王の葬儀は大掛かりなものとなるのが常だが、群臣が分裂し、いつ軍事衝突が起こるか分からない情勢下では、最低限のことしかできなかった。

「致し方ないことです。それよりも、一刻も早く群臣の動揺を鎮めていただかねばなりません」

「仰せの通りです。しかし守屋は阿都の稲城に籠もり、着々と守りを固め、親しくしていた国造から奴婢を徴発し、兵馬の訓練を行っているようです」

「やはり兵乱を避けることはできないのですね」

額田部が悲しげな顔で言う。

「戦いを避けていては、何一つ前に進められません」

「では、守屋を討伐するとしたら今しかないと――」

「はい。守屋に対して群臣の怒りが頂点に達している今こそ、討伐には好機です」

この時を逃せば、政治情勢はどう変わるか分からない。時を逃さず物部氏を滅ぼさなければ、滅ぼされるのが蘇我氏になることも考えられるのだ。

「物部家は長らく大王家を支えてきた一族です。先代までの功績も顕著(けんちょ)です。それを討伐するとなると――」

「女王様、この機会を逃せば、仏教国の創設は遠のきます」

額田部が悲しげな顔でうなずく。

「それなら致し方ありません。馬子殿にお任せします」

「ありがたきお言葉。すべてはこの国と御仏のためです。それで群臣を一つにまとめるため、女王様の詔(みことのり)をいただきたいのですが――」

「それは、用明大王の葬儀後に届けさせます」

「ありがとうございます」

そう言って馬子が額田部の前から辞そうとすると、背後から声が掛かった。

「馬子殿、それだけですか」

「それだけ――、と仰せになりますと」

「ご用件はそれだけですか」

「はい。ほかに何がありましょう」

「何かをお忘れではありませんか」

額田部の目が冷たく光る。

「何かとは」

「穴穂部は、どうなさるおつもりか」

馬子は額田部の心中をすぐに察した。

――穴穂部も殺せというのか。

だが馬子は、すぐに穴穂部まで手に掛けるつもりはなかった。王族を討てば、中立派の群臣の反発が考えられるからだ。

「守屋がいなければ、穴穂部王子は無力も同然。捨て置いても、われらに害を及ぼすことはありません」

「しかし、われらに次の大王の適任者がおらぬ今、守屋が滅んだ後であろうと、穴穂部を大王位に推す者も出てくるのでは」

額田部の指摘は正鵠を射ていた。

用明亡き後の大王候補として考えられるのは、年齢的にも能力的にも、押坂彦人大兄王子しかいなかった。彦人の父は敏達で、母は敏達の最初の后の広姫だ。しかし、そうなると非蘇我氏系の大王が立つことになり、馬子としては歓迎すべきことではない。

敏達と額田部の間にできた長男の竹田王子も、ゆくゆくは有力候補だが、まだ十代のため立太子もされておらず、成人までの中継ぎが必要だった。

「馬子殿は、まさか竹田王子が即位できる年齢に達するまで、穴穂部を大王に推すお考えではありませんね」

「いけませんか」

馬子はそれも選択肢の一つと考えていた。守屋さえ滅んでしまえば、穴穂部は馬子の言いなりだ。しかも穴穂部は小姉君の息子なので、蘇我氏系の王統は維持できる。だがそれは、堅塩媛系の血を引く額田部の容認できるところではない。

「馬子殿と私の考えは違うようですね」

「お待ち下さい。いったん穴穂部王子に王位を継がせても、ゆくゆくは竹田王子に譲位させます。さすれば王統は堅塩媛系で守られます」

「何を仰せか。穴穂部はずるい男です。いったん王位に就いてしまえば、これまでの恨みを晴らそうとするでしょう」

「つまり堅塩媛系の王統を断つと――」

「当然のこと。しかも蘇我氏も族滅させられるでしょう」

「それがしがおる限り、そんなことはさせません」

馬子としては自らが健在な限り、そんなことはさせないつもりでいた。だが馬子が穴穂部の大王在位中に病死でもしたら、先のことはどうなるか分からない。

——そうか。額田部は先手を打ち、釘を刺してきたのだ。

「馬子殿、守屋のほかにも、穴穂部王子を推す者がおるのではありませんか」

穴穂部には、中臣勝海や宅部王子（やかべのみこ）という与党勢力が形成されていた。

宣化（せんか）系王統を代表する宅部は、非主流派の穴穂部と手を組むことで、宣化系王統の復権を目指していた。だが穴穂部は単に権力欲が旺盛なだけで、明確な国家像など持っていない。大王の座に就けば、勝海の提言に従い、廃仏の方向に進むのは間違いなかった。

「馬子殿、そうした者たちは、国家に害をなすだけではありませんか」

「いかにも。彼奴らは、われらが目指す国家像とは異なるものを持っています。しかし——」

馬子は王族を殺すことに、いまだ抵抗を感じていた。

「しかし何だと言うのです。仏教を重んじない者たちに、この国を任せるわけにはいきません」

額田部が険しい顔で言った。そこにいるのは、かつての潑剌（はつらつ）とした少女ではなく、自らの王統を守る責任のある族長のものだった。

馬子に意味深げな視線を投げると、額田部は立ち上がり、対面の間から去っていった。

——やはり、殺らねば殺られるだけか。

その後ろ姿を見送りつつ、馬子は覚悟を決めねばならないと思った。

八

——わしに王族が討てるのか。

そうした疑問はあったものの、遂に覚悟を決めた馬子は夜陰に紛れて兵を発した。目指すは穴穂部の住む訳語田幸玉宮だ。

この時、馬子は穴穂部の有力与党の宅部も同時に屠るつもりでいた。

馬子は蘇我氏の私兵と渡来人部隊を率いて訳語田幸玉宮に向かい、佐伯連と土師連の率いる部隊を、宅部の住む檜隈廬入野宮に差し向けた。

宅部は宣化大王の遺領を相続していることから裕福で、多数の私兵を擁しており、穴穂部から異変を聞けば、すぐに駆けつけてくるはずだ。そのため機先を制そうというのだ。

穴穂部の住む訳語田幸玉宮は、飛鳥の中心部から北へ二里半（約十キロメートル）ほど行ったところにある。

予想した通り、宮の周囲には警固の兵を配置していない。

――己が討たれるはずはないと安心しているのだ。

穴穂部は、馬子との関係が雪解けに向かっていると信じており、枕を高くして寝入っているはずだ。王位も待っていれば回ってくる可能性が高まり、甘い夢を見ているのかもしれない。

松明(たいまつ)を掲げた東漢直駒が、馬子の馬前までやってきた。

「蟻(あり)の這い出る隙もなく包囲しました」

「よし、行くぞ」

馬子が宮の門前まで馬を進める。

「誰かおらぬか！」

馬子の大声が聞こえたのか、中から「何用ですか」という声が聞こえた。

「穴穂部王子にお伝えあれ。謀反の疑いがあるので、すみやかに出頭いただきたい」

「しばしお待ちを」という返事があると、再び周囲は静寂に包まれた。

――出頭してくることはないだろう。

しばらく待っていると老人が現れた。老人は穴穂部の執事と名乗った。

「これはいかなる騒ぎですか。王子は大臣の仰せに従い、物部との通交を断ちました。それを突然、出頭せよなどと仰せになっても――」

「それゆえ疑いを晴らすべく、出るところに出られよと申しておるのだ。王子の潔白は、この馬子も信じている。しかし大夫の間では、それを疑う者もいる。その疑いを晴らすためにも、出頭していただきたいのだ」

「しばし待たれよ」

そう言うと老人は消えた。

「馬子様」と傍らの直駒が呼ぶ。

「王子は馬の支度をしております」

「なぜ、それが分かる」

「枚を銜ませた馬の息遣いと、かすかな蹄の音がしております」

「さすがだな。わしには何も聞こえん」

直駒ら渡来人は、大和人に比べて五感が発達している。

「しばらくすると門が開き、突破を図ってきます」

「致し方ない。その時は射殺せ」

「ただし――」

直駒の目が光る。

「最初に飛び出してくる者たちは囮かもしれません」

陽動のために、最初に囮が飛び出してくることは十分に考えられる。

「では、わしと舎人はこの場に残るので、そなたらは飛び出してきた者たちを追え」

「承知しました」

直駒は一礼すると、「包囲の輪を広げよ」と命じた。そのとたん、二重に回された包囲網が広がる。

その時、門内で馬のいななきが聞こえると突然、門が開け放たれた。続いて馬蹄の音を響かせ、十頭ばかりの馬が飛び出してきた。

「矢を射ろ！」

直駒の命により、雨のように矢が射られる。矢が当たったのか一頭の馬が転倒する。だが大半は闇の中に駆け去った。それを渡来人部隊が追い掛けていく。

一方、馬子はひたすら門を見据えていた。

その時、門内から一頭の馬が姿を現した。夜目にも駿馬と分かる馬高五尺（約一・五メートル）は優にある馬だ。

――現れたな！

穴穂部らしき騎乗者が、先行する騎馬たちとは別の方角に馬を走らせていく。

「あれを追え！」

馬子とその舎人たちが馬を追い掛ける。馬子の乗る「鬼葦毛」なら、穴穂部に追いつくのは容易だ。次第に距離が近づき、その後ろ姿から穴穂部だと確信した。

「待て！」

馬子の怒声に馬上の穴穂部が振り向く。その目には恐怖の色が浮かんでいた。

「鬼葦毛」は瞬く間に距離を縮め、遂に穴穂部と並行して走る形になった。

興奮した二頭の馬は、涎を撒き散らしながら互いの首に嚙みつこうとしている。

「王子、なぜ逃げるのです！」

「そなたは、わしを殺しに来たのだろう」

「そんなことはありません。話を聞きに来たのです」

「嘘だ！」

二頭は馬蹄の音も高らかに小丘を登り、小川を飛び越え、飛鳥の平原を疾走した。

気づくと、後続していた馬子の舎人たちもついてこられなくなっていた。

遂に穴穂部の馬は息も絶え絶えになり、「鬼葦毛」に圧倒され始めた。

次の瞬間、何かにつまずき、穴穂部の馬が倒れた。

絶叫を上げ、穴穂部の体が宙を飛ぶ。それを見た馬子は「鬼葦毛」を急停止させた。

馬子が「鬼葦毛」を下りると、ふらふらと立ち上がった穴穂部が腰の剣を抜いた。

「王子、無駄な抵抗はやめなさい。あなたは私に勝てません」

「うるさい！」

穴穂部が剣を構える。

「致し方ない」

馬子も剣を抜いた。月光に反射し、剣が妖しい光を放つ。

「馬子、どうしてわしを殺す」

「それは己の胸に聞いてみなさい」

「わしは守屋を見限り、誘いに乗らなかったではないか」

「それでも守屋の使者から話を聞いたのは事実」

穴穂部の声が怒りに震える。

「それだけのことではないか」

「それが間違いなのです。あの時、私が『守屋の使者を追い返せますな』と問うた時、王子は『言うまでもないことだ』と答えました」

「それがどうした。会っただけで守屋に与（くみ）したわけではない」

穴穂部の持つ剣の切っ先が震える。

「たとえそうであっても、二股を掛けておこうというお気持ちがあったことは確かなはず」

「さようなことはない！」

「王子、もはや手遅れなのです」

「なぜだ！」

　穴穂部が声を荒らげる。

「わしは王族の中で、誰よりも賢く、誰よりも武術に秀でていた。しかもわしは欽明大王の王子ではないか！」

「それは分かっております。しかも母はわが妹です」

「そうだ。そんなわしがなぜ王位に就けぬ。用明大王は身罷られ、この難局を切り抜けられるのは、わししかおらぬではないか。そんなわしを、なぜ害そうとする」

「それは――」

　馬子が言葉に詰まる。

「知っておるぞ。そなたは額田部を好いておる。だからわしが憎いのだろう」

「政を司る者は、そうした感情に左右されません」

「嘘だ！　そなたはわしに嫉妬しておる。このことを額田部が知れば、どう思う」

「王子――」

　馬子がため息をつく。

「額田部女王が、あなた様を殺せという命令を下されたのですぞ」

「な、なんだと――、そんなはずはない。額田部はわが腕の中で――」

「それは女王の本心ではありません」

しかしそれは、馬子とて確信の持てるものではない。

――二人のことは、わしには分からぬ。だがいずれにせよ、これからも額田部の心を摑んでおくために、わしは穴穂部を殺さねばならぬ。

馬子が一歩前に踏み出す。

「来るな。寄るな！」

穴穂部の剣の切っ先が震える。渡来人から武芸を習ってきた馬子の敵ではないと分かっているのだ。

「王子、ご覚悟を！」

「嫌だ。死にたくない。わしは王位に就くのだ」

「それは夢となりました。天寿国で修行し、また王族として生まれてくるのですな」

馬子がじりじりと迫る。

「お願いだ。殺さないでくれ。そうだ。わしは僧となる。そなたの祀る祭壇で、日ごと国家鎮護の祈りを捧げる。それならよいだろう」

だが馬子は、そんな口から出まかせの言葉を信じるほど甘くはない。

「仏教を愚弄なさるのはおやめなさい」

「そんなことはない。わしは、この国に仏教を敷衍するために力を尽くす」

「そなたのような穢れた者を、仏に近づけるわけにはまいらぬ」

「何だと。そなたは誰に向かって口を利いておるのだ」

穴穂部の顔には死の恐怖が表れていた。

「穴穂部という名の獣にも劣る者に対してだ」

「何ということを――。わしは、わしは王位に就く身ぞ」

「何を申すか。この下郎が！」

次の瞬間、馬子の剣が風を切った。すかさず穴穂部が受ける。

二人は鍔迫（つばぜ）り合いになった。

「なぜ、わしを殺す」

「まだ分からぬか。この犬め！」

飛び下がりざま、馬子が剣を払った。

「うっ、ぐわっ！」

穴穂部の左腕は皮一枚を残して切り裂かれた。

「い、痛い！」

穴穂部は剣を落として左腕を押さえた。だが出血は止まらず、穴穂部の半身が、みるみる血に染まっていく。

「助けてくれ！」

穴穂部の絶叫が飛鳥の静寂を破る。

「王子、見苦しいですぞ」

「待て、待ってくれ」

穴穂部は一歩二歩と後ずさると、その場に膝をついた。

「頼む。殺さないでくれ」

「王子、その傷で助かるとお思いか」

すぐに血止めの薬を塗り、傷口を固く縛れば、助からないこともない。だが馬子は、そんなことをしてやるつもりはない。

「ああ、もう駄目なのか」

穴穂部の顔に絶望の色が広がる。

「あきらめなさい。ただし祭文を唱えれば、天寿国への道が見えてくるやもしれません」

穴穂部の顔が憎悪で引きつる。

「そなたの一族を末代まで呪ってやる！」

一瞬にして、穴穂部の顔つきがこの世の者ではなくなった。

馬子がたじろぐ。

「ははは、わしは悪神となり、そなたの血脈が絶たれるまで呪い続けてやる」

——かような言葉に惑わされてはならぬ！

己を叱咤した馬子は再び剣を構えた。

「天寿国で仏の許しを請われよ！」

馬子が力を込めて剣を穴穂部の腹に突き刺した。

「ぐっ、ぐえー！」

この世の者とは思えない声を出し、穴穂部は息絶えた。

——わしは王族を殺したのだ。

その時、ちょうど東の空から朝日が差してきた。

あたかも仏が馬子の行為を是認しているかのように、それは美しかった。

——これでよかったのか。

馬子はこの時、操っているはずの額田部に操られていることを覚った。

馬子が穴穂部を殺したのと同じ頃、佐伯連ら別動隊が宅部の邸を襲撃し、宅部の一族を根絶やしにした。これで宣化に連なる王統は途絶えることになる。

一方、守屋は中臣勝海と連携して抵抗を続けようとするが、勝海にも見放され、孤立はいっそう深まっていった。

ところがこの数日後、守屋から離反したはずの中臣勝海が殺された。

その裏には複雑な事情があった。当初、勝海は守屋陣営の一人として、穴穂部を王位に就けることを目指し、押坂彦人大兄・竹田両王子の像を造って呪詛を行っていた。ところが守屋陣営の不利を覚った勝海は、彦人に擦り寄ることにした。というのも守屋の没落後、反蘇我陣営を担うのは非蘇我氏系の彦人だからだ。すなわち勝海は、守屋没落後も反蘇我氏を貫くべく、非蘇我氏系王統を担う彦人と手を組もうとしたのだ。

彦人に帰順することを願い出た勝海は、それを認められ、彦人の水派宮(みまたのみや)に招かれた。双方は打ち解けて歓談したが、帰り際、勝海は彦人の舎人の迹見首赤檮(とみのおびといちい)に襲われて絶命した。

彦人は呪詛されたことを許せなかったのだ。

これにより馬子は、労せずして勝海の排除に成功した。

本来なら大夫の一人を殺せば、彦人は朝議の場に引き出され、場合によっては罪に問われる。だが大王不在という隙を突いてのことだったので、彦人は何の罪にも問われなかった。

かくして守屋討伐のお膳立てが整った。

用明の葬礼の儀がすべて終わった七月、馬子は額田部から守屋討伐の詔を拝領し、満を持して賛同する者を集めた。

これには、飛鳥に住む王族や群臣の大半が集まった。

主な者だけでも、泊瀬部、竹田、厩戸ら王位継承権のある王子たち、さらに有力豪族の紀氏、巨勢氏、膳氏、葛城氏、大伴氏、阿倍氏、平群氏、坂本氏、春日氏といった面々だ。

だが馬子は、勝海謀殺の首謀者である彦人王子だけは参陣させなかった。その代わりとして彦人王子の私兵の参加を許した。

馬子は部隊を二分し、飛鳥から守屋の本拠の河内国渋河に迫る部隊を自ら率い、大伴・阿倍・平群氏らには、別動隊として志紀郡（河内国沿岸部）から迫るよう要請した。

これにより別動隊が守屋の阿都の別邸を正面から襲い、馬子らは背後から包囲する形になった。すなわち表裏定まらなかった志紀郡の豪族たちに先手を務めさせ、それを馬子と王族が監督するという陣形を取ったのだ。

堂々たる威容を誇る軍勢が飛鳥を出陣した。

――いよいよ、わが願いが成就する。これも仏のご加護のお陰だ。

馬子は勝利を確信していた。

九

翌朝、河内国渋河にある物部氏の阿都の稲城に向かうことになっていた馬子が、戦勝祈願の祈禱を終わらせた時、表口で「よろしいか」という若々しい声が聞こえた。すぐに王子の一人だと察した馬子が、「お入り下さい」と答えると、供一人連れずに眉目秀麗な少年が姿を現した。

「夜分にすまぬ」

入ってきたのは、今年十四歳になった厩戸王子だった。

「これは王子――、どうぞお座り下さい」

包みを大切そうに携えた厩戸が座に着く。

今回の討伐戦に参じた王子たちの中で、泊瀬部は欽明の王子で、残る者たちは厩戸を除いて敏達の王子だった。厩戸だけが用明の王子だが、用明は稲目の娘の堅塩媛と欽明の間に生まれた第一王子で、しかも厩戸の母は稲目の孫の穴穂部間人王女（母は小姉君）なので、厩戸は蘇我氏と強い血縁関係にあった。

「いかがなされましたか」

「いよいよ明日、物部一族との戦いが始まるのだな」

「はい。そのつもりですが、何か――」

この時、馬子はこの少年が戦いを恐れ、帰りたいのではないかと疑った。

「明日のことだが――」

「何も心配は要りません。王子の皆様が弓を取り、剣を振るって戦うわけではありません」

「いや、そうではなく――」

厩戸は決然として言った。

「弓を取り、剣を振るって戦いたいのだ」

「何と――」

馬子は啞然とした。

「まさか、戦場に出たいと仰せか」

「うむ。この日のために鍛錬してきたのだ。その腕を試したい」

王子たちの中でも、厩戸は武芸に秀でていると聞いたことがある。だが戦場に出たいと言い出すとは思わなかった。

厩戸が大切そうに抱えてきたものを馬子の眼前に置き、その包みを解いた。

中から出てきたのは四つの仏像だった。

「これは護世四王（四天王）像だ。明日のために刻んでいた」

「王子自ら刻まれたのですか」

その四つの像には、どれも溢れんばかりの猛々しさが宿っていた。

「そうだ。この像を刻むことで、わが心にあった怖気はなくなり、護世四王の勇気が宿った」

「いや、それは――」

馬子は仏教徒だが、政に携わる者は現実主義者であらねばならないとも思ってきた。つまり、そうした迷信を嫌っていた。

「分かっておる。わしも『現世の理』はわきまえておる。だが護世四王像を刻んだ王子が戦いで功を挙げれば、これほど仏教の功徳を伝える出来事はあるまい」

「ははあ、いかにも仰せの通りですな」

――この小僧は賢い。

その少年のどこに、そうした政治的感覚があるのか、馬子は見当もつかない。

「この像を刻んだ者が陣頭に立つ。そして勝利を御仏のお陰と喧伝し、飛鳥寺の建立を発願するのだ。さすれば万民こぞって建立に賛意を示すだろう」

飛鳥寺の建立計画は用明の反対と守屋陣営との緊張により、ここ二年ほど進んでいなかった。

「つまりこの戦いを、ただ物部守屋を斃すだけでなく、仏教の敷衍にまで利用しようというのですね」

「そうだ。わしが殊勝な顔で、『この戦いに勝たせていただければ、護世四王のために必ず寺塔を建て、仏教を世に広めると誓いました』とでも申したと喧伝すればよかろう」

　寺塔を建てるとは、仏舎（仏堂）と塔を建立することを意味する。

　――かねてより賢いとは聞いていたが、これほどとは思わなかった。

　戦の勝利を政治的な利に結び付けることを馬子に先んじて考えていたこの少年に、馬子は舌を巻いた。

「この戦いを仏のための戦いにするのですね」

　感心する馬子に、厩戸は微笑みで答えた。

「いや、本音を申せばわしのためだ」

　――そういうことか。

　ようやく馬子は、厩戸の考えが読めた。

　――戦勝祈願の仏像を刻み、自ら陣頭に立つことで、群臣や豪族たちから崇敬される。つまり王位に就く可能性が高まるということだ。

「それは、どなたかの入れ知恵ですか」

「ははは」

高笑いした後、厩戸が答えた。

「歴史を学べば、自ずと答えは出ている。歴史も学ばず、こうした機会にも言われるままに付いてきた者たちに、万民を率いられるはずがあるまい」

「つまり厩戸王子は、歴史を学んでいると仰せか」

「『史記』などは、そらんじるほど読んだ。どの書にも通じるのは、王たちの誰もが、自ら親征して敵を滅ぼすことで王位に就き、その地位を不動のものとしてきたということだ」

「よくご存じで」

——この小僧は侮れない。

これまで馬子は王位構想に厩戸を入れていなかった。だがこれだけ頭脳明晰な上、堅塩媛と小姉君双方の血を引くという条件がそろっているのだ。

——此奴こそ大王にふさわしいかもしれない。

「という次第だ。わしを戦場に連れていけ」

「分かりました。しかし戦場は危うい場所です。万が一、流れ矢が当たることも考えられます。そのお覚悟はできておいでか」

「ははは、さように拙(つたな)き運の持ち主なら、さっさと現世から立ち去るべきだ」

「さすがです」

「では、よろしいな」

「致し方ありません。ただし――」

馬子が険しい声音で釘を刺した。

「わが側を離れず、何があろうと、わが下知に従っていただきます」

下知という言葉が気に入らなかったのか、厩戸は頬を膨らませた後、不平を押し殺すように言った。

「構わぬ。すべて従おう」

「それなら結構です。では明日、わが勢に合流して下さい」

「承知」と言って立ち上がると、厩戸は言った。

「矢は射させてもらうぞ」

「お好きになされよ」

「しっかり目を見開き、わが腕を見るがよい」と言うと、厩戸は大股で去っていった。

――たいした御仁だ。

しばらく会わぬ間に、厩戸は格段に成長していた。

――ただし、強い味方となるか、はたまた厄介な御仁となるのか、それは分からぬ。

毒になるか薬になるかまだ分からない少年に、馬子は強く惹きつけられていた。

――いずれにせよ、明日の楽しみが一つ増えたな。

馬子の顔に笑みが広がった。

十

この夜、馬子は飛鳥と河内を結ぶ当麻道（たいまみち）の途次にある古市の豪族屋敷を陣所にしていた。

馬子が寝に就こうとすると、東漢直駒が戻ってきたという知らせが届いた。

大伴・阿倍・平群氏ら別動隊が戦いの口火を切ったと思った馬子は、舎人たちを呼んで挂甲を着けた。そこに直駒が駆け込んできた。

「申し上げます。大伴・阿倍・平群らが物部方と矢戦（やいくさ）を始めました」

「場所はどこだ」

直駒が背後に合図すると、物部氏の阿都の稲城を中心にした絵地図が運ばれてきた。

「用意周到だな」

「勝つためには万全を尽くす。それが漢土の教えです」

そう答えながら、直駒がある地点を指し示した。

「餌香川原（えがのかわら）か」

「はい。大和川とその支流の餌香川（石川）の合流点です。大伴らは、ここで物部勢の待ち伏せを食らったようです」

　大伴ら別動隊が通った竜田道は、北の高井田と南の国分という二つの集落の間を通り、その西の国府という宿駅で終点となる。そこからは、北西に向かう渋河路と西に向かう大津道（長尾街道）に分岐している。餌香川原は高井田と国府の間にある河川敷で、渋河路にある阿都の稲城の手前にあたる。

「敵の様子はどうだ」

　直駒の顔が少し強張る。

「奇襲がうまくいったこともあり、極めて意気盛んと見えました」

　少し考えた後、馬子が問う。

「大伴らだけで崩せそうか」

「いや、逆に大伴らが崩れましょう」

「よし、急ぎ敵の背後に回ろう」

　その時、「お待ちあれ」という澄んだ声が聞こえた。

「厩戸王子――」

　直駒が戻ったことを知り、厩戸は馬子の陣所に駆けつけてきたに違いない。

　厩戸が絵地図を指し示しながら言う。

「われらが迂回し、物部勢の背後に回り込むには時間がかかる。その間に大伴らが退却してしまえば負け戦になる」

馬子ら討伐軍主力勢は、当麻道を通って古市に出てから丹比道（竹内街道）を西に向かった後、金岡から北上して難波に出て、北西方面から物部氏の本拠の「難波の宅」と阿都の稲城を襲う計画だった。

「では、どうすればよいとお考えか」

「大伴らが引けないように背後をふさぐべきだろう」

「味方が引いてくるのを押し返せと仰せか」

「そうだ。逃げてくるような奴は殺してもいい」

――何という小僧だ。

馬子は大伴ら豪族たちと面識があり、一緒に酒を飲んだこともある。作戦を立てる時も、自然と彼らの顔が浮かんでしまう。つまり彼らの立場になって物事を考えてしまうのだ。だが厩戸は兵を道具としか考えていない。

――此奴は、わしよりも優れているやもしれぬ。

それは、馬子が初めて己を超える者の存在に気づいた瞬間だった。

――だが、そこに至るまでの道については考えておらぬな。

「しかし厩戸王子、大伴らが通ってきた竜田道に出るには、元来た道を引き返し、筋違道（後の太子道）を使うしかないのでは。それだけ大きく迂回していては、大伴らの敗走を防ぐことはできません」

「いや、道ならある」

　厩戸は自信に溢れていた。

「ここから少し引き返すと、穴虫峠を越えて大坂道に出る間道がある。つまりこの道を使えば、半刻ほどで大坂道から竜田道に出て大伴らの背後をふさげる」

「そんな道を、私は知りません」

「わしも最近、猟師から教えてもらったのだ」

「つまり王子は、その道を通って国府に出たことがおありなのですね」

「ああ、雉狩りに行ったことがあるからな」

「直駒、どうだ」

　その場に拝跪していた直駒は、「はっ」と答えるや自らの意見を述べた。

「そういう道があるのは聞いたことはありますが、私は使ったことがありません」

「では、山中で迷うことも考えられるのだな」

　そんなことにでもなれば、作戦は完全に齟齬を来す。物部方の緒戦での勝利が伝われば、日和見する豪族も出てくるかもしれない。

　厩戸の前なので、直駒が畏れ入るような口ぶりで言う。

「いずれにせよ、夜に山中を行くのはやめた方がよいと思います」

「一本道だから案ずることはない」

厩戸が自信を持って言う。

馬子は顎に手を当てて考え込んだ。

——小僧に賭けてみるか。

馬子が念を押す。

「月明かりとてない夜中でも、道に迷わず国府に着けるのですな」

「ああ、心配要らぬ」

「分かりました。では、その道を使って大伴らの背後に出ましょう」

厩戸はさも当然のようにうなずくと、「すぐに出発しよう」と言って背を向けた。

「王子、お待ちを」

「何だ」

「先導はお任せしますが、敵と当たることになれば、わが傍らを離れぬようにお願いします」

「くどい！」

そう言い残すと、厩戸は大股でその場から去っていった。

十一

穴虫峠を越える道、すなわち当麻道から大坂道に抜ける山道は、予想を上回る難路だった。それでも峠の頂に出ると、北西の方角から風に乗って人の喊声(かんせい)や馬のいななきが聞こえてくる。

「急げ！」

馬鞭(ばべん)を振り上げ、馬子が後続する部隊を急がせる。

やがて道が下りに掛かった。先頭の厩戸王子の部隊の松明が、随分と遠方に見える。

――功を焦っておるのか。

馬子は舌打ちすると、直駒を呼んだ。

「直駒、王子に先に出すぎぬよう伝えよ。それでも出るなら、そなたは離れるな」

「承知しました」と答えて直駒が走り去る。

――もうすぐ大坂道だ。

馬子率いる部隊が大坂道の分岐に達した時、直駒が戻ってきた。

「申し上げます。王子が退却してきた大伴らを向き直らせようとしています」

「そうか。王子の読み通りだったな」

馬子が「早足で進め！」と命じると、全軍の速度が上がった。だが山道なので人一人がやっと通れる幅しかなく、なかなか前に進めない。それでも小半刻ほどして、ようやく国分という集落に達すると、大伴らがそこまで押されてきていた。

ちょうど夜が明け始め、朝日が生駒(いこま)山地を照らし始めている。

背後から押されるようにして、馬子も前に出る。最前線では雨のように矢が飛び交い、矢に当たった者の断末魔の絶叫も聞こえてくる。

「引くな、引くな！」

見ると厩戸が馬上から矢を射ている。その周囲を直駒とその手の者が囲んでいるが、敵の矢は容赦なく飛んでくる。

――何をやっているのだ！

厩戸は明らかに敵の矢頃に入っており、前後左右に矢の雨が降っている。しかしなぜか敵の矢は、厩戸を避けているかのようにかすりもしない。

――かの小僧には、仏のご加護があるのか。

馬子率いる主力部隊が駆けつけてきたためか、やがて味方が敵を押し返し始めた。人が二人擦れ違える程度の狭い道なので、敵の先頭は最後尾になり、思うように引き返せない。そこに味方の矢が雨のように降り注ぐ。敵兵が絶叫を残して次々と倒れていく。

馬子がようやく厩戸に追いついた。

「王子、何をやっておいでか！」

「おう、馬子か。見ての通り、敵と戦っていた」

「あれほど私が来るまで戦ってはならぬと申したのに――」

「敵が大伴らを追ってきたのだ。致し方あるまい」

「分かりました。では、この場は私に任せて後方にお下がり下さい」

「ここまで来れば、もうよいではないか」

そう言うと厩戸は馬に鞭をくれて敵を追っていった。舌打ちしながら馬子もそれに続く。

国府に至る道は、敵の死骸や負傷者で埋め尽くされていた。それらを踏みつけつつ馬子らは進んだ。夜明けとともに戦闘は激しさを増し、矢を射る時に発する弓弦を弾く音と兵たちの喊声が、朝靄（あさもや）を切り裂くように聞こえてくる。

やがて視界が開け、餌香川原に出た。そこには物部勢の主力が出張ってきていた。彼らは先手部隊が押し返されるとは思っていなかったらしく、混乱状態に陥っていた。

こうなれば馬子の気持ちも逸（はや）ってくる。

「矢を射ろ！　前進しろ！」

川原に出たことで全軍が展開する余裕ができた。兵たちは次々に前に出て矢を射る。

それに対して敵は腰が引けているのか、その矢勢は弱い。

すでに朝日は昇りきり、敵味方の様子が手に取るように分かる。厩戸は半町（約五十五メートル）ほど先を進んでいる。その周囲を直駒と手の者が固めているが、危ういことこの上ない。

遂に破れかぶれになったのか、敵の一部が反転してきた。これにより戦闘は、矢戦から白刃をきらめかせての白兵戦に移った。

守屋の姿は見えないが、おそらく歯ぎしりしながら稲城に向かって退却しているはずだ。

「進め、進め！」

ここが勝機と見た馬子は前進を命じる。

やがて前方に厩戸の姿が見えてきた。厩戸は長柄を振るって敵をなぎ倒しているが、直駒と渡来人たちも、それぞれの敵と長柄を合わせている。

厩戸に馬を寄せていった馬子が一喝した。

「いい加減になされよ！」

雷鳴のような馬子の言葉に、厩戸が白い歯を見せる。

「そろそろ疲れてきた。そなたの言葉に従おう」

厩戸が長柄を下ろすと、ほぼ時を同じくして、敵は潮が引くように退却していった。

馬子は鐘と太鼓を鳴らし、「追撃不要」を全軍に告げた。ここから先は、視界の開けた川原が途切れて渋河路となるので、守屋が待ち伏せ部隊を配置しているかもしれないからだ。

周囲で勝利の歓声が沸く。その一方、負傷者が次々と後方に運ばれていく。

馬子は負傷した者一人ひとりに声を掛けた。

「よくやった。後は任せて傷の養生をせい」

だが中には、箯輿（担架）に乗せられて微動だにしない者もいる。

――安堵して天寿国に赴け。

馬子は心中でそう語り掛けると、手を合わせて短く祭文を唱えた。

その時、いったん後方に下がっていた厩戸が馬を寄せてきた。

「どうだ、馬子、わしが言った通りになっただろう」

「まさに仰せの通りでしたな」

「これで守屋は終わりだ」

十四歳とは思えない不敵な笑みを、厩戸が浮かべる。

「緒戦で勝利を収めたとはいえ、気を緩めるわけにはいきません。守屋を討ち取ってこそ、勝利の快哉を叫べるのです」

「その通りだが、一度は勝利の快哉を叫んでおいた方がよい。この勝利を仏のご加護のお陰だと皆に知らしめるのだ」

――さすがだな。

勝利の興奮が冷めやらぬ時でも、厩戸は勝利の効果を最大限にすることを忘れていない。

「承知しました」

朝日が降り注ぐ中、馬子は大きく息を吸うと叫んだ。

「当方の大勝利だ。これも仏のご加護のお陰だ！」

馬子は「仏のご加護」という点を強調した。

「おう！」

兵たちは立ち上がり、手にした武器を掲げて応えた。

士気は最高潮に達していた。

この日の戦闘はこれで終わり、馬子ら討伐軍は、守屋の阿都の稲城を包囲する態勢を取った。

翌朝、仏への祈禱を終えると、討伐軍の猛攻が始まった。

阿都の稲城は水堀と高さ二間（約三・六メートル）ほどの柵列を周囲にめぐらした平城なので、容易なことでは攻め崩せない。

大地の凹凸に身を隠しながら矢を射つつ、討伐軍の兵士たちが迫る。だが物部方は柵列の上から矢を射れるので、寄手は身を隠す術もなく討たれていく。そのため木盾を並べて接近する方法が取られた。それでもすべての矢を防ぐことは難しく、稲城の周囲は次第に死屍累々となっていった。

「火矢を放て！」

鏃に油をたっぷり含んだ布を巻き付けた矢が射られる。それらは柵列に当たって黒煙を上げ始めた。それが目くらましとなり、寄手の接近が多少は容易になった。

「よし、大木で門を破壊しろ！」

馬子の下知に応じ、数十人の兵が大木を持って門に突進する。大木には太縄が回されており、それを持って矢の雨の中を走り抜けねばならない。

敵の矢が大木の持ち手に集中する。絶叫を残して何人かが倒れる。それでも門前に到達した者たちは、「そりゃ！」という声を出しつつ門に大木をぶつけた。だが容易に門は壊れない。

「よし、次の者たち、行け！」

同じように大木を持った別の者たちが、門に大木をぶつける。それに続き、第三の大木も突進していった。その間に、第一の大木が元の位置に戻り、再び突進する。矢に当たって脱落した兵の場所には、すぐに後方にいる予備の兵が入る。

「行け、行け！」

馬子の下知に応じ、兵たちは死にもの狂いで突進していく。

大地を揺るがせるほどの衝撃音が、続けざまに轟く。

門を破壊する際、大木をぶつけるのは常道だが、三つの大木が順繰りにぶつかっていくことで、破壊力は何倍かに増す。

その時、門の内側に見える朴の木から矢が放たれた。絶叫が聞こえ、大木を持つ兵の一人が倒れた。その兵は胸板を射抜かれ、微動だにしない。続いて再び矢が放たれ、別の兵が倒れた。朴の木の射手の狙いは正確だ。

それを皮切りに、大木を持つ兵たちが次々と射殺された。無事だった者は抱えていた大木を放り出し、こちらに走り戻ってくる。その背にも矢が浴びせられる。

どうやら強弓を引く者が朴の木の股に陣取り、矢を放っているようだ。

――守屋に違いない。

俄然勢いを得た物部方の矢が、柵列の上や隙間から放たれる。それにより三組の大木を持つ者たちは、その場に大木を置いて戻ってきた。

――まずい。このままでは戦が長引く。

馬子は何かいい策はないかと頭を絞った。

次の瞬間、馬子の脳裏に妙策が閃いた。

十二

戦場の喧騒の中、馬子が東漢直駒に問う。

「直駒、そなたの知る限りで最も強弓を引くのは誰だ」

「われら渡来人も弓は得意としておりますが、大和人で、われらより強弓を引く者が一人だけおります」

「それは誰だ」

「押坂彦人王子の舎人の迹見首赤檮です」

「おお、あの中臣勝海を殺したという剛の者か」

中臣勝海は迹見首赤檮によって締め殺された。

「迹見は彦人王子の舎人を率い、ここに来ておるな」

「はっ、探してまいります」

直駒は兵を四方に走らせ、迹見を探しに行かせた。

しばらくすると、兵の一人が迹見を連れてきた。迹見は六尺（約百八十一センチメートル）に及ぶ長身の上、筋骨隆々とした体軀の持ち主だった。

「そなたが迹見だな」

「はっ、彦人王子の兵を率いて参陣しております」

「誰よりも強き弓を引くそうだが」

迹見が残忍そうな笑みを浮かべる。

「それがしに敵う者はおりません」

「頼もしい限りだ。では、あの朴の木にまたがる者を射殺せるか」

守屋らしき者の強弓は衰えず、いまだ功を焦って近づいてくる者を射殺していた。

そのため朴の木を中心にして、放射線状に遺骸や負傷者が広がっている。

「あの木は葉が茂っておるため、一矢で射殺すには、二十間（約三十六メートル）以内に近づかねばなりません」

「そこまで近づけば殺せるのだな」

「はい。間違いなく」

「よし」と言うや馬子は使役（使番）を呼び集めた。

馬子の策は、兵たちの欲心を利用して一斉に前進させ、朴の木の射手の注意を四方に分散させている隙に、迹見に接近させるというものだった。

「銅鑼が鳴ったら、朴の木めがけて一斉に近づくよう伝えよ。朴の木の勇者を殺した者には、河内国内に十二カ村を与えると付け加えるのを忘れるな」

「はっ」と答えるや使役が散っていく。

迹見が馬子の意を察した。

「なるほど、あの守屋らしき射手が四方に気を取られている隙に、私に近づけというのですな」

「そうだ。それならいいだろう」

「それでも、わが身が危ういのは確か」

「河内国内十二カ村では足らぬか」

馬子はこの時、迹見の主にあたる彦人王子を次の大王にすることを条件にしてくると思っていた。だが迹見の答えは違った。

「物部一族の河内国内の全所領をいただきたい」

「それは大きく出たな」

馬子は、こうした欲のある男を好む。

――父上も「人の心は欲に満たされておる」と仰せになっていたが、欲心ある者は、いかようにも操れるからな。

だが物部一族の河内国内の所領をすべて与えてしまっては、ほかに功を挙げた者に与える所領がなくなる。

「よし、物部一族の河内国内の所領を半分、そなたに授けよう」

「おお、ありがたい。それで十分」

黒々とした髭面から白い歯がこぼれる。

「見事に守屋を射殺したら、わが筆頭舎人の座も約束しよう」

蘇我氏当主の筆頭舎人の座は、前任者が病死したばかりなので空いていた。

「それは真ですか！」

「ああ、約束する」

「ありがたや！　わが射る矢には朱色の房飾りを付けておきます」

「よし、それが証しだな」

周囲を見ると、使役の言葉が全軍に伝わったのか、兵たちは緊張の面持ちで身構えている。

馬子は銅鑼を持って来させた。

「迹見、支度はすんだか」

「もとより！」

「そうだ。一つだけよいことを教えてやろう。守屋は動く的を捉えられない」

「ははあ、眼力の衰えですな」

「そうだ。それゆえまっすぐに走らず、横に動け」

「お任せ下さい」

「よし、任せた」と答えるや馬子が銅鑼を叩く。それを待っていたかのごとく、何事か喚きながら兵たちが一斉に走り出す。彼らに続くように、迹見も手勢を引き連れて飛び出した。

　朴の木の守屋らしき人物は、惣懸り（そうがかり）と察して次々と矢をつがえては放っている。それにより先頭を走っていた何人かが倒れた。それでも功を焦り、誰もが委細構わず走っていく。だが皆まっすぐに走っていくので、格好の的になってしまう。

　一方、木盾を持つ配下の後方から、迹見は慎重に近づいていく。

　だが矢頃に入る前に、朴の木の男は迹見に気づいた。

　――まずい。動け！

　馬子の思いが通じたかのように、迹見が横に走り出した。そこに矢が放たれる。だが矢は間一髪で外れた。それを見た迹見は片膝をつくと、朴の木の男が二の矢を射る前に矢を放った。

　矢は弧を描くように飛び、朴の木の葉の中に消えた。

　馬子が固唾（かたず）をのんで見守る中、葉が激しく揺れると枝が折れ、何かが柵内に落ちた。

　――討ち取ったか。

　柵内の動きが慌（あわ）ただしくなる。叫び声らしきものも聞こえてくる。

「よし、再び大木を持て！」

　その声を聞いた兵や舎人は、先ほど放り出した大木に駆けつけると、再び隊列を整えて門に向かった。

第一の大木と第二の大木が立て続けに門にぶつかり、凄まじい音を立てる。物部方の反撃はほとんどない。第三の大木が衝突した時だった。木の割れる音がした。城門の閂が折れ掛かっているのだ。

「よし、行け！」

再び第一の大木が城門にぶつけられる。今度はさらに大きな音がして、城門が少し開いた。閂が折れたのだ。さらに第二の大木が叩きつけられると、遂に城門が開け放たれた。そこに雄叫びを上げながら寄手が雪崩れ込む。

「馬子、やったな。わしも行ってよいか」

厩戸が馬を寄せてきた。

――この御仁は、死なない限り懲りぬな。

馬子が呆れたようにうなずく。

「ご随意に。しかし命の保証はできませぬぞ」

「承知の上だ。わが身はわが身で守る！」

そう言い残すと、厩戸は城門に向かった。それに続くように多くの兵が城内に殺到する。

稲城の中では男の断末魔の叫び声と女の悲鳴が交錯し、仏教の語るところの地獄の様相を呈しているようだ。

やがてそれも終わり、使役が駆け込んでくると、守屋とその一族をことごとく討ち取ったと伝えてきた。稲城内に潜んでいる敵兵は、すでにいないとのことだった。

「よし、行くぞ！」

馬子が中に入ると、物部方の兵や舎人の遺骸が散乱していた。その数は優に百を超える。

「こちらです」と言って先に稲城に入っていた直駒が、馬子を先導する。

兵たちが左右に分かれる中、馬子は正面の棟に向かった。

視界が開け、何体もの遺骸が棟の前に並べられているのが見えてきた。

その中に守屋の遺骸があった。守屋の分厚い胸板には、深く矢が突き刺さっている。

――これがあの守屋か。

憎みても余りある敵の遺骸を前にしても、なぜか馬子に喜びはなかった。ただ守屋が落ちた孤立という名の穴の深さを見せられた思いがした。

――わしもわが子孫も、さような穴に落ちぬようにせねばならない。

それは際限なく深く暗い穴だった。

傍らに立つ迹見が、守屋の胸に刺さった矢を示しつつ言う。

「見ての通り、朱色の房飾りが付いています」

「うむ、間違いない」

迹見の顔に笑みが広がる。

「それでは――」

「ああ、そなたに河内国内の物部領の半分を与えよう」

「これでわしも豪族ですな」

「その通りだ」

迹見とその手の者たちが「おう！」と快哉を叫ぶ。

それを尻目に、馬子は守屋の遺骸を間近に見た。

――守屋よ、この世に怨念を残さず、しっかりと仏に仕えるのだぞ。

そこに横たわるのは、間違いなく守屋だった。その顔は疲れ切ったかのようにやつれていた。

周囲から孤立し、次第に追い込まれていった守屋の心理的負担は、その顔さえやつれさせてしまうほどだったのだ。しかし遺骸の顔には、すべての苦悩から解き放たれた安らぎのようなものも感じられる。

――天寿国に旅立ったのか。

たとえ仏への信心が薄くとも、仏は天寿国へと導いてくれるという。

周囲には馬子も顔見知りの守屋の息子たちや、親類縁者の遺骸も横たわっていた。

そのどれもがやつれてはいるものの、安堵の色が表れているように感じられる。

——戦いは終わったのだ。もはやそなたらは敵ではない。

馬子は守屋とその一族のために手を合わせ、祭文を唱えた。その様子を見た配下の者たちも同様のことをしたので、周囲には厳粛な雰囲気が漂い始めた。

——戦いが終われば、敵も味方も死者は天寿国への道を歩む。幸いにして生き残った者には、現世での役割がまだあるということだ。

馬子は勝利の喜びよりも、これで王族と群臣が心を一にし、仏教国家の建設に邁進できることの方がうれしかった。

「聞け！」

その時、背後で大声が聞こえた。

——厩戸王子か。

物部氏との長い戦いが終わったという感慨に浸っていた馬子を尻目に、厩戸は兵の方に向き直っていた。

「見ての通り、逆賊守屋は死んだ。わが方の大勝利だ！」

「おう！」

「この勝利は仏のご加護あってのものだ！」

突然、仏を持ち出され、皆の顔に戸惑いの色が浮かぶ。

「これを見よ」

厩戸は舎人から四つの仏像を受け取ると、高く掲げた。

「これは護世四王の像だ。この日の勝利を祈願し、わしが削った。此度の戦は、この像のご加護があったから勝てたのだ！」

厩戸は馬子に成り代わり、この勝利をより大きなものにしようとしていた。

「仏を信じぬ者がどうなるかは、見ての通りだ。仏を信じる者だけが勝者となれる。そのことを忘れるな！」

「おう！」

兵たちの歓声は頂点に達した。

「では、物部一族の遺骸を前に祝杯を挙げよう。ここの稲城には尽きぬほどの食料と酒がある。今夜は好きなだけ飲んで騒げ！」

「おう！」

厩戸は振り向くと、馬子に問うた。

「些少の兵をお借りできるか」

「えっ、共に祝宴を楽しまぬでもよろしいのですか」

「わしは酒を嗜まぬ。それより、この道の先に守屋の屋敷がある。留守を預かる者どもが、まだおるはずだ。そこを焼いてくる」

「そういうことなら、私が行きます」

「そなたはここで祝宴を主宰した方がよい。残党の掃討（そうとう）は任せろ」

「致し方ありませんな」

馬子は苦笑いを漏らすと、直駒と渡来人部隊に付き従うよう命じた。


この後、厩戸は一部の兵を率いて「難波の宅」を襲った。

「難波の宅」は守屋の舎人の捕鳥部万（ととりべのよろず）が守っていたが、守屋の死を知らせる使者が着くや、屋敷に火を放って脱出した。しかし最後には捕捉され、自刃（じじん）して果てた。

守屋の子孫や親類縁者の一部は北河内に逃れ、物部姓を捨てて農民になった。そのため後に物部姓を名乗る者は皆無となる。

戦いは終わった。

これにより、馬子の目指す仏教王国の樹立に反対する者はいなくなった。だが、強大な権力を握ることになった馬子を憎悪する者は少なからずいた。

仏教国創設のため、馬子は新たな戦いに挑んでいく。

第三章　仏聖降臨

一

用明二年（五八七）八月、物部一族が滅亡したことにより、飛鳥に静謐が訪れた。人々に笑顔が戻り、大夫、国造、豪族たちは、われ先にと祝辞を述べに額田部の許にやってきた。

守屋という障害を取り除いた馬子と額田部は、新たな大王の検討に入った。

二人は竹田王子に王位を継がせたかったが、竹田はまだ十代半ばという若さなので、いったん泊瀬部王子を即位させることにした。

泊瀬部は欽明と小姉君の第五子で、王位継承権を持つ者の中で最年長の三十五歳と年齢的にも十分な上、守屋討伐軍にも参加していたことで、王位に就く資格は十分あった。

ただし馬子が殺した穴穂部の同母弟でもあり、本来なら警戒すべき人物だった。しかし元来が学究肌の従順な青年で、今回も穴穂部に味方することはなく中立を保っていたことから、信頼できると思われた。

穴穂部を殺した直後、馬子が泊瀬部に弁明に行った時も、「かの者はわが兄であって、わが兄に非ず。非道な者を討ったのは逆に忠臣の証し」「この国から仏敵を掃滅し、共に仏教国を築こうぞ」と言って、馬子を称賛した。

一方、額田部としては堅塩媛系の大王でないことに不満だったが、竹田が王位の適齢期に達していないので、承諾せざるを得なかった。

これにより盛大な王位就任の儀が行われ、泊瀬部王子あらため崇峻大王を、額田部と馬子が支えていく体制が発足する。

その時、一つだけ予想外のことが起こった。

この時代、大王は代替わりごとに宮、すなわち住処を移転するのが常だった。いわゆる「歴代遷宮」である。前代がどのような形で死を迎えようと、その地には穢れがあるとされたからだ。それでも敏達と用明は、大王宮を飛鳥中心部の北東にあたる磐余の地に置いていた。

ところが崇峻は磐余に大王宮を置かず、飛鳥の中心部から二里半（約十キロメートル）ほど東の十市郡の倉梯の地に置くと主張した。この地は多武峰を南に望む山深い地で、とくに西から向かう場合、人一人がやっと通れるほど狭い山間の道を行かねばならない。そのため王宮の地としてはふさわしくなかったが、馬子はその意図を察していた。

——飛鳥から軍勢を差し向けた場合、山間の一本道で迎撃することを念頭に置いているのではないか。
山間の地に宮を築いたのには、そうした狙いがあるに違いないとにらんだ馬子は崇峻に翻意を促し、いくつかの適地を提案したが、崇峻は頑として譲らず、馬子も受け容れざるを得なかった。自ら推戴した新大王の要望を否定することは、その権威をも否定することにつながるからだ。

案の定、崇峻は倉梯の地に移った直後から、親しくしていた大夫や豪族を仮の宮に招くようになった。馬子の干渉を受けない地で、与党を形成しようというのだ。

翌崇峻元年（五八八）、馬子は額田部の名で飛鳥寺の造営再開を発表した。同時に、善信尼をはじめとする留学生や学問僧を百済へと送った。飛鳥寺ができた時に最新の教義を講義させると同時に、多数の経典を持ち帰らせるためだった。

一方、すでに百済から寺工（設計者）、造寺工（大工）、瓦工、仏画工、鑪盤工（相輪など鉄製仏具の鋳造技術者）らが渡海してきており、大和人への技術伝授が行われていた。

飛鳥寺の造営予定地は二転三転した結果、真神原という狼が群棲する地が選ばれた。この時代、狼は真神と呼ばれ、神の使いとして崇められていたが、人を襲うことも多くなり、飛鳥から離れた地に追い立てられることになった。

ところが崇峻が、「獣の住んでいた土地に仏舎を建てて、仏の怒りを買わないか」

と言い出したため、馬子らは大祓（おおはらえ）という神事を行うことで、土地に張り付いた穢れを拭い去った。

この儀式は大嘗祭と同じように「東西文部（やまとかわちのふひとべ）」と呼ばれる渡来系の東漢氏（やまとのあや）と西文氏（かわちのふみ）によって行われる。彼らはその地に充満した罪や穢れを取り除こうと、「祓太刀」を献上し、「祓詞（はらえごと）」を読み上げる。それが何日にもわたって行われるのだが、この時、崇峻の手の者がやってきて儀式を停止させようとした。

儀式を停止させるということは、仏に対する冒瀆（ぼうとく）につながる。そのため警備にあたっていた東漢直駒（やまとのあやのあたいこま）の手の者との間で諍いが生じ、双方に怪我人が出た。

こうなってしまっては、馬子も動かざるを得ない。額田部の使者として、弟の境部（さかいべの）摩理勢（まりせ）と五十人ばかりの兵を率いた馬子は、崇峻の大王宮のある倉梯の地に赴いた。


――ここが倉梯宮か。

かつて草深い山裾の地だった倉梯は、木々が伐採され、徴発した人夫が行き交う喧騒の巷（ちまた）と化していた。その中心に建つ大王宮はひときわ巨大で、周囲を威圧しているように見える。

外周に張りめぐらされた柵列を見て、摩理勢がため息をつく。

「これほどの王宮を築くとは。大王は誰と戦うつもりなのでしょう」

馬子より十歳ほど年下の摩理勢は、これまで馬子の留守を託されることが多かった。だが崇峻大王の即位を機に、馬子は蘇我氏一門の連枝筆頭格として境部家を創設し、摩理勢を初代に据えた。同時に父稲目から受け継いだ遺領の一部を譲ったので、摩理勢は喜び、馬子に忠節を誓った。

――これで崇峻の考えが分かった。王統を竹田王子には渡さないつもりなのだ。深い堀と高い柵列で周囲を取り巻いたその宮を見た時、崇峻が王統を守り抜く覚悟でいることが、はっきりと分かった。

倉梯宮の南門（大手門）は高くそびえ、来る者を拒んでいるかのように感じられる。

その時、門上に動きがあり、「どなたのご来訪か！」という声がした。

摩理勢が負けじと大声で返す。

「大后様の使いの蘇我馬子と境部摩理勢だ。前触れを出しておるので、来訪は心得ておるはず」

「しばし待たれよ」

そう言うと舎人の姿は消え、ほどなくして門が開いた。

そのまま兵を伴って中に入ろうとすると、舎人が制した。

「大王から、蘇我大臣お一人で来られるよう申し付けられております」

摩理勢が色めき立つ。

「それは異なことを。供の者は宮の庭で待たせてもらうのが礼式ではないか」

「私からは何も申し上げられません。大王の意向をお伝えしただけです」

馬子が鎌を掛けた。

「もし聞かなかったら」

物頭（ものがしら）が即座に答える。

「討ち取れと申し付けられております」

双方の兵が身構える。突然、周囲の空気が張り詰めた。

馬子が高笑いする。

「承知仕（つかまつ）った。わし一人で参ろう」

「兄上――」

「この場は任せろ。そなたらは王宮の外で待機していろ」

「よろしいので」

「構わぬ。ゆえなく大臣を殺せば、大夫たちが許さぬ。たとえ大王であろうと退位させられるだけだ」

馬子が声を大にしてそう言うと、物頭がたじろいだ。

「そなたらは――」

馬子が身構える兵たちを見回しつつ言う。

「本を正せば佐伯連や土師連の手の者であろう。そなたらを大王の衛士として配置したのは、このわしだ。それが分かっておるのか」

その時、奥の方から佐伯丹経手と土師猪手が走り来た。

「これは馬子殿。よくぞいらっしゃいました」

二人が馬子の馬前に拝跪する。

「大王が供の者を宮の外で待たせておけと仰せだと聞くが」

若い丹経手が身を縮めるようにして言う。

「はい。そう承っております」

「それならそれで構わぬが、わしの身柄は、そなたらが守ってくれるな」

壮年の猪手が力強くうなずく。

「もちろんです。身命を賭してお守りします」

「それならいいだろう」

馬子は「鬼葦毛」を下りると、二人に導かれるようにして宮の奥に向かった。振り向くと、摩理勢たちが衛士に背を押されるようにして外に出されていく。

馬子の前後に二人が付く。馬子を殺そうと思えば殺せるが、いかに大王の命であっても、彼らが額田部の正使の馬子を殺すことなどできないと馬子は確信していた。

倉梯宮はなだらかな丘陵の南東に築かれ、次第に坂を上る形になる。やがて四面に広い庇の付いた居館建築が見えてきた。

――ここが庁（後の朝堂院）だな。

大王が大夫たちと朝議を行う場が庁になる。今は磐余にある亡き用明の王宮で行われているが、倉梯宮が完成すれば、大夫たちは一山越えていかねばならない。

庁の前には、朝庭と呼ばれる広い庭が広がっている。ここで大夫たちを前にして、大王が訓辞や発表を行う。

――すべて崇峻の威厳を高めるための道具だ。

崇峻は王朝の財力を傾けて、大王宮を築いていた。

庁を通り過ぎてさらに奥に進むと、崇峻の私的空間となる大殿（後の大極殿）が見えてきた。その前面には「園池」と呼ばれる回遊式の庭園と池が造られている。

庭園と池の普請は終わっていないらしく、駆り出された奴婢らしき人々が土砂を運び出している。

――何のためにかようなものを造るのか。

大王には民を使役する権限がある。それをいいことに、崇峻は民が田畑を耕せないほど使役し、贅を極めた王宮を造っていた。その怨嗟の声は馬子の許にも聞こえてきており、馬子は早急に何らかの手を打たねばならないと思っていた。

二

大殿の前では、崇峻大王の身辺警固をする者たちが整列していた。その背後には、銅張りの柱が連続する荘厳な空間が広がっている。

——あれは熊野から運ばせた大木だな。

先導役に従い、新木の匂い漂う回廊を進んだ馬子は、対面の間に通された。そこには豪奢な玉座が置かれ、その前に丸茣蓙が敷かれている。対座する者が崇峻を見上げる形にしてあるのだ。

やがて悠揚迫らざる態度で姿を現した崇峻は、ゆっくりと玉座に座った。その冠帽は、これまでの大王がかぶっていたものとは一線を画し、金の刺繍が施された絹製の冠に、金銀の飾りが付けられた見事なものだった。

「久方ぶりだな」

崇峻の顔に嘲るような笑みが広がる。

「即位の儀以来です」

馬子は片膝立ちで両手を前に合わせる中国王朝式の拝礼をした。たとえ王族であっても、額田部や厩戸に対しては頭を下げるだけで略式化するが、相手が大王ということもあり、正規の礼式を取ったのだ。

――誰が王位に就けてやったのだ。

そう思う反面、大王の座に就くまで爪を隠していた崇峻にしてやられたという思いが、馬子にはあった。

――わしの目が曇っていたのか。

今更どうにもならないが、崇峻の心中を見抜けなかったことが口惜しくてならない。

「馬子よ、時が経つのは早いものだな」

「仰せの通りです。こちらの宮の造営も、随分とはかどっておるようですな」

「ああ、何やら漢土が混乱しているらしく、わが国に逃げてくる者が急に増えた。おかげで建築を専らとする者も多くやってきたので、随分と助かっている」

中国大陸では、数十年前から北周が力を持ち統一へと動いていたが、丞相（じょうしょう）の楊堅（ようけん）が全権を掌握し、北周に成り代わって隋（ずい）を建国していた。隋は南方の陳（ちん）への侵略を開始した矢先だった。

陳とは南北朝時代末期に江南地方に勢力を伸ばしていた地域勢力で、南朝最後の国家となる。そのため陳の人々が難民として大和国へ渡来してきていた。この翌年の五八九年、隋は陳を滅ぼし、中国の統一を果たすことになる。

「北方から起こった隋という国が漢土を統一すれば、わが国にも何らかの影響があるはずです」

「その通りだ。隋が朝鮮諸国を制圧することにでもなれば、次の狙いはわが国となる。それを防ぐ手立てを、今から考えておかねばならぬ」

――何が言いたい。

含みを持たせた崇峻の物言いに、馬子は疑念を持った。

「つまり隋が漢土統一を成し遂げれば、今まで以上に警戒せねばならないということですね」

「そうだ。高句麗（こうくり）や新羅（しらぎ）を傘下に収めれば、次に狙われるのは百済であり、わが国だ。それは寺の造営よりも大切なことだ」

――つまり飛鳥寺の造営に待ったをかけたいのか。

ようやく崇峻の本音が見えてきた。

「では、いかがなされるおつもりか」

「その答えを聞きたいか」

馬子がうなずくと、崇峻は勝ち誇ったように言った。

「すぐに飛鳥寺の造営を取りやめる」

心中の動揺を抑え、馬子が問う。

「どうしてですか」

「寺など後からいくらでも造れる。今大切なのは、この国を守ることだ。わしはそのことに金を使いたい」

「では、この大王宮には金をかけても、仏教を普及させる拠点となる飛鳥寺には、金をかけないと仰せなのですね」

「それは皮肉のつもりか」

崇峻の顔色が変わる。

「そう取られるのなら、それで構いません」

一瞬、崇峻の顔は憎悪に歪んだが、すぐに冷静さを取り戻した。このあたりの駆け引きは、同母兄の穴穂部とは違って一枚上手だ。

「大王宮は、大王の威厳を高めるために必要なものだ。飛鳥寺とは違う」

「とは仰せになられても、国庫は無限ではありません」

「それは分かっている。だがわしには深慮遠謀がある」

「その深慮遠謀とやらをお聞かせいただけませんか」

「いいだろう」

崇峻が挑戦的な眼差しで語り始めた。

「今、わが国に入ってきている鉄は少ない。そのため新たに武具を作れず、古いものを鋳直すなどして使い続けねばならない」

五三二年、金官加耶（キムグァンガヤ）が新羅の軍事的威圧の前に降伏し、また大和国の出先機関だった任那（みまな）国府も消滅して以来、大和国に入ってくる鉄の量は先細っていた。

後の慶尚南道（キョンサンナムド）の海岸に面していた金官加耶国は鉄の産地として栄え、大和国とも交易していたが、新羅の侵攻を受けてからは実質的にその支配下に置かれていた。

崇峻は、新羅は大和国への鉄の流入を統制し、来るべき侵攻の機会をうかがっていると力説した。

「大王が仰せのことは分かります。しかしそれが飛鳥寺の造営を中止させることと、どう関係するのですか」

崇峻が自信を持って言う。

「わしは任那国府を再興させたいと思っている」

「なんと――」

崇峻の顔に笑みが広がる。

「われらの喫緊（きっきん）の課題は、鉄や西方の文物が安定的に入ってくるような経路を築くことだ。そのためには、かつてのように国府を置くべきだ」

馬子が首を左右に振りながら言う。

「たとえそれが成ったとしても、国府を維持していくためには、莫大な国費がかかります」

「もちろんだ。だが飛鳥寺の造営をやめれば、それを捻出できる」

崇峻の本意はそこにあった。

「われらは飛鳥寺を造営し、仏教によってこの国の民を束ねていかねばなりません。そのためには天寿国と見まがうばかりの聖地を造らねばならないのです」

「それは分かる。だが今は鉄の獲得を優先すべきだ」

「いいえ。まずは国内の結束を固めるためにも、飛鳥寺が必要なのです」

「分からぬな。仏教で人心を束ねるなど、しょせんまやかしではないか」

「仏教をまやかしと仰せか。大王は以前、われらと共に仏教国を造ろうと仰せだったではありませんか」

「いかにもそう申した。今でも仏教を柱とした国造りが正しき道と思っている」

「では、飛鳥寺の造営を進めていきましょう」

崇峻が苦い顔で言う。

「その必要はない。この世に姿を現さぬ仏より、わが身を神とした方がよい」

——此奴(こやつ)は何を考えておる。

馬子の胸底から、沸々と怒りがわき上がってきた。

「それは考え違いではありませんか」

「何が考え違いだ。わしとその象徴である王宮を崇めさせることで、この国は束ねられる」

「たとえそれが成ったとしても、大王一代限りのことです。大王は生身の人です。いずれ死が訪れます。しかし仏は違います。万民が仏の教えを奉じることで、静謐は永遠に続くのです」

「それは違うな」

崇峻が自信を持って反論する。

「それは、まやかしの安らぎだ。それとも仏が、この国を守ってくれるとでも言うのか。そんなことはない。この国を守ってくれるのは鉄だ。鉄により武装した軍団を作り、鉄の農耕具で田畑を耕せば、この国は富み栄える。しかも今なら、百済も任那国府の再興には賛同してくれる」

朝鮮半島南部で新羅と角逐を続ける百済にとって、大和国の兵が任那に常駐することは、力強い味方を得たことになり、歓迎されこそすれ嫌がられることはない。

崇峻が力を込めて言う。

「任那国府の再興は、わが父欽明と兄敏達の悲願でもあった。それを成し遂げることが、わが使命だ。そのために、わが威厳を高めるのだ」

「大王の存念はよく分かりました」

「では、賛同してくれるな」

「いいえ。賛同はできかねます」

「なぜだ！」

崇峻が玉座の肘掛けを叩く。

「任那国府を再興するには、民に多くの負担を強いることになります」

「当たり前だ。大義を貫くためには犠牲が必要だ」

馬子が首を左右に振る。

「それは違います。そうした大義を兵や民が理解するとお思いか。かの者たちは日々の糧が得られ、少しでも豊かな暮らしができれば、それでよいのです」

「そんなことはない。鉄製の農耕具が普及すれば、民は豊かになる。きっと分かってくれる」

「もう少し民の立場になって物事をお考え下さい。もしも大王が民の一人だったら、突然、妻子眷属と別れさせられ、朝鮮国に行かされるとなればどうなされる。おそらくこの国に帰れずに死ぬ者も出てくるでしょう」

「当たり前だ。中には運が悪い者もいる」

崇峻が横を向く。

「運のよい悪いで片づけられる話ではありません。民も心を持った人なのです。それゆえかの者たちに、まず夢を見せねばならないのです」

「それが飛鳥寺ということか」

「そうです。天寿国があると思えば、兵も民も力を尽くします。人にはそうした『心の柱』が必要なのです」

「『心の柱』か――。仏になり代わって、わしがその役割を担おう」

「それはできません。大王は現世（うつしよ）の支配者です。ですから民に苦役を強いることもあります。その一方、仏は来世を司っております。見えないからこそ、仏は尊い存在となり、来世に希望が持てるのです」

崇峻がため息をつく。

「そなたの言うことにも一理あると認めよう。だがわしは今、大王としての地位を固めねばならぬ。まずはこの王宮の建設に力を注ぎ、その後、飛鳥寺の造営に国費を振り向けるということではどうだ」

「つまり国庫にも限りがあるので、飛鳥寺の堂塔伽藍（がらん）の建築を少し先延ばしできないかということですね」

「そうだ。こちらを優先させてもらいたいのだ」

――致し方あるまい。

ここが落としどころだと馬子は思った。

「分かりました。御意に叶うようにいたします」

何らかの妥協点が見えたことで、馬子は矛(ほこ)を収めることにした。

三

新緑に彩られた小高い丘の上に立ち、建築途中の飛鳥寺を眺めながら、額田部が言った。

「実に長き道のりでしたね」

「はい。ようやくわれらの宿願の象徴、飛鳥寺の造営に着手できました」

崇峻には「堂塔伽藍の建築を少し先延ばしする」と約束した馬子だったが、諸国から集めた材や人が次々とやってくるので、急に作業を止めることはできない。それで困っていたところに高句麗の使節がやってくるという一報が入り、それを迎える場として南門と講堂だけでも造営することにした。国賓を迎えることになるので、それなら崇峻も「仕方ない」と思ってくれるはずだと、馬子は思っていた。

「それで、高句麗の使節は、いつ参るのです」

「すでに筑紫(つくし)国に着いたと聞いておりますので、五日から十日もあれば、難波津に着くと思われます」

この時代、大陸や半島から来る使節や賓客は、筑紫国の博多津で何泊かした後、瀬戸内海を東航し、難波津に着くのが一般的だった。

「それで、講堂の建築だけでも急いでおるのですね」

「はい。すべての伽藍を築くことはできませんが、南門と講堂だけでも完成させ、歓迎の儀を執り行うつもりです」

南門と講堂は仕上げ段階に入っており、塗師が足場を掛けて青や赤の塗料を塗っている。

「いよいよ他国に、われらも仏教を奉じる国だと示すことができるのですね」

「はい。われらの念願が叶う時が来たのです」

馬子が伽藍配置などを説明していると、馬を飛ばしてくる者がいる。

周囲を警戒していた東漢直駒と迹見首赤檮が駆けつけてくるや、額田部と馬子の前に立ちはだかった。

「案ずることはない。あれは大王の使者だ」

馬飾りで誰の使者かは判別できる。

「大王の使者であるぞ！」

馬から飛び降りずに使者が大音声を発する。

それに応じて、馬子らは拝跪の姿勢を取ったが、額田部とその従女たちは、立ったままでいた。だが使者は、それに不満のようだ。

「われは大王の使者である。皆の者、拝跪して話を聞け！」

額田部が胸を張って言う。

「私は前の大王の后です。たとえ大王ご本人であっても、そんな礼式を取る必要はありません」

使者は口惜しげに一瞥(いちべつ)すると、用件を伝えた。

「大王は飛鳥寺の造営を急いでいると聞き、『話が違う』と仰せです。すぐに申し開きに来るようにとのこと！」

「何を仰せか！」

馬子が負けじと大音声を発する。

「大王に謁見(えっけん)した後、高句麗の使節が来るとの一報が入った。それを迎える場所を築くのは、国賓を迎える礼として当然のことではないか！」

「それを大王に申し上げてもよろしいか」

「言うまでもなきこと。使節を迎える儀に大王にもいらしていただきたいと、すでにお伝えしたはず」

「では、蘇我大臣は申し開きに参られぬと仰せか」

「当たり前だ。逆に明後日には、大王にこちらにお越しいただきたい」

使者が馬上のまま言い放つ。

「その通りにお伝えするが、よろしいか」

「構わぬ」

それを聞いた使者は馬に鞭をくれて走り去った。

「あんなことを言ってよいのですか」

使者の残した土埃を見ながら、額田部が心配そうに問う。

「他国の使節、すなわち国賓を迎えるにあたって、その迎賓の場を設けるのは当然のことです」

「しかし大王との約束を反故にし、飛鳥寺の造営を進めたことになりませんか」

「それは考え方次第でしょう」

そこに再び土埃を蹴立てて馬がやってきた。馬上の人物を見た馬子と額田部の頰が緩む。

馬上の人物が颯爽と馬から飛び降りる。

「これは厩戸王子、いかがなされましたか」

「お二人がおそろいでこちらにいらしていると聞き、駆けつけてきました」

額田部が明るい声で言う。

「さすがに早耳ですね」

「まあ、それが取り柄の一つですからね」

廐戸が屈託のない笑みを浮かべて続ける。

「それにしてもいい眺めですね。まもなく南門と講堂が完成するとか」

馬子が答える。

「はい。ここで高句麗の使者を迎えようと思っています」

「それはいい。われらが同じ仏教国だと、他国の使節に知らしめることになる」

「そうなのです」

「しかし大王の許可なく造営を始めたことで、大王はお怒りのようだ」

廐戸がため息交じりに続ける。

「大王は常々、飛鳥寺は無駄なものだと言い放っています。それでも馬子殿との話し合いで、一定の妥協が図られたと聞いていましたが、それも此度(こたび)の高句麗使節の来訪と、それに伴う南門と講堂の造営によって元に戻ってしまいますな」

額田部が釘を刺す。

「廐戸王子、そのことは別の機会に話しましょう。今は高句麗の使者を迎えることに力を注ぐべきです」

「分かりました。しかし事が事だけに、どうなるかは分かりませんぞ」

「そんな話は聞きたくありません」

そう言い捨てると、額田部はその場を後にした。だが廐戸が鳴らす警鐘に、馬子は一抹の不安を感じていた。

四

数日後、いよいよ高句麗の使節団が飛鳥にやってくることになった。馬子らは、額田部をはじめとした王族と共に飛鳥寺の南門前に並び、使節団を迎えることにした。

高句麗の使者の行列が見えてきた。

その華やかに飾られた輿や色とりどりの服を着た従者たちを見て、馬子は飛鳥寺を一部でも造営しておいてよかったと思った。

やがて正使の乗る輿が南門の前で止まった。輿が下ろされて扉が開けられると、中から現れたのは女性だった。

――あれは、まさか！

その顔を見た瞬間、馬子は己の目を疑った。前に立つ額田部も呆気に取られている。

「お久しぶりです。皆様、私のことを覚えておいでのようですね」

額田部が少し上ずった口調で応じる。

「その美しいお顔を忘れてはおりません。美女媛殿――」

「ありがとうございます。今の私は、乙夜伊良姫と申します」

「これはご無礼を」

額田部が少し頭を下げる。

「かつての名が懐かしい折でもあり、こちらでは美女媛とお呼びいただいても構いません」

美女媛が涼しげな笑みを浮かべる。その背後には、白髪の交じった髪を双髻に束ねた吾田子が従っていた。

「此度は、高句麗国の正使として、この地に参りました」

「そうだったのですね」

額田部も驚きを隠せない。

「時の流れは早いもの。しかし懐かしい皆様の顔を拝見でき、かつての日々を思い出しました」

周囲の風景を見回しながら、美女媛は満面に笑みを浮かべていた。

「遠いところを、わざわざお越しいただき感謝の言葉もありません」

額田部と美女媛が並んで立ち、歓談している姿に違和感はない。かつては身分の差がありすぎて考えられない光景だったが、今は自然に思える。

――あれから十二年近くが経ったのだな。

美女媛は三十代半ばになるはずだが、その容色は衰えるどころか、艶やかさを増していた。

「馬子殿、お久しぶりです」

王族との挨拶を終えた美女媛が、馬子の前に立った。

「此度はよくぞ参られました。われら一同、歓迎いたします」

「ありがとうございます」

間近で見る美女媛の瞳は潤んでいた。

――わしとて気持ちは同じだ。

だが馬子は立場上、歓迎の言葉以外は言えない。

それが分かっているのだろう。馬子の前に長居することなく、美女媛は続く者たちと挨拶を交わしている。やがて額田部の案内で美女媛が南門をくぐった。それに高句麗の使節団、大和国の王族と群臣が続く。

その後、講堂で仏に祭文(さいもん)を捧げた後、双方は向き合う形で会談に入った。双方の上手には大王の玉座が置かれているが、崇峻が来ないため空席となっている。

「貴国が大寺院を建立するほどの仏教国になったことは、われらにとっても喜ばしいことです」

美女媛の言葉に額田部が応える。

「これも御仏のお力によるものです」

「仰せの通り。仏を信じることで、すべては救われるのです」

美女媛が遠い目をする。

――そなたは本当に救われたのか。

あの時、馬子は心を鬼にして美女媛を高句麗行きの船に乗せた。たとえ故郷に帰れても、美女媛が幸せにならないことを、馬子は知っていた。だが政（まつりごと）を司る者として、美女媛を帰すことで高句麗に恩を売り、さらに額田部の心証をよくしておきたかったのだ。

――許してくれ。

美女媛一個のことを考えれば、それは正しい判断ではなかったかもしれない。だが美女媛が両国をつなぐ役割を果たせる人材となったことで、自らの判断は正しかったと証明された。

額田部が言う。

「まずお詫びを申し上げねばなりません。大王はここのところ違例となり、床に臥せっております。それゆえ此度、皆様方にお会いすることはできません。しかし大王から私がお話を聞くよう命じられておりますので、私を大王の名代と心得ていただければ幸いです」

「大王の病が一日も早く治ることを祈っております」

美女媛が一礼すると、額田部の顔に笑みが浮かんだ。

「堅苦しい話は、ここまでといたしましょう」

「は、はい」

身分差から、かつて同座などできなかった額田部と対座することに、美女媛は気後れがあるようだ。それを感じ取った額田部は、そうした心理的圧迫を取り払ってやろうとしていた。

額田部が優しげに問う。

「故国にお帰りになられてからも、たいへんだったのですか」

「それはもう。父の後を継いだ兄は殺されており、一族の所領もなくなっていました。ただ人の伝手(つて)だけは残っていたので、私は高句麗の王族に妾(しょう)として拾われました。その後、貴国と国交を結ぼうとなったのですが、高句麗には貴国のことを知る者が少ないので、こうして私が使節に任命されました」

「それで此度の宛所（目的）はいずこに」

「はい。それでは本題に入らせていただきます」

美女媛が合図すると、従者が敷物のように巻かれたものを左右に広げた。

それは、半島から大陸の北東部が描かれた絵地図だった。

この頃、高句麗と百済は手を組んで新羅に対抗していたが、新羅は新たに興った隋王朝と結び、高句麗に圧力を掛け始めていた。それに危機感を抱いた高句麗は、中国東北部（後の満州）を押さえる東突厥（とっけつ）と外交関係を結び、隋を牽制してもらうことにした。突厥とは漢土の北方を勢力圏とする遊牧民族国家のことで、内紛によって東と西に分裂していた。

牛革らしきものに描かれた絵地図を前にして、美女媛が語り始める。

「漢土を統一せんとする隋は、遂に陳に攻め入りました。さらに西突厥を帰順させ、わが国へと攻め入ろうとしています」

隋の勃興により、大陸と半島の情勢は不安定になってきていた。

美女媛が続ける。

「新羅はいち早く隋と手を結び、南北からわが国を圧迫しようとしています。それゆえ貴国との間で早急に同盟を結びたいのです」

美女媛の視線が馬子に据えられる。

額田部が美女媛に問う。

「つまり、わが国に新羅を牽制してほしいのですね」

「仰せの通り。そうすれば、われら高句麗は隋だけを相手に戦えます。幸いにして、われらと隋の間には遼河（ヨハ）という大河が横たわり、船でないと行き来できません。そこに兵を配し、隋の大軍を阻むつもりです」

額田部が馬子に顔を向ける。

「大臣、この話を聞き、いかにお考えか」

――ここは慎重に対処すべきだ。

たとえ美女媛の要請であっても、国家を預かる身として安請け合いはできない。

「乙夜伊良姫様が仰せのことは尤もです。しかしながら、何の大義もなく新羅を攻めるとなると、寝た子を起こすことにもなりかねません」

美女媛の顔が曇る。

「もちろん立場が逆になった際は、われらが新羅を牽制します」

新羅が大和国に攻め入ることになった時、高句麗は新羅の北辺部に侵入し、新羅の兵を引き付けてくれるというのだ。

美女媛は外交的駆け引きを心得ていたが、馬子は慎重論に固執した。

「仰せのことはよく分かります。ただわれらは今、静謐を享受しています。その間に国力を養うつもりでいます。無用な派兵は国力を疲弊させるので、当面は避けたいのです」

その時、外が騒がしくなった。

――何事か。

変事が起こったとも考えられるので、馬子は腰を浮かしかけた。

その時、扉が開いた。

「お待たせいたした」

颯爽と入ってきた者が誰か分かった時、馬子は怒りに打ち震えた。

――わしの顔に泥を塗るつもりか。

現れたのは崇峻だった。

五

左右に居並ぶ群臣の間に緊張が走る。

「高句麗からのご使者とやら、遠路はるばるお越しいただき感謝している」

崇峻の言葉に、美女媛がうやうやしく応じる。

「お加減が悪いと伺っておりましたので、大王に相見（あいまみ）えることはできないと思っていたのですが、わざわざお越しいただき、この上なき喜びです」

「ご要望の趣旨は書状で承った。万難を排して貴国に助力しよう」

美女媛来訪の目的は、崇峻あてに親書が出されているので伝わっている。

「それは真ですか」

美女媛をはじめとした高句麗使節団が呆気に取られる。

「お待ち下さい」

崇峻が何か言う前に馬子が口を挟む。

「今、飛ぶ鳥を落とす勢いの隋の同盟国の新羅と敵対することは、われらにとって利があるとは言えません。この場は群臣でよく吟味し、われらの方針を決めるべきだと思います」

「ほほう、それが大臣のお考えか」

「はい。国家の盛衰が懸かっております。大王お一人の考えで決めるべきことではありません」

「何だと――、大臣はわしの面目をつぶすつもりか！」

「いいえ。さようなつもりはありません。ただわれらの意見を聞いた上で、お決めいただきたいのです」

崇峻の口端が歪む。

「よく言うわ。そなたはわしとの約束を破り、飛鳥寺の造営を進めたではないか」

「それは違います。高句麗の使節が来訪すると聞き、最低限の迎賓の場を設けただけです」

「それが、ここだというわけか」

馬子がうなずく。

「これはよき機会だ。額田部女王と群臣の前で、どちらが正しいか論議しよう」

「それは別の機会を設けます。今は高句麗の使者の前ですから――」

「いや、聞いてもらおう」

崇峻の鋭い眼光が馬子を射る。崇峻が馬子と勝負に及ぼうとしているのは明らかだった。

「分かりました。では――」

二人がそれぞれの意見を述べ、相手の意見を否定する。だが飛鳥寺造営を優先させたい馬子と、任那国府の再興を図りたい崇峻では、互いに相容れることはない。

「もう結構です」

二人の論戦が一区切りついたところで、額田部が言った。

「私は蘇我大臣を支持します。飛鳥寺を国家鎮護の祈禱の場とすることで、この世を静謐に導きたいのです」

崇峻が失笑を漏らす。

「女王が仰せの通り、争いのない世こそ大切です。しかしながら、静謐は望むだけでは手に入りません。静謐を手に入れるためには、強くあらねばならないのです」

「いいえ、仏のご加護が得られるよう、ひたすら祈ることが静謐への近道です」

崇峻が膝を叩いて笑う。

「困りましたな。ではお尋ねしますが、新羅が攻めてきた時、女王は戦わずに飛鳥寺で祈禱を続けると仰せですか」

「それ以外、女に何ができるというのです」

「国家鎮護のため仏教を奉じることに、私も異論はありません。しかし祈るだけで、運命を仏に委ねることには同意できません」

「では大王は、この世に仏がいないとお思いですか」

呆れたように首を左右に振りながら、崇峻が断言する。

「いません」

群臣からどよめきが起こる。

「では大王は、この世のすべてを司っているのが神だと仰せか」

「神もいません。この世には神仏などいないのです！」

崇峻が群臣を見回しながら言う。

「この世を司っているのは、われわれ人なのです。だからこそ、われらは自らを守る努力を怠ってはいけません」

額田部の顔色が変わる。

「大王は仏を否定するのですか！」

「存在は否定します。ただし仏を信じることで心が救われるのなら、それはそれで効用のあることなので否定はしません」

　――思っていた以上に崇峻は明晰だ。

　群臣の前で、あからさまに仏を否定してしまっては、一部の熱狂的な仏教徒から支持を得られなくなる。それゆえ仏教というものを尊崇するという姿勢を保ちながら、それを心の中に閉じ込め、三界（現実世界）では自らが主導権を握ろうというのだ。

　崇峻は群臣に向き直ると、声を大にして言った。

「われらに今、必要なのは仏ではない。鉄だ」

　その言葉に群臣がどよめく。

「鉄なくして、この国は守れぬ。鉄の産地を新羅に押さえられている今、新羅を倒して鉄の産地、すなわち任那国府を再興させることこそ、われらの喫緊の課題なのだ」

　崇峻が自らの言葉に酔うかのように語ったその時、群臣の中から発言を求める者がいた。

「お待ちあれ」

「誰だ！」

「これはご無礼仕りました。厩戸でございます」

　厩戸は不敵な笑みを浮かべていた。

「わしの発言を遮るとは無礼千万。だが此度は高句麗の方々の前だ。大目に見よう。

そなたは何が言いたい」

「われらが高句麗に助力して新羅を滅ぼせたとして、高句麗は任那国府の再興を許しましょうか。乙夜伊良姫様にお聞きしたい。われらが任那国府を再興することを条件に掲げれば、いかがなさいますか」

美女媛が威儀を正して発言する。

「いかなる助力が得られるか分からない今の段階で、任那国府についてお約束することはできません。しかし高句麗に戻ったら、この条件を大王に伝えます」

「こういうことです」

厩戸が両手を広げる。

「つまり高句麗と攻守同盟を結んだところで、鉄が手に入るとは限らないのです。逆に高句麗との戦いに新羅が勝ったらどうしますか。わが国と新羅の関係は悪化し、鉄の入手はさらに遠のきます。ここは静観すべきでしょう」

厩戸は見事に崇峻の弱みを突いた。

「では聞くが、厩戸は鉄を手に入れられる別の方法があるとでも言うのか」

「ありません」

「代替案がない者は発言を控えろ！」

崇峻が癇癪（かんしゃく）を起こす。

厩戸はさらに反論しようとしたが、額田部の声が聞こえた。

「論議は別の場で行いましょう。今日はここまでとし――」

「いいえ、女王様。ここで決を採ります」

――それはまずい！

全く根回しができていない状況では、任那国府再興という大王家重代の悲願になびく者も多いはずだ。

馬子が慌てて言う。

「お待ち下さい。この場で決定することはありません。われらに数日、いや一日でも考える時間をお与え下さい」

「これ以上、何を考えるというのか」

「それは――」

「では、採決する」

「大王、ここで決を採り、もしも高句麗の使者の望む話にならなかったら、いかがいたしますか。せめて場を移し――」

「その必要はない。私は大王として独断で何事も決められる。それを皆に諮ろうとしておるのだ。これほどの譲歩はない」

「分かりました」

——万事休すということか。そうなれば採決で勝つしかない。

馬子が決然とした態度で言う。

「分かりました。それでは入れ札で決めましょう」

群臣がどよめく。

「皆に忘れないでもらいたいのは、大臣を務めてきた私が、これまで誤った判断を下したことが、一度としてなかったということだ。われらは一つひとつ厄介事を片づけてきた。それは私が下した判断が正しかったからだ」

「それとこれとは関係がない！」

崇峻が烈火のごとく怒る。

「私が果たしてきたことを申したまでです」

二人の間に火花が散る。

——いつか崇峻はわしを殺す。

馬子の直感がそれを教える。

だが崇峻は視線を外し、背後に控える舎人に入れ札の支度をさせた。

「入れ札は無記名でよい。誰が誰を支持したかは、明らかにせぬ方がよいだろう」

崇峻は自信に溢れていた。

群臣の中から声が上がる。

「二者択一だと思われますが、何と何にしますか」

「そうだな」

顎に手を当ててしばし考えた末、崇峻が言った。

「寺と鉄にしよう」

崇峻の笑い声が堂内に響いた。


息をのむような時が過ぎる。

群臣の誰もが入れ札を隠すようにして、どちらかを記入する。自分がどちらに与(くみ)しているかを、左右に見られたくないのだ。

「そろそろよいか」

崇峻が舎人たちに合図すると、二つに折られた入れ札が回収されていく。

「こうして衆議に諮ったのだ。どちらになろうと、誰も文句は言えまい」

崇峻が馬子の方を見ながら言う。

やがて舎人によって入れ札が読み上げられた。

結果は圧倒的に「鉄」だった。

それを聞いた美女媛が歓喜に咽(むせ)ぶ。高句麗の従者たちも手を取り合って喜んでいる。

「女王、蘇我大臣、ご異存はなかろうな」

額田部が渋い顔で言う。

「致し方ありません」

「大臣はどうだ」

「衆議一決したものです。異存などありません」

崇峻が座の後方に向かって言う。

「先ほど、誰ぞ、わしに反論した者がおったな」

「はい」と答えて厩戸が立ち上がる。

「そう、そなただ」

崇峻が厩戸をしげしげと見つめる。

――このままでは厩戸王子の身も危うい。

額田部は殺されることはないと思われるが、馬子と厩戸は窮地に立たされたことになる。

「これで納得したか」

厩戸は「はい」と答えるしかない。

「さて、では今から、蘇我大臣の持つ国庫の鍵を預かるとする」

「なんと！」

群臣からどよめきが起こる。国庫の鍵を預かるとは、これまで財務全般を取り仕切ってきた蘇我氏から、その権限を取り上げることを意味する。

国庫には、各地の国造が献上した金銀財宝があり、それらは国家の貴重な財源となっている。

――これは政変だったのだ。

この時になって初めて、馬子は崇峻の策謀にはめられたと覚った。

「お待ち下さい。そんなことは採決されていません」

「いいや、そなたに国庫の鍵を預ければ、理由を構えて寺の造営を続けるだろう」

「そんなことはありません」

「では約束を破り、南門と講堂を勝手に造営したのは誰だ！」

馬子が返答に詰まったので、崇峻が畳み掛ける。

「朝鮮に出兵するには、莫大な金が要る。それゆえわしが、国庫の鍵を握らねばならないのだ」

「それは違います」

額田部が反論する。

「国庫の財宝は、出兵だけに使われるわけではありません」

「何を仰せですか。そんな覚悟では出兵は失敗します」

そう言われてしまえば、反論の余地はない。

「よし、それでは私の考える計策（計画）を伝える」

そこにいる者たちが衣擦れの音も派手派手しく平伏する。

「まず国庫を豊かにせねば、任那国府は再興できても維持できない。それゆえ東山道、東海道、北陸道に兵を送り、いまだ朝貢していない豪族を説得または平定して屯倉を増やす。また朝貢していても、その量をごまかしている国造も摘発する。次に国家の境界を広げる。まずは蝦夷（奥羽地方）、越の国（北陸地方）、海浜（常陸国北部）に使者を送って恭順させ、朝貢させる」

「おお」というどよめきが起こる。

――ここまで崇峻が考えているとは思えぬ。背後に誰かいるのではないか。

崇峻は十分に賢いが、ここまで考えているとなると、背後の存在を否定できない。

――もしかすると中臣三兄弟か。

かつて押坂彦人王子に殺された勝海の息子には、若子、古多比、贄古の三人がおり、崇峻の王宮に入り浸っていると聞いたことがある。

崇峻が声を大にする。

「次に兵を鍛えて派遣軍を編制する。大夫たちは自らの傘下の国造に、壮士を出すよう命じよ。それぞれ何人出すかは追って伝える！」

それですべては決まった。

崇峻三年（五九〇）と同四年を国力の充実に注力した崇峻は、崇峻五年（五九二）末頃の朝鮮への進出を目指し、挙国一致体制を布くことになる。

六

島庄（しまのしょう）にある蘇我邸には月見台が設けられ、そこから望む月は飛鳥一の景観と言われていた。

「まさか、そなたが使者として来るとはな」

酒杯を持った馬子は、美女媛にそっと寄り添った。

「馬子様の驚く顔を楽しみにしておりました」

「そうか。心底驚かされたわ。今宵はゆっくりと月を楽しもう」

「今宵は、このままここにいてもよろしいのですか」

唖然とする馬子に、美女媛が微笑みを返す。

「戯れ言です。私は高句麗の使者です。もう馬子様と閨（ねや）を共にはできません」

「致し方ないな」

しばし笑いあった後、美女媛が月を眺めながら言った。

「この月は高句麗からも望めます。馬子様がきっと同じ月を見ていると、何度思ったことか」

「そうだ。月はどこの空にも上がる。そしてあまねく大地を照らす」

「大地に生きる人々がいかに多かろうと、大切な人は一人だけ」

盃に注がれた酒に月が映る。それを見て馬子は、運命に翻弄されてきた美女媛の悲しみの深さを知った。

「そなたは意のままにならぬ半生を歩んできた」

「では、意のままの半生を歩める人がいるのでしょうか」

——その通りだ。この世では、誰もが運命に縛られている。

馬子は稲目の影響で仏教を信じるようになり、仏教を中心に据えた国家の建設こそ正しい道だと信じてきた。

——そして、それを邪魔する者たちを亡き者にしてきた。

だが崇峻の言うことにも一理あり、そうした反対意見にも耳を傾けねばならないと思うようになった。しかも崇峻も仏教を奉じているから事は厄介で、要は何を優先的にやっていくかで食い違っているだけなのだ。そして群臣の多くが崇峻に従ったのは、崇峻が大王だからではなく、その言っていることに理があったからだ。

——ということは、わしの半生は誤っていたのか。

何が正しい道なのか、馬子にも分からなくなっていた。

「馬子様にとって、私は過去の人ですか」

美女媛が唐突に問うてきた。

「突然何を言う」

「人には出会いがあり、別れがあります。あのまま馬子様の前から、私は消え去った方がよかったのかもしれません」

「そんなことはない。再会も仏の思し召しだ」

「本当にそう思っているのですか」

「この時をどれだけ待っていたか」

「嘘——」

美女媛は見抜いていた。

「ああ、嘘だ。もう会えぬと思っていたので、『この時を待っていた』とは言い難い」

「でも、私は帰ってきました」

懐かしい香りが馬子の鼻腔に満ちる。美女媛の好んだ「沈水香木（じんすいこうぼく）」の香りだ。

「あの時、わしはそなたを政の道具に使った。そなたの意思も確かめずにだ」

「もう終わったことです。では今の馬子様なら、私をあのままにしておきましたか」

「ああ、今のわしなら、そなたを高句麗に返したりはしなかった」

「いいえ」

美女媛の声音が冷たいものに変わる。

「そんなことはありません。きっと今でも、私を政の道具に使ったはずです」

馬子には答えようがなかった。おそらく、その通りだからだ。

「此度のことは祝着であった」

馬子が話題を転じる。

「そうですね。でも馬子様の意にそまぬことになったようですね」

美女媛の顔が曇る。

「そなたと高句麗にとっては、よかったではないか」

「まだ分かりません。馬子様が、このまま何の手も打たないとは思えませんから」

「いや、朝議の決定には従わねばならぬ」

「建前でおっしゃらないで」

それについて馬子は答えようがない。

「飛鳥寺を建立し、この国の静謐の象徴にしたいという馬子様の望みは分かります。でもお願いです。高句麗をお救い下さい」

「そなたも話を聞いて分かった通り、大王は高句麗を救うために兵を出すのではない。鉄の産地を押さえるために兵を出すのだ」

「たとえそうであっても構いません。それが新羅の牽制になれば、われら高句麗としては大いに助かります」

——それはそうだが、果たして大王の思惑通りに行くかどうか。

鉄製武具に限りがある大和国の軍勢は、新羅に敗れる可能性もある。

——そんなことにでもなれば、次に憂慮（ゆうりょ）されるのは新羅の侵攻だ。

崇峻は渡海作戦が失敗した時のことを考えていない。それが馬子には不安だった。

今度は美女媛が話題を転じた。

「馬子様、こうして二人でいると、昔を思い出しますね」

「そうだな。このまま——」

馬子が口ごもる。

「このまま、何ですか」

「いや、このままそなたと一緒に月を見ていたいと言いたかったのだ」

「日の出になれば月も隠れます」

「でも夜になれば、また月は出る」

美女媛が悲しげな顔をする。

「もう、こんな時間を過ごすことはないでしょう」

「やはり帰るのだな」

「私は正使です。高句麗王へ大和国の返答を伝えねばなりません。そうなれば——」

「二度とこの地の土を踏めないと言うのか」

「はい。おそらく――」

馬子は杯を置くと、美女媛を抱き締めた。

「さらばだ。最愛の女よ」

「その言葉を胸にしまい、残る生涯を生きていきます」

美女媛の体は小刻みに震えていた。それが馬子へと伝わってくる。

月を望みながら、馬子はこの時間が永遠に続けばよいと思った。

七

風が強く吹いていた。誰一人いない飛鳥寺は雑草に覆われ、その向こうに講堂が寂しげに見えている。

崇峻五年（五九二）九月、建設途中で放棄された飛鳥寺に、馬子は一人茫然と佇んでいた。

――すべては夢と消えたのか。

崇峻の大王親政は進み、大夫や国造の多くはその与党と化し、倉梯宮は誰も訪れない日がないほどの賑わいを見せていた。

一方、馬子は大臣の地位にとどまってはいたが、権限の大半を取り上げられ、名ばかりの大臣となっていた。額田部にも立場はなく、二人は群臣からも「過去の人」として扱われていた。

馬子は崇峻に対して恭順の姿勢を取り続けたので、命を狙われることはなかったが、いつ何時あらぬ罪を着せられて殺されるか分からない。

――すべては周到に仕組まれていたのだ。

当初、崇峻は従順だった。しかも実兄の穴穂部に与さず、穴穂部を葬ったのが馬子だと知っていながら感情を面に表さず、自らが王位に推されるのを待っていた。そして大王になってからも慎重に事を運び、遂には権力を独占した。

――見事にしてやられたな。

だが今更、何を言っても手遅れだった。崇峻は巨大な権力を手にしたのだ。

――わしに人を見る目がなかったのだ。

そう自嘲しながら南門を見上げると、落成した時、あれだけ鮮やかだった朱色や青色も随分と色あせてきているのに気づいた。

落剝（らくはく）した飛鳥寺の姿は、己の姿を映した鏡のように見える。

その時、背後から声が掛かった。

「馬子殿、ここにおったか」

「あっ、これは厩戸王子」

厩戸が境内を見回しながら近づいてきた。

「ひどいものだな」

「見ての通りです」

「常に手を入れないと、堂宇は朽ちてしまう。このままでは瓦礫になる日も近いな」

厩戸がため息をつく。

「仰せの通りです。このまま放置すれば、飛鳥寺は廃墟と化します」

「任那国府の再興に執着する大王にとって、飛鳥寺などどうでもよいのだ」

厩戸が馬子を誘うように、講堂に向かって歩き出す。その石が敷き詰められた道も、わずかな隙間から生えた雑草が、膝くらいの高さまで繁茂している。

「どうやら筑紫に兵が集められたようだ」

「聞いております。総勢二万とか」

前年の十一月頃から、各地の兵が筑紫国に集められ、渡海の時を待っていた。

だがその前に、崇峻は問責使を新羅に送った。新羅が任那国府の再興を認め、かつての加耶諸国の一部を割譲するなら、戦わずして朝鮮半島に進出しようというのだ。

明らかに高句麗に対する背信行為だが、崇峻は高句麗のことなど考えていない。おそらく北方では高句麗が新羅との小競り合いを始めているはずで、新羅は南方に回す兵力も枯渇してきているに違いない。そうした新羅の足下を見た崇峻は、戦わずして任那国府を再興しようとしていた。

「馬子よ、鉄の原料が取れる領土を、新羅がわれらに割譲するとは思えない。わが国の兵が鉄製の武具によって強力になれば、必ず敵対するからだ」

「いかにも。外交交渉だけで任那国府を再興できるなど、ありえないことです」

だが、ここまですべてがうまく行っている崇峻は増長し、そんなことまで実現すると考えているかもしれない。

厩戸が暗い顔で言う。

「おそらく新羅との交渉は決裂し、大王は怒り、出兵の運びになる。そして――」

「大敗を喫するという見立てですね」

「ああ。そうだ。そうなれば国家存亡の秋を迎えるだろう」

厩戸が他人事のように言う。だが、その予言者のような言い方は頼もしくもあった。

――さような若造を頼もしく思うほど、わしは衰えてきているのか。

馬子は心身共にどん底にあることを自覚した。

「では、この戦いはどこに難しさがありますか」

「渡来人から聞いた話だが、かの国の南端部は小島が多く地形が複雑で、潮の流れも激しく変わるという。敵は慣れた海でいかようにも戦えるのに対し、われらは慣れない海で右往左往し、上陸する前に壊滅することも考えられる」

「そうしたことを大王は想定しておられるのですか」

「想定しておるはずがなかろう。かの御仁は誰の言葉にも耳を貸さぬ」

厩戸が吐き捨てるように言う。

このところ、崇峻は周囲の諫言(かんげん)も聞かなくなっていた。

「では、このままいけば、われらは大敗を喫し、新羅の侵攻に戦々恐々とせねばならなくなるのですか」

「そうなるだろう。しかし新羅の国力からすれば、壱岐・対馬を制圧するのが精いっぱいだ。真に恐ろしいのは――」

厩戸が苦々しげに言う。

「その背後にいる隋だ。隋は漢土を統一し、天を衝く勢いだという。隋が本気で乗り出してくれば、わが国などもみつぶされる」

「では、どうすればよいのです」

厩戸が思わせぶりに笑う。

「道は一つしかない」

「それは何ですか」

「わしにそれを言わせるのか」

　厩戸が馬子をぎらりとにらむ。

「これは、ご無礼仕りました」

「まあ、よい。そなたとは一蓮托生だからな」

　講堂に着いた二人は、その林立する柱を見上げた。

「遠目からでは分からぬが、講堂の傷みも激しいな」

「はい。何も施していないので、塗装のはげたところから雨水が浸入し、柱木の内部を腐らせています。一刻も早く手を打たねばなりません」

「手を打たねばならぬのは、飛鳥寺だけではない」

　厩戸が声をひそめて続ける。

「大王の収奪の激しさに、各地の国造どもは不平を鳴らし始めた。二万の兵を養い、数千の兵船を造り、さらにまだ財や人を供出させられると聞いた群臣や豪族も音を上げている。今なら政変を起こしても、文句を言う者はおらぬだろう」

　そうは言っても、政変に失敗すれば蘇我一族は滅ぼされる。

　――だがこのまま成り行きに任せれば、破滅は必ずやってくる。

「さて、大臣殿はどうするのかな」

　それには答えず、逆に馬子が問うた。

「政変が成功した後、大王に誰を据えるのですか。まさか厩戸王子ご自身が――」

「そんなことをすれば、わしが政変の首謀者だと告げているに等しいことになる。誰も文句を言えない方を大王位に推せばよい」

「それは誰ですか」

思わせぶりな笑みを浮かべた後、厩戸が答えた。

「わしにも考えはあるが、それを言うのはまだ早い」

風は冷たさを増し、冬が近いことを告げていた。

八

崇峻五年（五九二）十月十日、馬子は厩戸の訪問を受けて食事を共にしていた。そこに迹見首赤檮が重大な情報を持ってきた。

「それは真か」

迹見首赤檮が声をひそめる。

「はい。大王の妾として倉梯宮に潜り込ませた大伴嬪小手子（おおとものみめこてこ）から聞いた話ですが、大王に山幸（やまさち）として猪が献上された折、大王は自ら剣を取って猪の首を落とした後、『いつの日か、この猪の首を切るように、われが嫌うかの男の首を落としたいものよ』と仰せになったというのです」

「その『かの男』とは、わしのことなのだな」

「残念ながら、ほかに該当する者はおりません」

　厩戸が苦々しい顔をする。

「大王は国造の次三男や若い農民をかき集め、倉梯宮内に兵の養成所を造り、武芸の鍛錬をしていると聞く」

「王子もご存じでしたか。かき集められた者たちの数は三百を超えるとか――」

　厩戸が敵意をあらわに言う。

「これで大王の本心が分かった。大王が専断（独裁）するにあたって、邪魔者は一人だけということよ」

　馬子がため息をつきつつ嘆く。

「すでに力を失っている私を、なぜ大王は殺したいのか。全く分かりません」

「万事うまく行っているからこそ、不安になるのが人というものだ。政を専断する者ほど、その不安は大きくなる」

「かような私でも不安の一つなのですね」

　すでに力の均衡は崩れ始めており、崇峻の力は増大し、馬子の力は衰えていくばかりだった。

「馬子よ、座して死を待つか――」

さすがに畏れ多いと思ったのか、厩戸が小声になる。

「事を成して生き残るかのいずれかだ」

――事を成すとは、大王を誅殺することか。

しかし崇峻を殺す大義はない。ただ馬子と政策が合わないというだけで、大王を誅することなどできない。

「王子、われらには大義がありません」

「われらだと――」

厩戸が苦笑する。

「困っているのはそなただ。わしではない」

「それはそうですが――」

「まあ、よい。いずれにせよ大義がないなどと言って頭を抱えていれば、遠からず謀反人に仕立て上げられ、殺されるだけだろう」

「それは分かっておりますが、大義なくして兵を催すことはできません」

「兵を催すだと。何を言っている。堅固な構えを持つ倉梯宮を落とすには、相当の兵力が要る。今のそなたでは下部も入れて五百も集まるまい。その程度では奇襲でも落とすことは覚束ない。だいいち奇襲なら夜になる。となればあれだけ大きな宮だ。大王に脱出を許してしまうだろう。用心深い大王のことだ。おそらく脱出路なども考えているはずだ」

——厩戸の言う通りだ。蘇我氏の随身（ずいじん）や舎人に渡来人部隊を加えても二百から三百。それに境部摩理勢ら支族の兵を集め、ようやく四百がいいところだ。それでは包囲しきれず討ち漏らすかもしれない。

討ち漏らせば、反撃態勢を整えた崇峻は、逆族となった蘇我氏を討伐するだろう。

「馬子よ、そなたは兵を使わずに殺す方法を考えねばならぬ」

「兵を使わず、と仰せか」

「そうだ。大王が倉梯宮を出て一人になる時、または供の者と離れた時を狙うのだ」

馬子が頭をひねる。

「さような時がありましょうか。大王は常に屈強な随身で周囲を固めています」

「そこを何とかせねばならぬ」

さすがの厩戸にも、よい知恵は浮かばないようだ。

「卒爾（そつじ）ながら——」

迹見首赤檮と共に背後に控えていた東漢直駒が発言を求める。

「何かあるのか」

「はい。よろしいでしょうか」

「構わぬ。そなたの考えを述べよ」

「大王の近くから警固の者たちが下がるのは、儀式の場しかありません」

厩戸が膝を打つ。

「そうか。その場を襲えばよいのだ！」

「お静かに」

いかに馬子の邸内だろうと、これだけの大事を大声で話し合うわけにはいかない。

直駒が続ける。

「儀式の場であれば、すべての兵仗は大王の周囲から遠ざからざるを得ません」

厩戸が反論する。

「群臣しか参加できない儀式の場に、どうやって刺客を送り込むのだ」

「何らかの献上品を大王の前に持っていくのは、身分の低い者になります」

「そうか。その中に刺客を潜り込ませればよいのだな。それなら――」

厩戸が膝を打つ。

「東国の調を献じる儀式の場ではどうだろう」

東国の調とは納税物の一つで、絹、綿、海産物といった諸国の産物を納めさせることだ。人頭税の庸と共に、調は朝廷の大きな財源となっていた。

東国の調を献じる儀式とは、東国から運ばれてくる産物のごく一部を、形式的に大王に献じるもので、大王は天に祈りを捧げて感謝し、その後に祝宴が開かれる。

厩戸が腕組みしながら言う。

「だが大王を殺せても刺客は逃れられない上、そなたに近い者が刺客となれば、嫌疑はそなたに掛けられる。やはり難しいのではないか」

直駒が不敵な笑みを浮かべる。

「私に策があります」

その策を聞いた馬子は息をのんだ。

九

額田部の住む豊浦宮（とゆらのみや）は甘樫丘（あまかしのおか）の北に隣接している。宮の東側には懸崖（けんがい）状になった月見台が設けられ、そこからは飛鳥川が望める。

馬子と額田部は、そこで食事を共にしていた。膳の上には、赤米、鯛、わかめの汁、かぶの酢の物、胡瓜（きゅうり）の塩漬け、そして酒が並べられている。

すでに日は沈み、遠く見える山嶺の輪郭がかすかに見えているだけだ。

馬子は青白さが目立ってきた月に捧げるように盃を掲げた後、一気に飲んだ。

「冬の月は格別ですな」

飛鳥の地は盆地なので、夜の冷え込みは厳しい。馬子は額田部を誘うにあたり、自邸に招こうとしたが、額田部からは「それなら冬の月を眺めながら食事を供したい」と返答があり、豊浦宮の月見台で額田部と食事を共にすることにした。

額田部は料理に少し手をつけただけで箸を置いた。

「共に眺める相手によって、月は格別なものになるのではありませんか」

額田部は、美女媛が馬子の許を訪問したことを知っていた。

「遠来の客をもてなすのも大臣の務め――」

「共に月を眺めることもですか」

馬子がため息をつく。従女や端女から様々な噂が伝わるのだろう。

「美女媛は高句麗に帰りました。二度と戻らないでしょう」

「分かっています。でも一時なりとも二人で時を過ごしたのは事実でしょう」

「いけませんか」

今度は額田部がため息をつく。

「月を見ながら何を語り合ったのですか」

「この話はやめましょう。もう済んだことです」

「仰せの通り。すべては過去のことです」

「こうして昨日の続きの今日、そして今日の続きの明日を過ごしているうちに、いつかわれらの時代も終わるのですね」

馬子は四十二歳、額田部は三十九歳になっていた。

「そうです。だからこそ今やるべきことをやらねばなりません」

「やるべきこと――」

額田部の顔に不安の色が差す。

「この国を仏の教えによってまとめていくことです。そのためには、何としても飛鳥寺の建立を、われらの代で成し遂げねばなりません」

「仰せの通りですが、大王は任那の再興に国力を傾けていくつもりです」

「はい。残念ですが、われらとは相容れない方向に進んでいます」

額田部の顔つきが厳しいものに変わる。

「下がっていなさい」

額田部が従女たちに命じる。これで月見台には、馬子と額田部の二人だけになった。

「今日は、何か大事なお話があるのですね」

「はい。とても大事な話です」

話の内容を予期しているのか、額田部は一瞬辛そうな顔をしたが、気力を振り絞るようにして答えた。

「構いません。お話し下さい」

「それを聞けば抜き差しならないことになりますが、よろしいですか」

額田部の顔色が変わる。

「やはり、何か悪しき企みですね」

「はい」

額田部がため息をつくと言った。

「聞きたくありません」

「それなら結構です」

重い沈黙が垂れ込める。聞こえているのは眼下を流れる川音だけだ。

しばらくして額田部が問うた。

「やはり聞かねばなりませんか」

「はい。女王様が仏教を守りたいなら、聞いていただかねばなりません」

「つまり私を巻き込むのですね」

「巻き込むも何も、もう巻き込まれているではありませんか」

額田部が毅然として答える。

「よろしい。お話し下さい」

馬子が一拍置くと、小声で言った。

「大王を殺します」

額田部が息をのむ。

「何と大それたことを――」

「たとえそれが大それたことだろうと、この国の行く末にかかわることなのです」

「でも泊瀬部王子を大王位に就かせたのは、われらではありませんか」

「その通りです。王子だった頃、大王はうまく己を偽装し、われらを欺（あざむ）きました。ところが大王位に就くや、われらの排除を企んできました。このまま何もしなければ、われらは破滅です」

額田部が動揺をあらわにする。

「でも、どうしてそこまでのことをせねばならぬのですか」

「では、逆にお尋ねしますが、女王様は飛鳥寺を朽ち果てさせてもよろしいのですか。このままなら飛鳥寺は廃墟と化します。それは仏の教えが廃れていくことにつながります」

「だからと言って――」

膳を横にやると、馬子は膝をにじって額田部に近づいた。

「よろしいですか。このままなら王統は大王のものとなります」

崇峻には三人の王子がいたが、二人は早世し、第三王子の蜂子王子（はちこのみこ）だけが健在だった。崇峻としては絶対的な権力を築き、蜂子王子に大王位を譲るつもりでいるはずだ。

馬子が続ける。

「となれば、竹田王子は大王位に就けず、女王様の死後には間違いなく殺されます」

「何と恐ろしいことを――」

「大王は、竹田王子が即位するまでのつなぎなどになるつもりはありません。王統を簒奪（さんだつ）するつもりなのです」

「ああ――」と言って額田部が床に片手をつく。

「女王様、私だって辛いのです。しかし竹田王子のことを思えば――」

しばらくの間、肩で息をしていた額田部は、ようやく威儀を正すと言った。

「大王を殺したところで、竹田は大王位に就ける年齢に達していません。厩戸王子もまだ若すぎます。大王に適した三十代の王族は見当たりません」

「その通りです。それでお願いの儀があります」

「お願いの儀――」

馬子が力を込めて言う。

「大王位には、女王様が就いていただきます」

額田部の顔が驚きでひきつる。

「何を言っているのですか。これまで女が大王位に就いたことはありません」

「それは重々承知です。これは厩戸王子と共に知恵を絞った末に出した結論です。女王様が大王位に就くことで、政のことも、仏教のことも、王統のことも、すべて片が付くのです」

　額田部の顔に苦悶の色が浮かぶ。

「しかし女が国家を統治できますか」

「私と厩戸王子が支えます」

　しばらくの間、己の考えに沈んでいた額田部が思い切るように言った。

「分かりました。大王位に就きます」

「よくぞご決断いただきました」

「でも後々、厩戸王子は大王位に就かずともよろしいのですか」

「厩戸王子の心の内まで分かりかねますが、大王位に就かずとも、執政となれば満足なのではないでしょうか」

「それなら結構です。でも——」

　額田部の顔には、不安の色が浮かんでいた。

「女王様と私の死後、厩戸王子が大王位に就きたがると仰せになりたいのですね」

「そうです。竹田は生まれついて体が弱く、残念ながら優秀さでも厩戸王子に劣ります。馬子殿と私が死ねば、群臣が厩戸王子を大王位に就けるのではありませんか」

　額田部は、竹田が幼い頃から「もっと勉学に励め」と叱咤激励してきた。だが少年期から青年期に向かうに従い、学堂での厩戸との差は歴然とし、今では比較することさえ憚(はばか)られた。

「それからもう一つ――」

馬子が決意を込めて言う。

「これまで大夫たちの協議によって決まっていた次期大王を、大王が独断で決められるようにいたします」

「なんと――。さような専断が許されましょうか」

「専断ではありません。逆に群臣の反目と抗争を防ぐことにつながります」

「そうなれば大王の権勢が、より強くなるのではありませんか」

「その通りです。しかしそうしておかないと、大夫たちは女王の後継に厩戸王子を推すかもしれません」

それは額田部が最も危惧するところだろう。

「そこまでなさるのですか」

「はい。次第に私の権勢も衰えていくでしょう。それゆえ今のうちに、竹田王子への王統引き継ぎの道を確立しておきたいのです」

「厩戸王子と馬子殿は一蓮托生と考えてよろしいのですね」

「女王様の大王就任という策は厩戸王子から出たものです。しかし次期大王の決定については、私の独断です」

——そこに亀裂の芽が生じる可能性はある。

厩戸との争いが、先々起こるかどうかは分からない。だが、それを防ぐ手立てを今から講じておかねばならない。

「厩戸は——」

託宣（たくせん）を告げる巫女（みこ）のように中空を見つめながら、額田部が言う。

「恐ろしい若者です。何があっても敵対だけは避けるべきです」

「今のところは、良好な関係を保っておりますので、ご心配には及びません」

「でも先々のことは——」

「それは分かりません。いずれにせよ、さように賢い男を敵に回せば、私もただでは済まぬはずです」

馬子が己を戒めるように言う。

「その通りです。かの者を竹田の代まで、何とかつなぎ止めておいて下さい」

額田部の眉間には、不安の皺が深く刻まれていた。

それに気づいた馬子は、初めて額田部が年を取ったことに気づいた。

十

東国の調を献じる儀式は順調に進んでいた。

「奉る、奉る、毛野の調。庸米、庸布、正丁と次丁十二人！」

取次役が声も高らかに、毛野（上野国と下野国南部）の豪族たちの献上品を読み上げる。

正丁は奴婢階級の十代後半の青年、次丁は同じく十代前半の少年のことだが、この時代には労働力が貴重な資源なので、こうした奴婢の献上が喜ばれる。

続いて献上品の一部が一段高い玉座に座る崇峻に披露される。

献上品を運んできた者たちは片膝をつき、盆や笊の上に載せられた献上品の数々を大王に向けて捧げ持つ。それらを確かめた大王がうなずくと、献上品は運び去られる。

こうしたことが繰り返され、最後に大王自ら大地の恵みに対する感謝の祝詞を読み上げて儀式は終わる。

東国各地の献上品が次々と披露されていく。

——まだか。

背筋に汗が滴るのを感じる。馬子はじりじりしながら待っていた。

「奉る、奉る、陸奥の調。鮭の塩漬け、栲布、熊敷――」

――来たな。

毛野に続き陸奥の調が運ばれてくる。そのうちの一つを恭しく捧げ持っているのは直駒だ。

崇峻は威厳ある顔つきで、それらを眺めている。しかし先ほどから落ち着きのない目つきをしているので、心中では「早く終わらぬか」とでも思っているに違いない。すでに渡海軍は筑紫に駐屯しており、半島の情勢次第では、明日にも渡海が始まるからだ。

崇峻が一瞬、体を捻じって背後を向いた。離れた場所にいる内舎人に、何かを伝えようとしたらしい。

その時、調の一つを捧げ持っていた直駒は、落ち着いた動作でそれを下ろすと、ゆっくりと段を上った。その気配を感じたのか、崇峻が「何事か」と正面に向き直る。

次の瞬間、剣を抜いた直駒は、それを崇峻に振り下ろした。

「何をする！」

最初の一撃を肩に食らった崇峻が玉座から転げ落ちる。その背に第二撃が振り下ろされた。

「ぐわっ！」

第二撃は背の肉を抉り、鮮血が迸った。

「た、助けてくれ！」

直駒は顔つき一つ変えずに、倒れた崇峻の胸あたりに第三撃を突き刺した。

——今だ！

第三撃が繰り出された直後、馬子は壇上に駆け上がった。

「この狼藉者！」

剣を抜いた馬子が、立ち尽くす直駒の脾腹深くにそれを差し込んだ。

「うぐっ！」

直駒の腹を貫通した剣の切っ先が背中から飛び出す。直駒の顔が歪み、その口から肺腑を抉るようなうめき声が漏れた。

——すまぬ。堪えてくれ。

それを見て、ようやくわれに返った大王の随身や舎人が駆けつけてくる。一方、逃げ出そうとする群臣もいるので、儀式の場は大混乱に陥った。

倒れ掛かる直駒を支えながら、その耳元で馬子が呟く。

「許せ、直駒」

「こ、これでよいのです」

「そなたのことは忘れぬ」

「ありがとうございます。どうかわが妻子眷属をお守り下さい」

　そこまで言ったところで、直駒はくずおれた。

　駆けつけてきた随身や舎人が大王を仰向けにしたが、すでに全身血みどろになった大王は、白目を剝いて荒い息をしていた。

「大王、しっかりして下さい！」

　随身や舎人を押しのけるようにして大王に走り寄った馬子が、大王を抱き上げる。しかしその腕の中で、大王の首はだらりと垂れ下がった。

「大王！　大王！」

　馬子は声の限り叫んだ。

「ああ、何ということだ！　大王が死んでしまう！」

　馬子は懸命に崇峻の体を揺すった。だが崇峻は虚ろな目を開けているだけだった。

「医家は——、医家はおらぬか！」

　その声に応じ、医家らしき者たちが駆け寄ってくる。馬子は崇峻の体を下ろし、後のことを医家たちに任せた。だが崇峻が事切れているのは、誰の目にも明らかだった。

　その時、儀式の場にいた厩戸の声が聞こえた。

「皆、騒ぐな。狼藉者は蘇我大臣が討ち取った！」

　騒ぎは頂点に達していたが、馬子は崇峻と直駒の血の付いた朝服を示すかのように向き直り、居並ぶ者たちに告げた。

「皆の者、聞け！　たった今、大王は身罷(みまか)られた」

血みどろになった馬子を見て、そこにいる者たちは凍りついたまま動けない。

馬子は直駒の遺骸の上に足を置き、唖然とする群臣に向かって怒鳴った。

「謀反を働く者はかような目に遭う。よく覚えておけ！」

馬子の剣が直駒の胸を刺し貫く。すでに遺骸となった直駒は微動だにしない。

――直駒よ、そなたの死を無駄にはせぬ。

足下(そっか)の直駒に向かって、馬子は誓った。


この前夜、馬子は直駒を食事に招いた。

「いよいよ明日だな」

「はい。楽しみです。それにしても、これは美味ですな」

直駒が好物の年魚(あゆ)に舌鼓を打つ。その様子からは、死が明日に迫っているとは思えない。

「楽しみか。そなたという男は変わらぬな」

馬子の言葉に、直駒が笑みを浮かべて答える。

「大恩あるこの国と馬子様のためを思えば、この命など何ほどのこともありません」

「そなたが犠牲になる以外に、大王を殺す方法はないのか」

「考えていても時間ばかり過ぎ、大王はさらに有利になります」

「本当に構わぬのか」

「はい。あの時も申し上げたように、どうも胃の腑にしこりがあり、しくしく痛むようになってきました。おそらくさほど寿命は残っていないでしょう。ならば、これまでの馬子様のご恩に報いるべく、わが一身を捧げたいと思います」

　馬子が直駒の盃を満たすと、それを飲み干した直駒が続ける。

「思えば二十年ほど前、百済の使節に奴婢として連れてこられた私です。この国でも重労働に就かされると思っていました。しかし稲目様と馬子様に弓の腕を認められ、渡来人部隊の長に任命されました。それからは飢えることもなく、妻を娶り、子をなすこともでき、この国の人々と分け隔てなく生きることができました」

「そんな昔のことに恩を感じていたのか」

「われらの国には『恨は忘れても恩は忘れず』という教えがあります。恨みは忘れても、受けた恩だけは忘れないことが、われらの誇りです」

　馬子は感無量だった。

「これまでわしに尽くしてくれた上、命まで捧げてくれることに心から感謝している。だが汚名だけは――」

「よいのです。わが汚名は千載に残っても、蘇我家が繁栄していけば構いません」

「すまぬ。本当にすまぬ」

　馬子が頭を垂れる。

「何度も申し上げましたが、私が大王を討ち取った後、躊躇なく私を殺して下さい。決してほかの者の手に委ねてはいけません。馬子様が私を討ち取ることで、馬子様の疑いが晴れるのです。それで万事はうまくいきます」

「わしはこの手で、そなたを殺さねばならぬのか。それがいかに辛いことか――」

　天を仰ぐ馬子の盃に、直駒が酒を注ぐ。

「そこまで私のことを考えていただき心から感謝しています。ただ一つだけ心残りがあります」

　直駒が初めて辛そうな顔をする。

「何でもいいから言ってくれ」

「わが妻子眷属のことです。馬子様のお力で、どうかわが妻子をお守り下さい」

「当たり前だ。大王が死した後、再びわしが政を司ることになる。そうなれば、そなたの子孫は飛鳥の大道を堂々と歩ける」

「何と頼もしきお言葉、これで心残りはありません」

　これまでいかなる難局にあっても冷静だった直駒が、初めて涙を流した。

「馬子殿！」

茫然と直駒を見下ろす馬子の袖を厩戸が摑む。

「皆に落ち着くよう伝えなさい」

「分かりました」と言うや馬子が両手を挙げ、そこにいる者たちに静粛を求めた。

「聞いてくれ。大王は崩御した。狼藉を働いた者は、わが手で討ち取った」

誰かの声がする。

「それは誰だ！」

「渡来人部隊の東漢直駒だ」

その答えに儀式の場は騒然とする。

「どういうことだ」

「なぜ渡来人が大王を殺した」

「誰かの差し金か」

大夫たちがどよめく。

「今のところ全く分からない。これからそれを調べるので、少し待ってくれ」

それで儀式の場は落ち着きを取り戻したが、「大王死す」の一報はすぐに畿内各地に広がっていった。

その後、この事件は「任那国府の再興に反対していた東漢直駒による発作的な殺人」という結論が出された。むろんそれに疑問を抱く者もいたが、誰もが口を閉ざした。というのも同時に、「大王の死により混乱しているので、渡海を中止する」という布告が出されたからだ。

大夫たちは、崇峻が強引に進めていた出兵の負担に辟易しており、出兵中止は喜ぶべきことだった。これにより筑紫で渡海する支度に入っていた兵たちが、続々と帰ってきた。

群臣の誰もが、崇峻が強引に推し進めようとしていた任那国府再興について反対しており、出兵が中止になったのは慶事以外の何物でもなかった。

かつて彦人王子によって殺された中臣勝海の息子で、崇峻の側近だった若子、古多比、贄古の三人でさえ後難を恐れて沈黙を守ったので、黒幕を詮索するような者はいなかった。

かくして崇峻の壮麗な王宮「倉梯宮」は、穢れた地として解体されることになり、その地は崇峻の墳墓「倉梯岡陵」に変貌を遂げることになる。

十二月、次期大王を決める朝議が催され、馬子は前大后の額田部を推した。額田部はすでに三十九歳という年齢で、政治経験も豊富だったことが幸いし、満場一致で決定した。

　その場で額田部は飛鳥寺の建立再開を宣言した。

　額田部改め推古の即位の儀は、崇峻の喪が明ける翌五九三年の三月に決定された。それに先立ち、馬子の娘の刀自古郎女が厩戸に嫁ぐことになった。これにより馬子と厩戸の関係が強化され、推古―厩戸―馬子による新たな体制が構築されていく。だがそれは、新たな波乱の幕開けでもあった。

十一

　飛鳥寺の造営は、稲目の時代から仏教を信仰の柱と位置付けてきた蘇我氏が、その威信を賭けて進めてきた大事業である。しかも蘇我氏の氏寺ではなく、国家鎮護の祭祀場として計画されたので、その造営の再開は、国家的慶事となった。

　このことを百済と高句麗に知らせると、百済からは多くの寺工や造仏工が派遣され、高句麗の大興王からは、祝い金として黄金三百両が贈られてきた。

　崇峻が殺されてから二月後の五九三年正月、最初に建立される仏塔の心礎に、百済の高僧が持ってきた仏舎利を埋納する儀式が行われ、飛鳥寺の造営が再開された。馬子が大野丘の北に刹柱塔を建立したのが敏達十四年（五八五）なので、それから実に八年の歳月が流れていた。

伽藍配置は仏塔を三つの金堂が取り囲み、それを回廊によって囲繞し、その外側の北に大講堂を置き、さらに外塀をめぐらすという大規模なものだった。

すでに造られていた南門と講堂の傷みも激しいことから、分解して腐りかけた部材を取り換えたので、ほとんどの建築物が新築となった。

本尊となる仏像は、造仏工の鞍作鳥の手になる金銅製の丈六釈迦如来像に決まった。いわゆる飛鳥大仏である。これは推古十四年（六〇六）に完成する。


飛鳥寺の造営が佳境に入った推古四年（五九六）、馬子は長男の善徳、次男の蝦夷、弟の境部摩理勢を伴って飛鳥寺の造営現場に赴いた。

仏塔の心礎に眠る仏舎利に祈禱を捧げた後、馬子が言った。

「飛鳥寺こそ、この国の人々の心の拠りどころなのだ」

摩理勢が黒々とした美髯を震わせながら言う。

「これも兄上の功徳が天の仏に届いた証しです」

「わしの功徳か――」

馬子は大王を殺すという大罪を犯した。だがそれを指摘する者はいない。それだけ強固な独裁体制を築いたからだ。

馬子が苦い顔をしたのを、摩理勢は見逃さない。

「兄上、われらはわれらの信じる道を行くだけです。迷いは百害あって一利なしです」

「分かっておる。わが道を行くことが、この国を繁栄させることにつながる。善徳――」

馬子が善徳の方を振り返る。

「そなたは仏教の外護者として、この寺を守っていくのだ」

「はい。この国を仏の光で満たしてみせます」

馬子は善徳を寺司という、後に住持となることが予定された造営責任者に任じた。

幼い頃から蒲柳の質で長く生きられないと言われてきた善徳だが、いまだ持病を抱えているものの十七歳になった。性格も温和で武人には向いていないので、馬子は善徳に仏教界の代表者となる道を歩ませようと思っていた。

「そして蝦夷はわが跡を継げ」

「はい」

蝦夷も決して武人向きの性格ではない。だが元々、蘇我氏は計数に通じた吏僚の家柄なので、それは仕方がない。ほかに正室（物部氏）腹の男子がいない馬子にとって、健康な蝦夷は貴重な家督継承者だった。この年、蝦夷は十三歳になっていた。

ちなみに馬子の男子には、側室の生んだ三男の倉麻呂（雄正）がいる。これが後に倉山田石川氏として続いていくことになる。

「蝦夷よ、そなたは仏敵を掃滅し、この国を繁栄に導くのだ」

「分かりました」

政治と宗教が互いに支え合うことで、国家の繁栄と安定がもたらされると信じられていた時代である。王法と仏法の頂点に二人の息子を据えることで、蘇我氏の独裁体制は盤石になると、馬子は信じていた。

「そして――」

馬子が摩理勢に顔を向ける。

「わしに何かあった時は、蝦夷が二十歳となるまで、家督を摩理勢に預ける」

「お任せあれ。蘇我一族と仏教を廃そうとする輩は、この摩理勢が許しません」

摩理勢が分厚い胸板を叩かんばかりに答える。摩理勢は別腹弟なので、この年四十六歳になる馬子より十歳ほど若い。

「仏教は善徳、兵は摩理勢、政は蝦夷に任せる。これで蘇我氏の繁栄は約束されたも同じだ」

「はっ」と三人が声を合わせる。

蝦夷が二十歳となる時、馬子は五十三歳になっている。その時、何の問題もなければ、馬子は大臣の地位を蝦夷に譲り、隠居するつもりでいた。

――果たして無事に隠居の年を迎えられるか。

すべての憂慮が取り越し苦労で終われば、それに越したことはない。だが物部守屋討滅から崇峻暗殺までの苦闘の連続を思えば、これから平坦な道が待っているとは思えない。

馬子の夢は、仏教国家を盤石なものとした後、僧侶になるというものだった。

――隠居して、仏と共に余生を送れるだろうか。

長命を得られれば、仏教を広めるために畿内を行脚したいと、馬子は思っていた。

馬子がしみじみと言う。

「わしは戦いに明け暮れてきた。だが御仏のご加護のお陰で、仏敵は掃滅した。いまやこの国は仏の手にあり、その庇護の下で皆が静謐を享受している」

善徳が強くうなずく。

「仰せの通りです。父上は正しき道を歩んできました。父上に滅ぼされた者どもは皆、仏の道に背いたから滅ぼされたのです。何一つ後ろめたいことはありません」

馬子が首を左右に振る。

「いや、その時は『それしか道はない』と思っても、後で思い返せば、ほかに道はあったかもしれないという気がする。守屋とは敵対する前にもっと緊密な関係を築くべきだったし、崇峻大王に至っては、もっと話し合いの余地があったはずだ」

「兄上、お迷いになることはありません。もしも兄上がそうした仏敵と妥協していたら、滅ぼされたのは、われらだったかもしれません」

摩理勢は根からの武人らしく、勝つか負けるかを第一に考える。

――だが、それだけではない。

馬子は過去を振り返れば、未然に防げたこともあった気がする。

「父上――」

蝦夷がおずおずと言う。

「父上は何を求めて戦ってこられたのですか」

「何を――、だと」

蝦夷は少年らしく問い方が直截だ。

「わしは――」

なぜか言葉に詰まった。

――わしは本当に仏の国を造るために戦ってきたのか。本当は権勢を得んがために戦ってきたのではないか。

疑問が頭をもたげてくる。だが蝦夷の前で、それを口にすることはできない。

「わしは、この国を守っていくために敵と戦ってきたつもりだ」

「では、これからは父上の考える国が造れるのでしょうか」

「ああ、多分な――」

馬子にとって不安な材料はなかった。

――ただ一人を除いて。

厩戸の顔が脳裏に浮かぶ。だが厩戸は、仏教国を造るという点で馬子と一致している。そうした理念や価値観が共有できている限り、仲違いすることはないと思われた。

――しかも大王は、厩戸を立太子するしかなくなっている。それなら何ら問題はないはずだ。

実は一昨年、馬子と推古の計画を覆すような一大事が起こっていた。

竹田が病死したのだ。

竹田が病に倒れた時、推古は枕頭を離れず、夜も寝ずに看病した。だがその願いも空しく、竹田は薨去してしまった。臨終の場に馬子も居合わせたが、推古の悲嘆は激しく、声を掛けるのさえ憚られた。

その後も推古の悲しみは癒えることなく、人前に出る機会は減り、政治にも関心をなくし、馬子にすべてを任せるようになっていた。

しばらくして馬子が厩戸の立太子を勧めた時も、推古は「お好きなように」としか言わなかった。かくして厩戸が王位継承資格者となった。

まさに竹田の死は、仏が厩戸に王位を継げと命じているかのようだった。

それがこの国にとってよいことなのは間違いない。だが個人的には、あらゆる希望を絶たれた推古が哀れでならない。

——この世の幸せを一身にまとっていたような額田部が、さような姿になってしまうとは。

かつて馬子と推古は兄妹のように仲がよく、共に馬を走らせることを日課のようにしていた。あの頃の推古の天にも届けとばかりの笑い声が、今でも耳に残っている。

——そんな額田部は、もはや過去のものとなってしまった。

推古は骸(むくろ)のようになり、ぼんやりと日々を過ごしている。

「父上、いかがなされましたか」

善徳が問う。

「何でもない。いろいろ思いをめぐらせていただけだ」

「それならよいのですが、お顔に迷いの色が見えました」

「迷いの色か」

「はい。ここまで父上は、お迷いになることなどありませんでした。しかしこうしてすべての権勢を手に入れ、逆に不安になられたのではありませんか」

「そんなことはない。わしには不安などない」

「それでこそ兄者だ」

摩理勢が高笑いする。

「父上、何かお迷いのことがあれば、この寺で祈禱なされよ。それで迷いは消えずとも、心が安んじられることは間違いありません」

「そうだな。この寺の堂宇が一つでもできたら、そうさせてもらう」

馬子が作り笑いを浮かべたので、それに安堵したのか、三人は口を閉ざした。

寺工たちの槌音が響く中、馬子ら四人は飛鳥寺の造営現場を見て回った。

この後、善徳の指揮の下、飛鳥寺の普請作事は順調に進んでいった。そして推古十三年（六〇五）に飛鳥寺は完成する。

これにより、万民が幸せに暮らせる世が来るはずだった。だが事態は、馬子の予想もつかない方向に向かっていく。

第四章

無量光の彼方

一

飛鳥寺の建立から少しさかのぼる推古八年（六〇〇）、推古政権は初めての遣隋使を派遣する。というのもこの年、深刻な鉄不足によって農耕の生産性が低くなっていた大和国は、隋に働き掛けて新羅に鉄を供給させようとしたのだ。

だがその返信もないため、馬子は境部摩理勢を主将とした渡海軍を編成し、朝鮮半島南端に上陸させた。そしてかつての任那の地に置かれていた新羅の拠点を攻め、加羅国のあった地域を占領するや、新羅政府に対して「任那の調（鉄や鉱石）」を要求した。だが新羅は聞く耳を持たず、反撃に出てきた。

新羅との戦いを小競り合いで終わらせた摩理勢は占領地を放棄し、大和国に引き揚げてきた。馬子は新羅と全面的に戦うつもりはなかったからだ。だが事はそれで終わらない。こうした大和朝廷の強硬な姿勢に、隋が怒りをあらわにした。というのもすでに新羅は隋から冊封を受けており、新羅と戦うのは隋と戦うことと同義だからだ。

隋の皇帝の怒りを伝える使者がやってきたことで、推古や馬子は事の重大さを知った。そして遣隋使を送って弁明に努めたが、隋の文帝から「国政のあり方に道理がない」と批判され、遣隋使は頭を垂れて帰国した。

その後、新羅と戦に及んだことに対する文帝の怒りは収まったものの、文帝は大和国の官制や法制が未整備な点を挙げ、隋と通交したいのなら、それらを整備することを求めた。

これにより大和朝廷は、官制と法制の整った国家を築かねばならなくなり、それらの制度設計が厩戸に託された。

ところが突然、厩戸は飛鳥から北に四里半（約十八キロメートル）離れている斑鳩の地に、自らの邸宅王子宮と巨大な仏教都市を造営すると言い出した。

奈良盆地の西北部にあたる斑鳩の地は未開の僻地で、多少の田畑はあるものの、草が生い茂るだけの荒蕪地や沼地が広がっていた。こんなところに飛鳥と対峙するような都市を建設するなど、馬子と推古には理解できない。

そこで馬子は厩戸を呼び出し、三人で腹蔵ないところを話し合うことにした。ようやくこの頃になって推古も立ち直り、政治向きの話ができるようになっていた。

推古十一年（六〇三）、新築成った小墾田宮で、推古、厩戸、そして馬子の三人は、久方ぶりに話し合いの機会を持った。

ちなみにこの年、馬子は五十三歳、推古は五十歳、厩戸は三十歳になっていた。

「こうして三人でお会いするのは、久方ぶりですね」

推古が皮肉を込めて言う。

「そういえばそうですね」

厩戸が平然と受け流す。

「厩戸殿はご多忙のようですね」

「はい。隋から官制も法制もない蕃国と罵られましたので、まずは官制を定めることに力を入れております」

「それは聞いております。古代から続く氏姓制度を隋に倣ったものに改めるとか」

氏姓制度は世襲を許しているので無能な者も要職に就ける。それゆえ弊害が多くなっていた。厩戸はそれを改めようというのだ。

「そうです。大徳から小智まで十二階の冠位を制定し、これまでの功績に応じ、それぞれに見合った地位を授けます」

「しかも世襲はさせず、個々に与えられるのですね」

「はい。氏姓にこだわらず有能な人材を登用し、責任や職掌を明確にします。また隋などの外交使節がやってきた際、明確な序列があることを示し、誰に何の権限が付与されているのかをはっきりさせます」

「それはよきことです。長年われらは世襲で役職を与えてきたことで、それが当たり前のようになっていました。有能な者ならまだしも、中には無能な者に重要な仕事を任せることもありました。これでは国家は衰退します。のう、馬子殿」

推古が突然、馬子に同意を求めてきた。

「もちろんです。氏姓にこだわらず、才覚のある者が重大な仕事を担う。これが国家のあるべき姿です」

馬子の返事を聞いているのかいないのか、推古は気ままに話を進める。

「この冠位制は、厩戸殿がお一人で考えたことなのですか」

「と、仰せになりますと――」

厩戸が首をかしげる。

「これほどのことを一人でやり遂げるとは――。厩戸殿は、やはり賢いお方ですね」

――どうしてそんな皮肉を言うのだ。

推古の言外の気持ちを、この時の馬子は察することができない。だが厩戸は軽く受け流した。

「過分なお言葉ありがとうございます。もはやこの国は、隋や三韓との関係なくして存続できません。とくに隋から蕃国と見なされれば国交さえ樹立できません。そのためにも、まずは官制を、続いて法制を整えることが肝要です」

「法制についても、お考えですか」

「はい。隋に倣うだけなら至極容易なことです。しかしわれらには、われらの慣習や仕来りがあります。それゆえ独自の法制を考えていかねばなりません」

これが、推古十二年（六〇四）に制定される「憲法十七条」になる。

――厩戸は明晰に過ぎる。

あらゆることを瞬時に理解し、形あるものにしていける厩戸の能力に、あらためて馬子は舌を巻いた。だが厩戸は先が見えるあまり、先走りすぎるところがある。

推古が探りを入れるように問う。

「そなたが新たな国造りに大いに貢献しているのは分かります。しかし斑鳩の地に居を移そうというのは、どういうお気持ちからでしょう。今日はよき機会なので、考えをお聞かせ下さい」

推古が本題に入ったので、三人の間に緊張が漂う。だが厩戸は悪びれもせず、不敵な笑みを浮かべた。

「あらためて申し上げるまでもありませんが、私は斑鳩の地に仏教の一大拠点を築こうとしております」

「われらは、それを飛鳥でやろうとしているのですぞ」

「それを否定するつもりはありません。しかし飛鳥の地は、王族や群臣の土地が入り組んでいます。しかも墳墓が多いため、大きな寺を築くことが難しくなっています」

ただでさえ狭い飛鳥の地だが、古代から人が住んでいたこともあり、土地の所有者が細かく分かれていた。つまりそれらを調整し、飛鳥寺以外の大寺院を築くのは困難だった。とくに墳墓は、渡座（わたまし）（移転）すると祟りがあると恐れられていたので、別の地に移すことは憚（はばか）られる。

「これが一つ」

厩戸が人差し指を立てる。

「まだあるのですか」

「はい。斑鳩の地を開くことには、三つの利点があります」

「分かりました。続けて下さい」

推古がため息をつきつつ言う。

「二つ目は、斑鳩の地を隋使らが来た際の逗留と接待の場とします」

「それなら相楽館（さがらかのむろつみ）があります」

山背国（やましろ）の相楽（そうらく）郡にある相楽館は、外国から来た使者の宿泊や接待の場として使われてきた。だが飛鳥から十二里（約四十七キロメートル）も離れている上、建物も老朽化していた。

「われらが新たな国を打ち立てていくにあたり、宿館や接待の場が古びていては、使者に幻滅されます。それが印象の悪化につながり、本国に帰ってから否定的なことを言われかねません」

全くの正論なので、推古も馬子も返す言葉がない。

「そして第三点になりますが、これが最も大切です」

厩戸の顔が真剣味を帯びる。

「斑鳩の地は、飛鳥と難波津をつなぐ竜田道の途次にあります」

難波津は飛鳥の交易拠点になっていた。

「そんなことは分かっています。竜田道は大和川に沿っているので、河川舟運によって行き来も盛んです」

「その通り。しかも北に向かえば平群を経て生駒山を越え、山背国に至ります」

「何が言いたいのですか」

——そうか。厩戸は飛鳥と難波津をつなぐ竜田道を掌握し、飛鳥の地の喉元を摑もうとしているのだな。

畿内各地の貢物は、難波津に陸揚げされた後、大和川を使って運ばれてくる。

馬子の内心を察したのか、厩戸が馬子を一瞥すると言った。

「誤解しないでいただきたいのですが、私は河川を掌握することで飛鳥の盛衰を握ろうなどとは考えておりません。万が一、隋と新羅が大軍を擁して押し寄せてきた際、間違いなく難波津は制圧されます。その時、飛鳥の前衛となる防戦拠点がなければ、飛鳥は手もなく占領されます」

　厩戸の着眼点は鋭かった。

「王子、よろしいですか」

　馬子が口を開く。

「われらは隋と新羅の来寇を危惧しているからこそ、軍船の建造を急がせています」

「それはそれで必要な策です。だが海上で敵水軍を叩こうとしても、敵水軍は強力なので一方的な勝ちを収めることはできません。おそらく敵はわれらの水軍を殲滅した後、難波津に上陸するでしょう。その時、陸上で敵を迎え撃てるだけの構えを持つ拠点が必要です」

「それが斑鳩の地だと――」

「そうです。平時は学問の府、戦時は飛鳥の前衛陣としての役割を果たすのが、斑鳩の地になります」

「しかし」と推古が口を挟む。

「われらは飛鳥の地をまだ拡張するつもりです。それにお力添えいただけないのですか」

「いえいえ、それは続けていただいて構いません。斑鳩の造営事業は私費で行います」

厩戸の父の用明は、欽明と堅塩媛との間に生まれた第一子だった。また厩戸の母は用明の異母妹で、その母は小姉君になる。さらに厩戸の母は穴穂部と同母で、厩戸の祖父は父方も母方も欽明だった。すなわち厩戸は、先祖から次々と遺領を相続することで、その所領は大王家や蘇我氏を凌駕するほどになっていた。

「私費と仰せか」

推古があからさまに嫌な顔をする。

——言いたいことは分かっている。

厩戸の存在により、本来なら大王家が収公すべき遺領も、その血の濃さなどから厩戸に引き継がれることが多くなり、推古の不満は募っていたのだ。

——隙間風は、たいてい財の分与から始まる。

異母兄弟の相続争いの大半は、相続者や相続権が曖昧な土地の所有をめぐってのものだった。

「お待ちを」と言って、馬子が割って入る。

「大王、厩戸王子は、すべての遺領を私しているわけではありません」

推古が額田部女王だった頃のことだが、厩戸は法華経と勝鬘経を習得し、それを僧たちに講義した功により、推古は厩戸に「布施」として「播磨国佐西(佐勢)地五十万代」を譲った。これをいったん私有地とした厩戸だったが、後に斑鳩本寺や中宮尼寺(じ)などの造営のために、寺領として寄進していた。

「馬子殿の仰せの通り、いかにも寺への寄進は尊い行為には違いありません。しかし――」

推古の視線が馬子に据えられる。そこには「どっちの味方だ」と書かれていた。

推古の言葉を遮るかのように、厩戸が声を高める。

「われらは鉄の産地を早急に確保せねばなりません」

「それは分かっていますが、斑鳩の地を仏教の府とするのと、新羅への侵攻はつながりません」

推古が頭から否定する。

「私は兵を動かすとは言っていません。仮に何の布石も打たずに兵を動かせば、甚大な損害を覚悟せねばなりません。そこで大切なのが離間策です」

「離間策と仰せですか。つまり隋と新羅をですか」

「はい。斑鳩と飛鳥に隋使を招き、われらの仏教を奉じる姿勢を見せることで、われらが三韓を従える国であることを示し、隋から新羅に申し聞かせる形で、任那をわが国の所領とします」

――何たる深慮遠謀(しんりょえんぼう)か。

馬子の思っている以上に、厩戸は大きな存在に成長しつつあった。

「それでは、同じことの繰り返しになるのではありませんか」

「ははあ」

厩戸は「そう言われるのを予期していた」と言わんばかりに笑みを浮かべる。

「私が崇峻（すしゅん）大王と同じだと言いたいのですね。それは違います。崇峻大王は事を急ぎすぎました。私は事を急がず、入念に布石を打った上で兵を出すか出さぬかを考えます」

推古八年（六〇〇）、すでに推古と馬子は渡海軍を編成し、かつて任那のあった地に上陸させていた。この時は新羅を武威で脅した上、交渉で鉄を手に入れようとしたが、結局は兵を引かざるを得なかった。

——こんな話をいつまでしていても埒（らち）が明かない。

馬子は出番を覚った。

「厩戸王子、委細は分かりました。斑鳩の地の造営は私費で行い、その目的は、一に万民に仏の尊さを教える拠点として。二に隋使たちの逗留と接待の場として。三に飛鳥の前衛陣地としてというわけですね」

「その通りです」

なおも厩戸は続けようとしたが、推古はこの不毛な問答を続ける気はなかった。

「もう十分です。斑鳩の地の造営作業は、私費で行うのならとやかく言いません。とくに国家として、群臣に氏寺の造営を命じている今、個々の寺の規模や寺の数まで指定するつもりもありません。厩戸王子がやりたいようにやりなさい」

推古二年（五九四）、推古は仏教の全面的受容を決定し、群臣にそれぞれの氏寺を築くことを勧めた。これにより群臣は自らの忠節を示すかのように、氏寺の建立を始めた。

「ありがたきお言葉。では、これにて」

そう言うと厩戸は、その場から颯爽と去っていった。

その自信に溢れた後ろ姿を見つめながら、馬子は厩戸との間に広がっていく溝を感じていた。

二

厩戸が去った後、推古は無表情に中空を見つめていた。

――何を考えているのか。

推古が敏達の后となった頃から、力を合わせて様々な難局に対処してきた馬子と推古だが、竹田を失った頃から推古の情緒は安定せず、その考えにも一貫性を欠くようになっていた。

――あの聡明な額田部は、もはやいないのか。

馬子はその場に拝跪しながら、子を失った母の悲しみの深さを痛感した。

「まだおられたのですか」

寒風のように冷たい声が聞こえる。

「申し訳ありません。では、これにて――」

「お待ち下さい」

立ち去ろうとする馬子の背に、推古の声が掛かる。

「それでも馬子殿は、厩戸に大王位を譲れと言うのですね」

「今更何を仰せですか。それは、かねてからの約束事ではありませんか」

竹田が病死したことで、馬子と推古が考えていた王位継承の構想は完全に狂った。

それゆえ次善の策として、厩戸が三十五歳になった時、大王位を譲ることを、馬子は推古に認めさせた。

「では、私が譲らないと言い張ったらどうします」

「そんな無茶を仰せにならないで下さい。厩戸王子との意見の不一致は、あくまで政策をめぐってのこと。しかも王子は私費で己の構想を実現しようとしているだけで、われらの障害とはなりません」

――そこが崇峻と違うところだ。

崇峻は推古と馬子を排斥しようとしたから墓穴を掘った。だが厩戸は二人を排斥せず、仏教を中心に据えた国家を造っていくという二人の構想を補っているにすぎない。

「一つの国に二つの都は要りません」

「それが不都合なことでしょうか」

「馬子殿はどちらの味方ですか」

馬子がため息をつく。

——大王がそれを言ってどうする。

苛立ちを抑えて馬子が言う。

「私は常に大王の下部(しもべ)です。しかし大王が譲位なされた後のことも考えておかねばならないのが、大臣(おおまえつきみ)たる者の務めです」

「大王位をかの者に譲らないと、言ったらどうします」

——感情で物事を決めるのか。

かつての推古は常に明るく奔放で、また賢明でもあった。様々な苦悩や葛藤はあったものの、大局に立って物事を考えられる女性だった。ところが今、眼前にいるのは愛児を亡くし、頑迷固陋(がんめいころう)となった初老の女にすぎない。

「大王、それは理に適っていません」

「そうでしょうか。大王に後継者を決める権利を付与したのは、馬子殿ではありませんか」

かつて大王は群臣の合議で決められていたが、大王に指名権を与えてしまったのは、誰あろう馬子なのだ。

「女王様、厩戸王子は、この国に多大なる貢献を果たしてきたのです。しかも大王たるべき実績と能力を備えています」

「随分とご贔屓なされるのですね」

推古が皮肉な笑みを浮かべる。

「何を仰せになりたいのですか」

「ではお尋ねしますが、崇峻大王を殺したことも、かの者の知恵から出たのですか」

「何ということを——」

馬子と厩戸が結託して崇峻を殺したことは、公然の秘密として飛鳥の地に流布されていた。

「私の与り知らぬことです」

「今更、何を仰せか」

「あの時のことを蒸し返したいのですか」

憤然として一礼した馬子は、推古の前を辞そうとした。

「馬子殿、逃げるのですか」

「逃げるわけではありません。大王に頭を冷やす暇を与えたいのです」

「頭を冷やそうと、私は厩戸に大王位を譲るつもりはありません」

――そうか、額田部は厩戸の輝かしい将来に嫉妬しているのか。

厩戸のように意気揚々と人生を歩むのは、推古にとって竹田でなければならなかったのだ。

自らが腹を痛めて産んだ竹田は、すでにこの世の人ではなくなっている。それに比べて厩戸には、明るい未来が開けている。

――あまりの明暗が、理性を失わせてしまったのか。

そうした微妙な心理に思い至らず、厩戸への後継者指名を急がせたことを、馬子は悔やんだ。

「分かりました。大王のお好きになされよ」

こうした場合、時間を置くしかないと馬子は経験から学んでいた。

推古の前から辞す馬子の背に、もう声は掛からなかった。だが推古の悲しみが波濤のように押し寄せてきた。それは堪え難いほどの潮騒となっていった。

斑鳩を第二の仏教の中心地にするという厩戸の計画は、次第に軌道に乗ってきた。

まず厩戸は、斑鳩の中心として自らの邸宅となる二町（約二一八メートル）四方の広大な敷地を持つ斑鳩宮を築き、大王位に就いた際には、そこで朝議も開けるようにした。

また斑鳩の地の西方に「斑鳩伽藍群」と後に呼ばれる斑鳩寺（後の法隆寺）、中宮尼寺、法輪寺、法起寺の四つの大寺を築くことにした。それぞれ広い敷地を有したこれらの寺は、学問としての仏教を学ぶ場所の性格を強くしていく。

さらに厩戸は難波の地に四天王寺を、飛鳥の近くに橘寺を、山背国の太秦に蜂岡寺（後の広隆寺）を造営することになる。これらは、仏教を敷衍していくための僧侶の養成所の色合いが濃かった。さらに斑鳩の都には、秩序立った道路と水路をめぐらして居住性の高い環境を造った上、飛鳥との連絡を密にするため、筋違道を拡幅し、太子道と後に呼ばれる大道にしていくという工事にも着手した。

かくして厩戸は斑鳩の地に天寿国を現出すべく、遠大な計画を進めていく。

三

推古十一年（六〇三）、推古は飛鳥北方の小墾田に新たな王宮を造営し、これまで住んでいた豊浦宮から移った。

小墾田宮の地は蘇我氏の勢力圏で、かつて稲目の大邸宅もあった。馬子は土地を提供したただけでなく、宮の造営に資金も出した。推古の気持ちを少しでも慰めたかったからだ。

同年十二月には冠位十二階が制定され、翌推古十二年（六〇四）の小墾田宮での最初の朝賀で、推古から群臣に冠位が賜与された。この官制改革により、大和国の支配者層は氏姓制度に基づく世襲制から実力本位の官僚制へと移行していく。

同じく推古十二年、憲法十七条が制定された。これは群臣や豪族に対する服務規定や道徳的訓戒の域を出るものではなかったが、国家の法的基盤が定まったことは、国内の統制面だけでなく外交面でも大きかった。

一方、推古十三年（六〇五）、いよいよ厩戸王子が本拠を斑鳩に移した。これにより、国の中心が飛鳥と斑鳩に分かれたような印象を人々に与えたのも事実だった。

それでも馬子と推古の二人は、厩戸のこれまでの貢献と最有力の王位継承資格者という地位から、厩戸の斑鳩造営を傍観するしかなかった。

実は以前、推古は厩戸の許に娘の一人を嫁がせ、厩戸の次の大王に自らの血脈を残そうとした。だがこの娘も早世することで、その構想は潰え去った。

一方、すでに妾として娘の刀自古郎女を厩戸に嫁がせていた馬子は、二人の間に後の山背大兄王が生まれることで、将来的な外戚の地位を確保していた。それゆえ、これまで一枚岩に近かった馬子と推古の関係にも微妙な影が差してくる。

斑鳩に拠点を移した厩戸は、その手腕をいかんなく発揮した。推古十六年（六〇八）には、隋使の裴世清の来朝を実現させた。前年に遣隋使として小野妹子を隋に派遣し、煬帝に対して大和国が文明国であることを主張させ、重臣の来朝を要望させたことが実を結んだのだ。

この時、厩戸は「皇帝陛下（煬帝のこと）が重ねて仏教を盛んにしておられると聞き及んでおります。そこで使者を派遣して陛下に拝謁し、同時に僧侶数十名を引き連れて仏教を学ばせようと思います」と妹子に述べさせ、煬帝の誇りをくすぐった。

しかも裴世清一行が来朝した折、厩戸は隋の賓式（礼法）に則って出迎えたので、一行は大和国を見る目が変わった。さらに厩戸は飛鳥と斑鳩を裴世清一行に見せることで、大和国が朝鮮三国の上位に立つ先進国だという点を強調しようとした。

案に相違せず、飛鳥と斑鳩の地を訪れた裴世清はその壮麗な伽藍の数々に驚嘆し、帰国後には大和国を朝鮮三国の一段上の文明国だと報告する。とくに推古十四年（六〇六）に完成していた飛鳥寺の金堂と、大和国で造られた金銅丈六釈迦如来像は、裴世清でさえ驚かせるほどの完成度を誇るものだった。そして裴世清一行が帰国の折、厩戸は第三回遣隋使も同行させた。

遣隋使は推古二十二年（六一四）の第四回まで続き、推古二十六年（六一八）の隋の滅亡時にも、高向玄理と南淵請安といった留学生が現地に滞在していたほどだった。

かくして厩戸の対隋外交は成功し、群臣の間では、大王の座が譲られるのは近いと噂されるようになった。だが推古は様々な理由を構えて譲位を延引し、厩戸の大王位継承に暗雲が垂れ込め始めていた。

――厩戸こそ、この国の大王にふさわしい。

幾度となく己に言い聞かせてきたことを、馬子は繰り返した。

かつて馬子が掲げた理想を、厩戸が実現に向けて引き継いでくれたのだ。それは喜ばしいことで、何ら不平不満の生じる余地はない。

だが推古は、厩戸への譲位をためらっている。

――本来なら王位は、竹田王子に譲られるはずだったからだ。

「なぜ竹田は若くして死に、厩戸は栄光に包まれているのか」

言葉にはしないまでも、推古に会う度に、全身からその問いが発せられるような気がする。

竹田の死は逃れ難い運命だったが、どうしてもそれを受け容れられない推古は、ずっと「なぜ」「どうして」という問いを発し続けているのだ。

ようやく立ち直りつつあるものの、近頃の推古は政務に熱心ではなくなり、様々な訴えが処理されずに放置されることが多くなってきた。

地方官の県主や、屯倉の代官にあたる稲置から「大王の威令をないがしろにする国造が多くなり、貢租の徴収もままなりません」という苦情が上がってきても、何ら具体的な手を打たない。このままでは、稲目が確立した屯倉制度も形骸化していくに違いない。

――だがわしはどうだ。本心から厩戸の大王就任を望んでいるのか。

内政と外交での厩戸の輝かしい実績から、群臣の中でも厩戸に接近する者が増えてきた。逆に馬子が信頼を置ける与党は、一族だけになってしまった。

群臣は権勢の移動に敏感だ。次代を担うことが間違いない厩戸を盛り立て、最近では推古に会いに来る者も少なくなってきた。

こうしたことが重なり、国家の中心が斑鳩に移りつつあった。厩戸に何の責任もないことだが、推古と馬子にとって、次第に厩戸が煙たい存在と化していたのは事実である。

一方、厩戸は親しい群臣を通し、王位を譲ってほしいという要請を推古に幾度となくしていた。だが推古は、その度に返事を保留していた。

飛鳥と斑鳩の間には疑心暗鬼の暗雲が垂れ込め、権力は二分されようとしていた。

こうした事態を憂慮した馬子は双方の間を取り持とうと奔走したが、大王を補佐する大臣という立場から、仲裁者になることはできない。

そこで小野妹子に依頼し、和談の場を設けてもらった。

隋から帰国したばかりの妹子は、どちらにも与せずに中立的立場を保っていたので、仲介者には適任だった。


筋違道の中間地点辺りの飛鳥川の畔には、この日のために仮の殿舎が造られていた。そこで馬子と妹子が、推古と厩戸の到着を待っていた。

推古二十八年（六二〇）の秋、馬子は七十歳、推古は六十七歳、厩戸は四十七歳になっていた。馬子は高齢にもかかわらず、身体頑健で頭脳も明晰だった。それゆえ、いまだ蘇我氏の族長の座を蝦夷に譲らず、「八腹臣等」と呼ばれる同族集団の頂点に君臨していた。

妹子がしみじみと言う。

「私のような一学生が、大王と次期大王の間を取り持つことになるとは思いませんでした」

学生と言っても、すでに妹子は三十を越えている。

「そんなことはない。そなたの外交面での貢献は大きい。こうした仲立ちができるのは、そなたしかいない」

妹子は外交の大舞台で実績を積み、推古王朝の重鎮の一人となっていた。

推古十五年（六〇七）、第二回遣隋使の代表（大使）として隋に渡った妹子は、「日出処（ひいずるところ）の天子が国書を日没処（ひぼっするところ）の天子に致す」の書き出しで知られる国書を煬帝に提出して憤慨させる。だが、これによって煬帝から一目置かれる存在になった。

この第二回遣隋使は、挨拶にすぎなかった第一回遣隋使と違って明確な目標があった。それは大和国が朝鮮三国より上にあることを隋に認めさせ、それにより新羅の支配下に置かれていた金官加耶（キムグァンガヤ）国の独立性を高め、隋の威圧によって鉄の流入を促すというものだった。

その結果、妹子ら外交官の努力が実を結び、裴世清の来朝が実現する。隋の認識も「倭国が三韓の上」になりつつあった。

鉄の供給によって朝鮮三国と大和国を支配できると知った隋は、新羅に圧力を掛け、金官加耶国の独立性を高め、鉄によって新羅と大和国双方に影響力を及ぼそうとした。つまり軍事的均衡を保つために、大和国への鉄の流入を促進したのだ。これによりここ数年、鉄の流入が増えてきていた。そうした貢献を買われた妹子は、極官の大徳にまで上り詰めることになる。

「過分なお言葉、ありがとうございます。ときに大臣、此度（こたび）のことをいかがお考えですか」

馬子は微妙な立場にある。大臣という立場上、推古を支持すべきだが、このまま厩戸が大王になったあかつきには、山背大兄王が立太子するので、馬子は王家の外戚の座を確保できる。

「私は大王を支える立場にある」

「それは分かっておりますが、この国にとって──」

妹子が言葉を濁す。

ふと顔を上げると、斑鳩方面と飛鳥方面から、二つの輿が近づいてきていた。

走り寄ってきた蝦夷が片膝をついて報告する。

「父上、大王と王子の輿が近づいてきています」

「大王を迎えに行け」

「はっ」と答えて蝦夷が大王の輿の方に向かう。

馬子が「摩理勢」と呼ぶと、境部摩理勢が前に出てきた。

「王子を迎えに行け」

「承りました」

摩理勢が巨体を弾ませるようにして王子の輿に向かう。

馬子が妹子に顔を向ける。

「つまり妹子殿は、わしに大局に立てと仰せか」

「それがよきことかと──」

――つまり推古に譲位を迫れというのか。

衆望は厩戸にあり、これからの隋や朝鮮三国との微妙な駆け引きを考えると、厩戸を大王に推すのが筋というものだ。だが馬子は、何を言っても推古が首を縦に振らないと知っていた。

――わしが外戚の地位を得ようとしていると、推古は勘ぐるに違いない。

それゆえこれまで馬子は推古に譲位を迫れなかった。だが実際には馬子の中の別の何かが、厩戸への譲位を躊躇させていた。

――それはいったい何なのだ。

馬子は、それが嫉妬という化け物であることに気づいていた。

――このままだと、この国を造り上げた事績のすべてが厩戸のものとされ、わしは大臣の一人としてしか、後世の史家に評価されなくなる。

そうした嫉妬の感情を、晩年に近づきつつある馬子は抑えられなくなっていたのだ。

供の者たちの蹴立てる土埃に包まれ、それぞれの輿が近づいてきた。

「下がっていろ」

「承知しました」

馬子が迹見首赤檮の率いる警固兵を後方に下がらせる。

馬子と妹子は片膝をつき、前で腕を合わせる隋風の賓式で二つの輿を迎えた。

先に着いた推古が輿を降りてきた。

「馬子殿、妹子殿、苦労をかけます」

この和談の主催者である妹子が口上を述べる。

「大王にあらせられては、この地までご足労いただき、お礼の申し上げようもありません」

「この国のためであらば、何ほどのこともありません」

推古が西に連なる生駒山、信貴山、葛城山などを見渡しながら言った。

「私には、わが身をなげうつ覚悟ができています」

「見事なお心掛けです」

馬子と妹子が頭を垂れる。

推古が厩戸に王位を譲らないことは、群臣の間でも問題視されていた。その中には「身勝手だ」「国のことを思っているのか」といったものがあり、そうした声は推古の耳にも入っていた。それゆえ最近の推古は、公の場で「この国のために一身をなげうつ」という言辞を頻繁に使うようになっていた。

妹子に導かれるようにして推古が座に着く。

到着したもう一方の輿に近づくと、馬子が言った。

「王子、よくぞおいでいただきました。すでに大王がお待ちです」

だが中からは何の返答もない。

「王子を降ろすように」と輿を率いてきた随身頭に小声で申し付けたが、随身頭は「中には誰もおりません」と答えた。

「おらぬだと」

馬子が輿の簾を払いのけて扉を開けると、中は空っぽだった。

――どういうことだ。

馬子が厩戸の居場所を問おうとした時、飛鳥川の河原を疾走してくる数頭の馬が見えた。

警固の兵たちが色めき立つ。それを無視して馬は仮殿舎の前で止まると、身を翻すようにして厩戸が降り立った。兵仗らしき者たちもそれに続く。

厩戸の舎人は、斑鳩周辺を勢力圏とする豪族の山部連足島や坂戸物部右京らだ。斑鳩に本拠を移してから、厩戸は山部氏や坂戸氏ら斑鳩周辺の豪族に警固を頼むようになっていた。次第に彼らは厩戸の与党となり、軍事的にも一大勢力と化しつつあった。

「馬子殿、お待たせいたした」

「これはどういうことですか」

険しい顔で馬子が問い詰めると、厩戸は爽やかな笑みを浮かべて答えた。

「何事も用心に越したことはないということだ」

厩戸は若い頃と何ら変わらぬ颯爽とした身のこなしで、仮殿舎に向かっていく。ため息をつきながら、馬子もその後に続いた。

四

厩戸が「お待たせしました」と言って座に着く。すでに推古と妹子は座しており、妹子が立ち上がって厩戸に挨拶するが、推古は会釈しただけで、笑みの一つも浮かべない。

「さて」と言って、妹子が挨拶と和談の趣旨を述べる。

「では、大王から王子に、お望みになられることを述べていただけますか」

「分かりました」

推古が冷めた視線を厩戸に向ける。

「王子は何か勘違いされているのではありませんか」

「ほほう、私が何を勘違いしていると仰せですか」

「自らが何者かです」

厩戸がとぼけたように自らを指差す。

「私のことですか。私なら大王位の継承者のつもりでおりますが」

「次の大王を誰にするか、私は決めていません」

——それを持ち出すのか。

馬子は落胆した。王位については触れないよう、事前に推古に言い含めておいたからだ。

厩戸が挑戦的な態度で問う。

「大王は、私の国家への忠節と貢献を無視すると仰せですか」

「それは承知しております。しかし、いかに仏教の世の招来に力を尽くしたとて、大王の任に非ずと思えば、私は次の大王には推しません」

「それは大王一個のお考えでは——」

「私は唯一無比の大王です。私の考えに反する者が大王位に就くことはできません」

——それは違う。

かつて次期大王は群臣の協議で決められ、それを現大王に承認してもらうという手続きが取られていた。本を正せば大王家は豪族たちの筆頭にすぎず、豪族たちの調整役だった。それゆえ群臣の出した結論を認めざるを得なかった。

だが馬子によって大王の権力と権威が強化されたことで、推古も強気になっているのだ。

「まあ、お待ち下さい」

妹子が間を取り持とうとする。

「大王も王子も、共に目指すは仏教の栄える国ではありませんか。その点でお二人の考えは一致しており、何ら齟齬を来しておりません」

蘇我家が物部家や中臣家と対立したのは、仏教を積極的に受容するかどうかだった。物部守屋の父の尾輿は渋河に仏舎を築き、蘇我氏との妥協を図ろうとしたが、国教としての仏教受容には消極的だった。その子の守屋に至っては、仏教の受容に明らかに反対した。

大王だった崇峻は仏教の受容に反対ではなかった。だが任那府の再興を優先し、仏教国の推進には積極的ではなかった。

――それゆえ、かの者たちは消えていったのだ。

だが厩戸は、馬子や推古と同じ理想を掲げている。

――推古は感情的になり、一方の厩戸は疑心暗鬼に陥っている。

それが確執の原因だった。だが感情の問題だけに、複雑に絡んだ糸を解くのは容易でない。

妹子が懸命に説く。

「お二人とも目指すのは仏教国ではありませんか。その理想は同じであり、その道だけが違うのです」

「その通りです」

すかさず馬子が口を挟む。

「お二人の目指すところは同じです。ここは出発点に立ち返り、再び手を携え――」

「ふふふふ」

厩戸が不敵な笑みを漏らす。

「王子、大臣に無礼ではありませんか」

妹子がたしなめるのも無視して、厩戸は言った。

「では大王は、なぜ私に王位を譲らないのですか。私はそのつもりで、すべてを進めてきました。ところがいつになっても状況は変わらない。群臣から民までが困惑しています」

「それは違います。私は、厩戸王子が大王にふさわしくなるのを待っているのです」

「ほほう、では私に何が足りないと仰せですか」

「それは――」

推古が言葉に詰まる。

「あらゆる点で、私は大王たるべき存在ではありませんか」

「いいえ、王子には群臣や民を威服させる徳がありません」

「これはおもしろい」

厩戸が膝を叩いて笑う。

「さような印象は、大王の個人的なことではありませんか。私に徳がないことを証明できますか。証人はいますか」

「そういう物言いをすること自体、徳がない証拠です」

「そうではないはず。大王は――」

「おやめ下さい」と妹子が厩戸を制そうとするが、厩戸は構わず続けた。

「私に嫉妬しておいでだ！」

「何たる無礼を申すか！」

馬子も急いで「その話はやめましょう」と言ったが、厩戸は構わず続けた。

「竹田王子が病没したことは、私も残念です。だが思い出して下さい。竹田王子が王位に就くことに、私は何の異議も挟まなかった。竹田王子の補佐役として、生涯をこの国に捧げようと思っていたからです」

それは事実だった。竹田の生前、厩戸はことあるごとにそう言い、実際に馬子とその時の体制を話し合ったこともある。

「不幸にも、竹田王子は身罷(みまか)られた。これはどうしようもないことです。しかし大王は私に嫉妬した。私がこの国のために身を粉にして働き、内政から外交まですべての面で成功すればするほど、私を疎(うと)んじた。そうした捻じれた感情が、譲位を躊躇させているのです」

「王子、黙られよ！」

馬子が慌てて制したが、推古の頬には一筋の涙が流れていた。

「その通りかもしれません」

「大王――」

馬子と妹子が顔を見合わせる。

「確かに私は、竹田のことが残念でならなかった。でも、あなたは私の意向を聞かずに、あらゆることを推し進めました。それは許し難いことです」

「それは違います。私に様々な権限が委譲されていることは、ご承知のはずです」

「大王」と馬子が声を掛ける。

「王子は摂録の地位にあります。摂録とは政を代行し――」

摂録とは政務の代行者のことで、後の摂政や関白に相当する。

「分かっています。それでも私を無視するようなことを平気で行いました」

推古の不満の一つは、そこにあったのだ。

ようやく突破口が見つけられたので、妹子が乗り出す。

「お二人の意向は分かりました。では向後、重大な事案は大王の承認を仰ぐということでいかがでしょう」

厩戸が間髪入れず反論する。

「何をもって重大と決めるのですか。何でもかんでも大王に諮っていたら、政は滞り、摂録の存在意義がありません」

「それはそうですが――」

妹子がため息をつく。

――厩戸に非はない。

非がないからこそ、厩戸に対する推古の憎悪が増幅しているのは明らかだった。

こうなってしまうと感情の問題なので、馬子にも妹子にも、解決策や妥協案が見つけられる余地はない。

対面している推古と厩戸の面には、憎悪と疑心暗鬼が溢れていた。双方共に端然とした佇まいで座しているだけだが、その心の内に吹き荒れる嵐は凄まじいものになっているに違いない。

――これは修復できない。

どちらかが身を引くか死を迎えない限り、国家の二元化は避け難いと思われた。

「いずれにせよ――」

厩戸が脅すような声音で言う。

「譲位の日取りをお決め下さい。話し合いはそれからです」

この時代の大王は終身制だと言われてきたが、女性の大王や天皇は適任者がいない場合の中継ぎの傾向が強く、必ずしも終身制ではなかった。この後に即位する、皇極、持統、元明、元正は生前譲位をしている。

眉間に皺を寄せながら、推古が決然と言い切った。

「あなたには譲位しません」

推古の言葉に、厩戸の顔色が変わる。

「お二人は、今の大王のお言葉を聞きましたか。私が何をしたというのです」

二人が黙して下を向く。

馬子と妹子の立場からすれば、どちらかに肩入れすることはできない。だが厩戸が、咎められるようなことを何一つしていないのも事実なのだ。

厩戸が胸を張って続ける。

「この国のために尽くしてきたのは誰ですか」

「それは、あなただけではありません」

推古の冷徹な声音に、厩戸が苛立ちを隠さず言い返す。

「確かにそうかもしれません。しかし『冠位十二階』と『憲法十七条』を作り、遣隋使を送り、隋使の招聘に成功し、この国を朝鮮三国の上に立たせたのは誰ですか。これにより鉄の流入が促進され、鉄製農具が行き渡り、王家に入る貢租は増加し、農民は飢えることがなくなりました。さらに鉄製武具を大量に作ることができるようになったので、新羅に侵攻を思いとどまらせています。崇峻大王が多くの兵の犠牲と莫大な国費を費やして成そうとしたことを、私は知恵だけで成し遂げたのですぞ。何人たりとも——」

厩戸が声を大にする。

「私を非難することなどできないはずです！」

厩戸の功績は輝きすぎるほど輝いていた。

「もはや話し合いの余地はありません」

推古は厳かに言うと立ち上がった。

厩戸が険しい顔で確かめる。

「お待ち下さい。では、別の王子に大王位を継がせるのですね」

「そうです」

「理由もなく、私との約束を反故になさるのですか」

「明確に約束した覚えはありませんし、私は何も書いておりません」

その言葉に、厩戸の顔が朱に染まる。

「さようなお言葉を大王の口から聞きたくはありませんでした、大臣！」

「何でしょう」

「いかが思われるか」

馬子が推古に向かって言う。

「確かに約定書はありませんが、そういう約束になっていたのは間違いありません」

推古が即座に言い返す。

「たとえそうであろうと、その後、状況は変わりました」

厩戸が唇を震わせる。

「どう変わったというのですか！」

「あなたは斑鳩に宮を造り、われらに対抗しようとしたではありませんか」

「対抗するなど考えてもおりません。私は自らの財によって仏教の都を造ろうとしただけで、何人からも非難を受けるようなことはしていません」

「あなたの本心など、誰にも分かりません」

「何ということを——。それでは、この国は二分されますぞ」

厩戸が最後の白刃を突き付けた。

「それは謀反の謂ですか」

「謀反と仰せか。言いがかりだ！」

厩戸が勢いよく立ち上がる。

「大王が私を嫌うのは構いません。ただ一つ言えることは、次の大王にふさわしいのは私だということです」

厩戸が三人に背を向けると、推古がその細く白い腕をゆっくりと上げた。

「大臣、かの者を討ちなさい」

厩戸の足が止まる。妹子が慌てて言う。

「大王、お待ち下さい、それはあまりに――」

だが推古は再び言い放った。

「馬子殿、かの者は謀反を働くと申しておるのですぞ。今この場で討ちなさい」

どう考えても理は厩戸にあり、推古は感情に任せて命じているに過ぎない。

「さあ、馬子殿」

馬子は首を左右に振ると言った。

「たとえ大王の命であろうと、厩戸王子を討つことはできません」

「わが命を奉じるのが、大臣の仕事ではありませんか」

「大王が間違っている場合、それを正すのも大臣の仕事です」

すかさず妹子が首肯(しゅこう)する。

「仰せの通りです。それがこの国の大臣の務めです」

「ははは」と高笑いすると、厩戸が自信を持って言った。

「どうやら勝負あったようですな。私を討つなど、何人たりともできないのです」

それは事実だった。内政にも外交にも、厩戸ほど優秀な手腕を発揮する者は見当たらない。つまりこの国のことを思えば、厩戸を討つことなどできないのだ。

「では、これにて――」

厩戸が悠然と去っていった。その後ろ姿を見送る推古の瞳は憎悪に燃えていた。

五

推古の新たな住処となった小墾田宮は、飛鳥川の東岸、雷丘（いかづちのおか）と呼ばれる地にある。丘といっても微高地だが、後に柿本人麻呂（かきのもとのひとまろ）によって「大君（おおきみ）は神にしませば　天雲の雷の上に廬（いほ）りせるかも」と詠まれ、雷神が降臨する神聖な地として崇められていた。

推古二十九年（六二一）一月、馬子は痛む足を引きずりつつ、推古の住む小墾田宮を訪れた。

健康に自信のあった馬子も、このところ腰や膝が痛み、歩行にも難渋し始めていた。

土壁で囲われた小墾田宮の南に開いた宮門を入ると、朝庭が広がり、政を談議する朝堂が左右に鎮座している。そこを通り過ぎると、もう一つの大門が現れる。その奥にあるのが推古の住む大殿（おおどの）だ。

馬子の顔を見た門衛は、何も言わず大門を開けた。中に入った馬子が取次役に来訪を告げると、家司の老人が現れ、南側の露台に案内してくれた。

露台とは屋根のない張り出しのことで、板敷になっている。推古は背後に傾きの付けられた長椅子に座し、眠るように目を閉じていた。馬子が声を掛けようかどうか迷っていると、推古の方から声が掛かった。

「馬子殿ですね」

推古は瞑目したままだ。

「どうしてお分かりになったのですか」

馬子がその場に片膝をつく。

「まだ膝が痛むようですね」

「ああ、はい。知らぬ間に腰も足も痛くなり、もう馬にも乗れなくなりました」

足を引きずる音で、推古は目を開かずとも馬子だと分かったのだ。

「馬と言えば、かつて馬子殿はよき馬に乗っていましたね」

「ああ、『鬼葦毛』のことですか。あれはとうに死にました」

推古の顔に笑みが広がる。

「そうでしょうね。馬子殿があの馬に乗っていたのは、何十年も昔の話ですから」

「はい。そう言えば、大王も馬によく乗られましたな」

「ええ、馬子殿と共に飛鳥の野を走り回りましたね」

――わしも額田部も若かった。

流れる汗を拭おうともせず、白い歯を見せて笑う若き日の推古の顔が、今でも脳裏に刻まれている。

「あの草いきれが、昨日のことのように思い出されます」

「本当によき思い出でした。しかしわれらも老いました。もうあの頃のようにはいきません」

「もしも――」

推古が上体を起こす。

「時を戻せたら、馬子殿はどうしますか」

それが何を意味するのか、馬子にはすぐに分かった。

「その話はやめましょう」

「なぜですか。われらの気持ちは一つだったはず」

「その通りです。だが、われらは結ばれる運命（さだめ）になかったのです」

推古が敏達の后になると決まった時、二人は永遠に結ばれない仲になった。

――だが、その代わりに得たものは大きかった。

二人は仏教を介して理想を共有し、手を携えるようにして幾多の苦難を乗り越えてきた。

――そしてこの国は仏教国になった。

国家こそ、二人がなした子と言ってもよい。

「やはり、これでよかったのですね」

「はい。われらが若き日に目指した念願が、こうして達せられたのです。これ以上、何を望むというのですか」

推古が悲しげな顔で感情を吐露する。

「私は大王などになりたくなかった。時を戻し、馬子殿と一緒に田畑を耕しながら暮らせたら、それでよかった」

今となってみれば、馬子とて、そちらの方がどれだけよかったか分からない。だが人は先のことなど見通せないのだ。

「それを仰せになりますな。その代わり、われらはこの国を仏教国にできたのです」

「もはや、われらになすべきことはないと言うのですね」

「そうです。われらは若き頃の存念（理想）を成就させたのです。大王も速やかに退位し、残された日々を満喫して下さい」

「ふふふ、それを言いに来たのですね」

推古が昔のように悪戯（いたずら）っぽい笑みを浮かべる。

「それ以外、何がありましょう」

「私は死の直前まで退位しません」

「今更何を言うのですか。厩戸王子に大王位を譲ることが、この国の分裂を防ぐ唯一の道ではありませんか」

「すでに申したように、かの者に大王位を譲る気はありません」

「なぜ聞き分けていただけないのですか。われらと同じ存念を持つ厩戸王子ほど、大王に適したお方はおりません」

先ほどとは打って変わり、推古が酷薄そうに微笑む。

「もし厩戸が大王になったら、最も邪魔になるのは蘇我家です。それに気づかぬ馬子殿ではありますまい」

「いかにも、そうかもしれません。だとしても――」

馬子の言葉を制するように、推古が言葉をかぶせた。

「厩戸と権勢を分かち合えるのは馬子殿だけ。むろん馬子殿が健在なうちは、厩戸も馬鹿な真似はしないでしょう。しかし――」

「私が死んだ後のことですか」

「そうです。厩戸にとって邪魔なのは蝦夷殿です」

「蝦夷には厩戸王子に従うよう、よく申し聞かせております」

厩戸と蝦夷の二人による国家の運営を、馬子は構想していた。そのために蝦夷は厩戸に従順であらねばならない。

「もちろん蝦夷殿の方から謀反を働くことはないでしょう」

「では、何を危惧していらっしゃるのですか」

　推古がため息をつきつつ言う。

「聡明な馬子殿にしては意外ですね。馬子殿が死せば、蘇我氏が外戚の地位を守れるかどうかは分かりません」

　馬子は笑みを浮かべると反論した。

「われらは二重の縁で結ばれております。その危惧は的外れでしょう」

　厩戸と馬子は姪孫（てっそん）と大叔父の関係であり、また厩戸は馬子の娘である刀自古郎女を妾にしているので、婿と舅の関係でもある。しかも山背大兄王という最有力後継者までいる。

「二重の縁が何だというのです。厩戸は斑鳩で多くの妃を侍らせ、十人以上の子をなしています。もう飛鳥にいるわれらとの血縁など、さして大切ではないのです」

　厩戸は学究的な一面とは裏腹に艶福（えんぷく）家で、多くの妾を侍らせていた。

「たとえそうだとしても、われらと厩戸の存念は同じです。それはわれらが死した後も、蝦夷と共有できるものです」

「そうでしょうか。これから双方の思惑が違ってくるとは考えられませんか」

確かに言われてみれば、その可能性はなきにしもあらずだ。とくに年若い蝦夷では、厩戸と駆け引きしていくのは容易でないだろう。

「では私の死後、厩戸王子が蝦夷を滅ぼすと仰せですか」

「そうならないことを祈っています」

もし馬子亡き後、大王となった厩戸と蝦夷が戦うことになれば、群臣や豪族たちは厩戸に付くだろう。その後に蝦夷を待つのは、戦ではなく討伐になる。

馬子の脳裏に、孤立した上で討伐を受けた物部一族の姿が浮かんだ。

「蘇我氏が繁栄を続けるためには、別の者を次期大王に推す必要があります」

「とは仰せになっても、大王の血を引く者に適任者はおりません」

「はい。残念ながら、わが血を引く者が大王位に就くことは難しくなってきました。それゆえ別の者に継がせます」

推古は敏達との間に二男五女をもうけたが、王子二人はすでに亡く、厩戸に嫁がせた長女は早世していた。その後に嫁がせた次男の尾張王子の娘の位奈部橘王（いなべのたちばなのおう）は、いまだ子をもうけてはいない（後に一男一女をもうける）。

「では、大王位を継がせたい別の者とは誰ですか」

「田村王子（たむらのみこ）です」

田村は敏達の直系だが、祖母は敏達の最初の后となった広姫なので、推古と血のつながりはない。また田村には蘇我氏の血は入っていない。それゆえ馬子は、次期大王候補として全く考えていなかった。

——かの者を大王位に就けるのか。

田村は穏やかな性格で仏教を奉じているが、どちらかといえば学究の徒なので、大王に適しているとは思えない。

「田村王子は王位継承権を持っているものの、すでに王位継承をあきらめ、学問に精進して漢土に渡るのが夢だと聞いておりますが」

「はい。田村王子には財力もなく、また親しくしている群臣や豪族もおりません」

「さような者をなぜ——、いや、これはご無礼を——」

「仰せになりたいことは分かっています。しかし力がないからこそ、王位に就いても蘇我氏の脅威とはなり得ません」

「とはいえ王統を譲ってしまえば、何があるか分かりません」

「一時的に預けるのです。田村なら言うがままです。蝦夷殿の代になり、王統を蘇我氏系に戻せばよいだけのことではありませんか」

「しかし崇峻大王のこともあります」

馬子の脳裏に嫌な思い出がよみがえる。

「人は権勢を握れば豹変するということですか」

「そうです」

「それなら田村に蘇我氏系の娘を嫁がせればよいだけ。田村はまだ二十八歳です」

「いったい誰を」

「田眼王女(ためのひめみこ)ではいかがでしょう」

——そうか。その手があったか。

田眼の父は敏達、母は推古で、血統的には申し分ない。初婚の相手の王子が早世したため、再婚の相手もないまま放置されていた。しかし田村よりも八歳も年上の三十六歳なので、子をなす可能性は低い。だが馬子にも推古にも持ち駒はもうないので、背に腹は代えられない。

「そこまでお考えだったのですね」

「私の血統を残せるとしたら、田眼しかありません」

「田眼王女を嫁がせるのは、構いませんが——」

田眼が子をなす可能性は低いが、自らの血筋を王統に残すために、推古としては藁(わら)にもすがる思いなのだ。

「馬子殿の言いたいことは分かっています。田眼は子をなせないでしょう。しかし私には田眼しかおらぬのです」

それでも馬子は、これまでの経緯から田村を推すことはできない。

「少し考えさせていただけませんか」

「何を考えるのですか。これまで私と馬子殿は、すべて二人で決めてきたではありませんか。この場に至って、私の提案を受け容れられないとでも言うのですか」

推古が強い口調で言い切る。

「どうして、そこまで急ぐのですか」

「馬子殿の年齢はすでに七十一です。明日をも知れぬ身ではありませんか」

――そうか。わしはもうさような歳なのだ。

推古の言葉で、馬子は己の年齢を思い出した。

「それでも、即断できることではありません」

「馬子殿は変わられましたね」

推古が皮肉な笑みを浮かべる。

「どう変わったというのです」

「若い頃はもっと果断でした」

「人は年を取るほど慎重になるものです」

「そうした慎重さが、蘇我一族の命取りにならねばよいのですが」

それでも馬子は安易に同意できない。厩戸に王位を譲らないとなれば、厩戸が黙っていないのは明らかで、下手をすると、両陣営に分かれた軍事衝突が起こる可能性すらあるからだ。

「いずれにしても数日、お待ちいただけますか」

「その数日で何をなさるのです」

「まずは蝦夷と摩理勢に相談してみます」

摩理勢は馬子より十歳ほど年下の六十だった。本来なら次の世代とは言い難いが、厩戸の息子の山背大兄王らに武芸を教えていることから、蘇我一族の中で最も厩戸に近い立場にある。

——つまり斑鳩の内情に最も通じている。

だが摩理勢は厩戸とも懇意にしており、相談すれば反対されるのは確実で、結局、推古の考えに同調できないことになる。

「ふふふ」と、推古が呆れたように笑う。

「お一人で決断できないとは、もはや馬子殿も身を引かれるべきでは」

「いや、一人で決められないわけではありません。明日をも知れぬ身だからこそ、次代を担う者たちの判断を仰ぎたいのです」

「分かりました」と言うや、推古が長椅子から下りた。片膝をついて話していた馬子も立ち上がろうとしたが、膝が痛くてよろけてしまった。それを推古が冷ややかな目で見ている。

その視線には、衰えていく者への憐れみが込められていた。

――だがそなたも、わしより三つ若いだけではないか。どちらが先に逝くかは運次第だ。

馬子が立ち上がろうともがいていると、十間（約十八メートル）ばかり離れた場所で待機していた舎人たちが駆け寄ってきた。馬子がそれを手で制する。

ようやく立ち上がった馬子に、推古が言った。

「風が冷たくなってきました。内殿に戻ります。馬子殿もお帰りになった方がよろしいかと」

「これは気づかず、ご無礼仕りました」

推古は意味深げな眼差しを馬子に向けると、若い頃と何ら変わらぬ優雅な身のこなしで、その場から去っていった。

それを見送った馬子は、舎人たちに左右を支えられながら小墾田宮を後にした。

六

自邸に摩理勢と蝦夷を呼んだ馬子は、二人に推古の提案を伝えた。

「という次第だ」

馬子が話し終わると、案に相違せず摩理勢が猛然と反対した。

「全く理に適っておりません。ここまで推古大王、厩戸王子、そして兄上は一体となってこの国を導いてきました。しかも竹田王子の死後、大王は厩戸王子が次期大王となることに合意し、政策の立案から外交まで任せてきました。その結果、厩戸王子は『冠位十二階』や『憲法十七条』を制定し、外交力によって慢性的な鉄不足も解消しました。これほどの手腕を発揮した厩戸王子こそ、大王にふさわしいはずです」

まくしたてる摩理勢にたじたじとなりながらも、馬子が反論する。

「だが大王の危惧も否定できない。わしが没した後、厩戸王子にとって邪魔なのは、われら蘇我一族だけだからな」

「それは杞憂というものです。厩戸王子と上宮王家は、われらと競い合うつもりなどありません。私は上宮王家で武芸を教えていますが、いつも和気あいあいとした雰囲気が漂っています」

上宮王家とは厩戸の息子たちも含めた一門全体のことだ。子宝にも恵まれた厩戸は、多くの息子たちに支えられ、一大勢力と化しつつあった。

「そうか。そなたは歓待されているのだな」

「はい。厩戸王子もしばしば姿を見せ、共に弓や剣の稽古をすることもあるほどです。稽古が終わった後は酒を酌み交わし、この国の将来について語り合います」

こうしたことから、摩理勢は蘇我氏の上宮王家に対する手筋（窓口）になっていた。だが摩理勢は、他人を疑うことを知らない気質の持ち主でもある。

「摩理勢の言うことは分かった。では、蝦夷はどうか」

それまで黙って二人のやりとりを聞いていた蝦夷が、おもむろに口を開く。

「大王のお言葉にも一理あると思います」

「なんと！」

摩理勢が目を剝く。

「まずは聞こうではないか」

馬子が興奮する摩理勢を制すると、蝦夷が穏やかな口調で語り始めた。

「われらが考えるべきことは、父上が没した後、これまでと変わらず、上宮王家との間に良好な関係が築けるかどうかです」

蝦夷が憂慮をあらわにする。

「つまり、わしが死した後、厩戸王子が牙を剝いてくるとでも言うのか」

「それは分かりません。ただし人の心は不変ではありません」

馬子にも蝦夷の言うことは分かる。とくに厩戸のような才人の場合、常人の及ばぬことを考えるので、油断はできない。

「だからといって、われらと仲違いして厩戸に何の得がある」

「さる筋から、斑鳩の造営が滞っていると聞きました」

馬子はそのことを知らなかった。

「どういうことだ」

「入前（資金）不足で、思ったように普請作事が進まないというのです」

厩戸は斑鳩に十以上の寺院を建立しようとしていた。だが、さすがに資金不足に陥っているというのだ。

「それは確かなのか」

「はい。斑鳩にいる者から聞きました」

蝦夷は斑鳩に独自の情報入手経路を築いていた。

「つまり厩戸王子には、より多くの財が必要だと申すのだな」

「そうです。しかし、それは容易に得られます」

「どうするというのだ」

「われら蘇我一族が途絶えれば、その血筋から、われらの所領と部（べ）（貢納集団）は、姉上を経て厩戸王子のものになります」

この時代、王族層の相続制度はしっかり確立されていた。厩戸の妾にあたる刀自古郎女は、馬子と物部氏の娘の間に生まれた子で、蝦夷とその息子で十歳になる入鹿（いるか）が死ねば、蘇我氏とかつて物部氏が所有していた所領や部のすべてが、刀自古郎女のものとなる。刀自古郎女も敬虔な仏教徒なので、その財産が夫である厩戸の自由になるのは言うまでもない。

「つまり、そなたと入鹿がいなくなれば、わしの所領や部が厩戸王子のものになるというわけか」

「そうです。われら親子が死ねば、兄上を還俗させない限り、そうなります」

万が一、蝦夷と入鹿が死ねば、長男の善徳(ぜんとこ)を還俗させて族長の座に就けない限り、蘇我本家の所領と部を守る術はなくなる。だが善徳は病弱な上、すでに飛鳥寺の寺司(てらつかさ)でもある。それを還俗させるなど善徳も承知しないだろうし、仏の怒りを買うかもしれない。

それでも還俗するよう馬子が遺言すれば、信仰よりも一族の財産保全を優先した蘇我氏の衆望は失墜し、仏教自体も軽視されることだろう。

「では、どうすればよい」

「まず大王の仰せになるままに、田村王子を次期大王に推すのです」

「すぐに譲位させるのだな」

「いいえ。大王にはお亡くなりになるまで、その地位にとどまっていただく方がよいでしょう」

「お待ちあれ」

摩理勢の顔色が変わる。

「さようなことをすれば、それこそ飛鳥と斑鳩で争いが起こりますぞ」

「その時は斑鳩を討伐するのみ」

穏やかで慎重な性格だと思っていた蝦夷だが、馬子以上に強硬な手段を辞さない男になっていた。思えば蝦夷は、族長としても十分な年齢の三十八歳になる。

「何と理不尽な！」

摩理勢が床を叩く。

「厩戸王子は蘇我家とも血縁が濃い上、この国にとってかけがえのない人物です。戦うなど言語道断！」

「では摩理勢殿は、飛鳥と斑鳩で戦になったら、斑鳩に付くと言うのですか」

摩理勢が目を剝く。

「誰もそんなことを申しておりません。私が間に入り、戦を止めさせます」

「よろしいか」

蝦夷が「やれやれ」といった口調で言う。

「私が蘇我一族の族長である限り、私の命に従っていただきます」

「いや、それとこれとは話が別。国家に多大な貢献をしてきた厩戸王子を守り立てていくのは、大夫（まえつきみ）として当然のことではありませんか」

「では、摩理勢殿を敵と見なします」

摩理勢の顔が憤怒に歪む。

「なんと、若はこの摩理勢を討つと仰せか！」

「族長の命に従えぬというなら討ち取ります」

「大王家への忠節こそ、一族の繁栄につながるのですぞ」

「厩戸王子は大王ではありません」

「何と無礼な！」

摩理勢が立ち上がったので、蝦夷も反射的に立ち上がると腰に手を当てた。

「やめろ！」

馬子が怒声を発する。

「そなたらが仲違いしてどうする。座れ！」

二人は視線を外さず再び座に着いた。

「よいか。何があっても同族内で仲違いしてはいかん。まず同族内で意見を一致させる。それから行動に移す。それを徹底させるのだ」

「父上、すでに私は蘇我一族の族長を拝命しております。つまり一族に対して責務があります」

「いかにもそうだ。だがわしの目の黒いうちは、わしが一族全体の指揮を執る！」

族長に指名したからには、全権を蝦夷に託さねばならないとは思う。

――しかし蝦夷は強引すぎる。

これまで摩理勢は馬子の片腕として抜群の働きを示しただけでなく、朝鮮半島にも渡り、赫々たる武勲を挙げている。その実績をないがしろにするような蝦夷の態度は容認できない。

「父上、では族長とは名目だけのものですか」

「黙れ！」

馬子は怒りを抑えられなくなっていた。

――冷静にならねば。

馬子は瞑目して深呼吸すると、厳かに言った。

「二人とも、この件はわしに預けてくれぬか」

「父上、それでは手遅れになります」

「どうしてだ」

「厩戸王子を甘く見てはいけません。彼奴は夜な夜な宴を催し、群臣の与党化を図っています」

「たとえそうだとしても、宴を催すだけで、与党化を図っていると断じるわけにはいかない」

ここぞとばかりに摩理勢が同調する。

「その通りです。何もかもわれらを排斥するための布石と思ってしまえば、きりがありません」

大きなため息をつくと、ようやく蝦夷も納得した。

「致し方ありません。父上にお任せします」

「分かってくれたか。今はそれが最善だと思う」

馬子にも事態を打開する方策は見えていない。だが頭を絞って考えたところで、妙策が浮かんでくるとも思えない。

——わしは衰えたのか。

だがそれを今、考えていても仕方がない。

「それでは、そなたらが二度と仲違いせぬよう、誓いの儀を行う」

馬子が手を叩くと、酒と盃が運ばれてきた。

「もう一度言う。わしの死後も決して仲違いしてはならぬぞ」

「はい」と二人が声を合わせる。

「では、仏に酒を捧げる」

馬子が祭文(さいもん)を唱えて祭壇に酒を捧げると、二人も順に同じことをした。

それで誓いの儀は終わり、三人は形ばかりに酒を飲んだ。

その後、気まずい雰囲気のまま二人は帰っていった。

——些細なことから、一族内に亀裂を生じさせてしまった。

摩理勢と蝦夷の二人は、これまで仲がよいわけではなかったが、別段悪いこともなかった。

馬子が下手に二人に相談を持ち掛けたばかりに、二人の関係が険悪になってしまったのだ。

——これまでのように、わしが一人で決断すればよかったのだ。

だが、このまま一人で問題を抱え込んでしまうと、結論を先延ばしし、ずるずると時ばかりが過ぎていく気がする。

——老いは、わしから果断さも奪っていったのか。

馬子は苦い酒を一人であおった。

七

馬子が輿を降りると、築地塀(ついじべい)越しに飛鳥寺の堂塔伽藍が見えた。

——よくぞここまで来たものよ。

多くの供を連れた馬子が南門から境内に入ると、百を超える僧たちが左右に列を成して拝礼し、手を合わせて祭文を唱え始めた。

馬子は南門で警固の者たちを待たせると、数名の供を率いて僧の作る道の中央を進んだ。

南門から中門に至ると、そこには馬子の長子の善徳が待っていた。善徳は飛鳥寺の寺司を務めている。

「父上、よくぞいらっしゃいました」

「善徳よ、精進しておるか」

「はい。日々、充実しております」

善徳の案内で中門を入ると、屹立する層塔がまず目に入った。その塔は幾重にも屋根が重なり、壮麗なことこの上ない。

――あの塔の下に仏舎利が眠っておるのだな。

それを思うと、仏陀がこの寺を守ってくれていると実感できる。

善徳の案内に従い、東回りに回廊を進み、様々な角度から三つの金堂を眺めた。善徳は、それぞれの金堂で行われている仏事や儀式について語り、さらに仏教国家の未来にまで言及した。

「仏教がこの国に根付いた時、現世に天寿国が現出するのです」

「天寿国か――」

馬子にとって、それは夢のようなことだった。

さらに善徳は飛鳥寺の構造についても語った。

飛鳥寺の伽藍配置は、一塔三金堂式伽藍配置という一つの塔を三つの金堂が取り囲む特異なものになっている。これは高句麗にしかない形式で、その背景には、百済の勢威が衰えるに従い、高句麗との関係を強化しようという意図があった。

また類例の少ない伽藍配置により、漢土から来る使節に対し、大和国の独立性を主張しようという狙いも込められていた。

すでに建設途中に何度も足を運び、落慶供養の日もここに来た馬子だが、こうして自らが心血を注いで建てた寺を眺めることで、喜びがひしひしと湧いてきた。

――わしはこの様を見るために、ここまで生きてきたのだ。

「父上、あすこに列を成しているのは若き学僧です」

善徳が指差す先には、一列に整列した少年たちが頭を下げて手を合わせていた。

「まだ童子ではないか」

「はい。豪族やその兵仗たちの次三男です。かの者たちの中で優秀な者は漢土へ、それ以外の者は各地の寺に派遣され、仏法を説くことになります」

「そうか。そこまで考えておるのだな」

「はい。仏教の敷衍こそ、わが使命ですから」

善徳は頼もしく成長していた。

この後、石敷きを踏みしめながら、一行は講堂に至った。この講堂こそ、幅二十二間半（約四十一メートル）、奥行き十一間（約二十メートル）、高さ九間余（約十七メートル）もある大和国最大の建築物だった。

「よくぞ、これほどのものを造ったな」

「これも仏のご加護のお陰です」

講堂に入り、百を超える僧たちと共に祭文を唱えた馬子は、善徳の案内に従い、講堂の横にある鐘楼（しょうろう）の下に設えられた四阿（あずまや）で休息することにした。

「父上、此度の来訪は何か宛所があってのものですか」

「いや、ただそなたの顔が見たくてな」

「それはうれしいお言葉ですが、それだけではありますまい」

「ああ、そうだ」

馬子がため息をつく。

「斑鳩とのことですね」

「そうだ。王位の継承も絡んでおるので、事は厄介だ」

「仏門にいる私としては、政に関することには口を挟みたくはありませんが、仏の教えにもある通り、何事にも慈悲の心で接することが大切です」

「それで埒が明くのか」

馬子は、慈悲の心だけで問題が解決するとは思えなかった。

「厩戸王子も仏法を奉じているなら、必ずや道は開けます」

「そうありたいものだが」

善徳に話を聞けば、何らかの糸口が摑めるかと思ったが、善徳はこの国で最上位の僧なのだ。それにふさわしい発言をするのは当然だった。

「父上は何が不安なのですか」

「飛鳥と斑鳩に二分された状態でそなたらの時代になった時、確執が起こらないか不安なのだ」

「それは、われらの知恵にお任せいただくのがよろしいかと」

「それはそうだ。だが大王とわしが死せば、斑鳩がどのように動くかは分からぬ」

善徳がため息をつく。

「同じ志を持ってきた飛鳥と斑鳩です。必ずや和解の糸口を摑めるでしょう」

善徳の言うところは十分に分かる。だが力の均衡が崩れれば、真っ先に誅滅（ちゅうめつ）させられるのは蘇我一族なのだ。

――蘇我本家を滅ぼした後、厩戸は摩理勢に跡を取らせるかもしれんな。

厩戸の念頭には、すでにそうした計画があるかもしれない。

「父上、私でよろしければ、厩戸王子と話をし、本意を聞いておきましょう」

「そなたに、さようなことをやらせるわけにはまいらぬ」

善徳を俗世の政争に巻き込むことを、馬子は極力避けたかった。

「私のことなら心配は無用です。こうした仲立ちをするのも、俗世におらぬ僧の務めです」

「そなたは幼い頃から病弱だった。心労を掛けるわけにはまいらぬ」

「いかにも、私は蒲柳(ほりゅう)の質(しつ)でした。しかし何とか四十二まで生きられました。これも仏のご加護のお陰です」

「そうだな。こんなにそなたが壮健になるなら、族長の座を――」

「その話はやめましょう。俗世は蝦夷に託しました。私は仏道に専念し、仏法をいかに世に広めていくかに力を尽くします」

馬子には善徳の心遣いがうれしかった。

「そうか。その覚悟ができているなら、もう何も言うまい」

善徳が幼い頃、病弱な体を案じた馬子は、善徳を僧にした。だがこうして立派になった善徳を見て、自らの判断が早まったものだったのではないかと悔やんでいた。

――だが善徳は、仏道に専念すると言ってくれた。

馬子は一つ肩の荷が下ろせた気がした。

「そなたと蝦夷は聖と俗双方を担い、この国をよき方向に導いてくれ」

「心得ております」

馬子が立ち上がり、善徳と共に今度は西回りで回廊を歩いた。

西日が堂宇に差し、まさに天寿国もかくあらんというばかりの光景が広がった。

「善徳、これほど美しいものがこの世にあろうか」

「はい。これぞこの世の天寿国です」

その時、馬子がふと思ったことを口にした。

「果たして、天寿国に仏はおるのだろうか」

善徳が笑みを浮かべて答えた。

「仏は人の心におります。天寿国におられるかどうかに、私の関心はありません」

「そうか。そなたらしい答えだな」

馬子は、善徳という仏の代弁者のような息子を持ったことが誇らしかった。

「善徳、仏教の象徴たるこの寺を守っていくのだぞ」

「承知しました。来迎の時まで、全力を尽くしてまいります」

来迎の時とは仏の迎えが来た時、すなわち死の瞬間までを意味する。

――わしはよき息子を持った。

西日の差す回廊を歩きながら、馬子は大きな満足感に包まれていた。

八

飛鳥寺に行ったことで心の平安は得られたが、俗世に戻ると、依然として厩戸との問題が横たわっていた。

――わしはどうしたらよいのだ。

若い頃なら何事も即断し、迷いなど一切なかったものだが、年を取ってくると、余計なことまで考えすぎてしまい、即断できない。

――これが老いなのか。

肉体は衰えたが、頭の働きが鈍ったとは思えない。だが気づかないところで、衰えが頭の回転にまで浸透してきているのかもしれない。

――額田部のようにな。

かつては奔放だった額田部、すなわち推古は、今では頑なな老女になっていた。

――もはや額田部の心は開かれない。だとしたら額田部に相談などせず、厩戸王子との関係を改善していくしかないのか。厩戸と結託して譲位を強引に推し進めれば、その恩義に報いるべく、厩戸はわし亡き後の蘇我一族を残してくれるやもしれぬ。そうか。それが善徳の言うところの慈悲というわけか。

老いて死にゆく者は、これから最盛期を迎える者の慈悲にすがるしかないのだ。だがそれは、推古の気持ちを踏みにじることにつながる。厩戸の慈善心などというあてにならないことをあてにし、これまで手を携えてこの国を造ってきた推古を失望させることなどできない。

――このまま何もしなかったらどうなる。

おそらく馬子と推古が没した後、厩戸は王位を継承し、蘇我一族を排斥し始めるに違いない。武力を行使しないまでも、様々な手を使って追い詰めていくはずだ。むろん蝦夷も馬鹿ではない。手を尽くして対抗手段を講じるだろう。しかし大王となった厩戸に抗するのは困難だ。大義は厩戸の側にあり、兵馬の儀（戦うこと）になれば、蘇我一族以外の豪族はそろって厩戸に付くだろう。そうなれば蘇我氏には滅亡の道しか残されていない。

――戦っても負ける。戦わずとも衰退は覚悟せねばならぬのか。

馬子は頭を抱えた。

このまま国家の行く末を厩戸に任せれば、理想的な仏教国ができ上がるだろう。だがそこには、蘇我一族の座は用意されていないのだ。

――摩理勢の言うように、共存ということはあり得ないだろうか。

馬子は大王の厩戸と摂録の蝦夷という関係を思い描いてみたが、厩戸に摂録は不要だ。蝦夷には大臣としての仕事はなく、ただ最大勢力を有する豪族の長ということになる。

どうしても結論は、「推古と馬子健在のうちに厩戸を討伐する」ことに行き着いてしまう。

——それは駄目だ。厩戸はこの国にとって不可欠の御仁なのだ。

確かに国家という観点から考えれば、厩戸が大王になり、この国の政を司るのが最もよいと思う。しかしそうなれば、蘇我一族の没落ないしは衰退は確実となる。

——いや、待て。考えすぎなのではないか。夜風にあたろう。

馬子は立ち上がると広縁に出た。そこからは満々と水をたたえた池が見える。その水面に映る月を眺めているうちに、冷静さを取り戻してきた。

——厩戸は仏教国を造ることに邁進している。蘇我一族が最大勢力を有していようと気にしないかもしれない。しかも蘇我一族の財産を継承せずとも、蝦夷がそれなりに献金すれば、良好な関係が続くのではないか。

自分でも知らないうちに、馬子は疑心暗鬼の虜と化していたことに気づいた。

——わしも額田部も老いたのだ。

推古は嫉妬と意地の塊になっていた。冷静になってみると、馬子も嫉妬から厩戸を討伐しようとしているのではないかと思えてきた。

本来なら馬子がやるはずだった仏教国の創建を、厩戸が完成させることに、馬子は嫉妬心を抱いていたのかもしれない。

むろん一代でやり遂げられることには限りがある。だが仏教国創建の主役は、馬子ではなく厩戸だと青史に刻まれるのは間違いない。

——そして蘇我一族は、ひっそりと歴史から消えていくのだ。

何度となく「致し方のないことだ」「わが存念を継いでくれるなら、それでよいではないか」と自分に言い聞かせても、心の奥底では厩戸に嫉妬している自分がいる。

その時、表口の方が慌ただしくなると、長廊をこちらに向かってくる足音が聞こえてきた。

——何事だ。騒々(そうぞう)しい。

思考を中断された馬子がそちらを見やると、「父上！」と呼びながら、蝦夷がやってきた。簡易な衣に頭巾(ときん)をかぶった狩装束なので、狩りに行っていたとすぐに分かる。

「いったいどうしたのだ」

急いでやってきたのか、蝦夷は息を切らし、その狩装束は乱れていた。

「まずは水を」

馬子の下部が水甕(みずがめ)を運んでくると、蝦夷が柄杓(ひしゃく)で何度も水を飲んだ。それでも蝦夷は肩で息をしている。

「父上、香具山の近くの野で狩りをしていたところ、何者かに襲われました」

「何だと！」

蘇我氏の族長の蝦夷が何者かに襲われるなど、馬子は考えてもいなかった。

「突然のことだったので、こちらの舎人の何人かが手傷を負いました」

「それで、そなたは無事か」

「はい。矢が顔の近くをかすめましたが、見ての通り傷はありません」

「それはよかった。で、襲撃したのは誰だ」

「残念ながら敵を討ち取ることができず、それは分かりません。しかし――」

蝦夷は「お待ちを」と言うと、背後に向かって怒鳴った。

「あれを持ってこい」

蝦夷の内舎人が、長剣の鞘のようなものを捧げ持ってきた。

「これは何だ」

それは漢土で作られたものと分かる黄金の鞘だった。

「襲った者が落としていきました」

「つまり襲撃者は、これほどのものを持っていたというのか」

「はい。それが誰のものかも分かっています」

馬子が息をのむ。

「いったい誰だ」

「山部連足島です」

「何だと——」

山部連足島とは斑鳩周辺に勢力を持つ豪族の長で、厩戸の随身頭として上宮王家の軍事力を担っている。

「私は、この鞘に見覚えがあります」

「そういえば——」

馬子の脳裏に、足島が得意げに黄金の鞘を差している姿が浮かんだ。おそらく随身としての働きを認められ、厩戸から下賜(かし)されたのだろう。

「これは推測ですが、厩戸王子は私を殺すことで、父上を絶望させるつもりだったのでしょう」

蝦夷を殺され、続いて馬子自身も死ねば、孫の入鹿がいるとはいえ、蘇我本家は無力に等しくなる。その後に入鹿を殺せば、蘇我本家の財産や遺領の多くを、厩戸は相続できる。

「もしそれが本当なら、許し難いことだ」

「その通りです。これこそ父上の死後、厩戸王子が蘇我一族を滅ぼそうとしている証左にほかなりません」

「いや、待て」

「何を待つのです」

「事を急いてはいかん」

「これだけ歴然とした証拠があるのですぞ。もはや厩戸王子の思惑は明々白々」

蝦夷がいつになく怒りに任せて言う。

――確かに、蝦夷の言う通りかもしれない。

それでも馬子は、状況を冷静に見極めねばならないと思った。

「厩戸には、大王の孫娘とわが娘が嫁いでいる。戦となれば殺されるやもしれん」

大王の孫娘とは位奈部橘王のことで、わが娘とは刀自古郎女のことだ。

「たとえ兵馬の儀となっても、輿入れした娘には手出ししないのは暗黙の了解事。しかも斑鳩には、厩戸王子の後継者として、われらが血縁の山背大兄王がおります。ご心配には及びません」

「だからといって斑鳩を攻めれば、厩戸王子が造営した寺院や王子宮の壮麗な殿舎群を焼くことになる。それは仏に背くことだ」

「まさか父上は、斑鳩を残したいと仰せか」

「残すも残さぬも、仏教寺院を焼くことになれば、蘇我一族は仏教の外護者とは認められなくなる。それだけは避けねばならん」

「斑鳩の寺院や仏像は偽物です。この世から消えれば仏も安堵します」

「愚かなことを申すな！」

馬子が怒声を発したので、蝦夷は黙った。

重い沈黙が二人の間に漂う。

「では、厩戸王子をどこかにおびき出して殺しましょう」

「そんな話に乗ってくるわけがあるまい」

「そうだ」と言って蝦夷が膝を打つ。

「双方のわだかまりを解消するために、どこかに双方の協力で寺を建立しようと言うのです。そこで建立の儀、すなわち仏舎利を心礎とする儀式に誘うのです」

「仏の前で厩戸王子を討つわけにはまいらぬ」

「いいえ、厩戸王子は仏教を保護してきた蘇我一族の族長を殺そうとしたのですから、間違いなく仏敵です」

――そういう理屈か。

だが厩戸は、すでに飛鳥に匹敵する大集団を斑鳩で形成しているのだ。

「では、首尾よく厩戸を討ち取ったとして斑鳩をどうする。長男の山背大兄王は二十も半ばを過ぎ、英名を謳われている。軍勢を差し向けてくることは必定だ」

「果たしてそうでしょうか。いかに親の仇とはいえ厩戸を失ってしまえば、斑鳩すなわち上宮王家に勝ち目はありません。だいいち山背大兄王は、蘇我の血を色濃く受け継いでいるではありませんか」

「勝ち目がなければ、山背大兄王は斑鳩に火を放って自害するかもしれんぞ」

「そこで叔父上の出番です」

「摩理勢か」

上宮王家と親しい摩理勢が間に入れば、本格的な兵乱に至らないかもしれない。

「そうです。叔父上に橋渡し役を依頼し、誤解から小競り合いが生じ、厩戸王子を討ち取ってしまった。それゆえ山背大兄王を立太子するので、妥協しないかと言わせるのです」

「それは無理だ。さような策に摩理勢が同意するわけがない」

直情径行で正義を旨とする摩理勢が、こうした陰謀に加担するとは思えない。

「それなら一時的に筑紫（つくし）に派遣するのです。筑紫に駐屯する兵団の巡検に行かせればよいかと」

筑紫国には、新羅の侵攻に備えて守備隊が置かれていた。

「そして摩理勢が戻ってきてから、摩理勢に偽りを言って橋渡しをやらせるのか」

蝦夷がうなずく。

「摩理勢が知ったら激怒するぞ」

「厩戸王子が死んでしまった後なら、叔父上が斑鳩側に立って挙兵することはありません。次期大王を山背大兄王にすると言えば、叔父上は橋渡し役を引き受けるしかないはずです」

——さすがわしの息子だ。

かねてより賢いとは思ってきたが、蝦夷がここまでの策謀を考えられるとは思わなかった。

「分かった。だが最終的な決断は大王に下してもらう」

「それはどうでしょうか」

蝦夷が首を左右に振る。

「どうしてだ。大王は厩戸を憎く思っているはずだ」

「それは違います。つい先日、位奈部橘王が厩戸王子の子をなしたのはご存じのはず。しかも男子（後の白髪部王子）と聞きました」

「そうか。推古大王の血を引くその子が、大王になる芽が出てきたというわけか」

これまで馬子は、蘇我氏系の山背大兄王が厩戸王子の後継者になるとばかり思ってきた。だが位奈部橘王が男子を生んだことで、にわかに雲行きは怪しくなった。

「大王になる条件は、まず大王にふさわしい実力と年齢です。その点では山背大兄王が圧倒的優位にあります。厩戸王子から山背大兄王への大王位の移譲は致し方ないと、推古大王も覚悟していたと思います。ところが位奈部橘王が男子を生んだことで、自らが退位せずに長生きすれば、直接、曾孫である男子に大王位を継がせられることも考えられるのです」

「しかし大王位に就くには、少なくとも二十歳になっていなければならない。今六十八歳の推古大王が、二十年も生き続けるなど考え難い」

「そこで田村王子なのです」

「そうか。田村王子を挟んでから曾孫に継がせるというわけか」

「さように遺詔(いしょう)しておけば、よいだけです」

推古の国家への貢献は大きかった。すなわち偉大な業績を残した大王の遺詔は、大夫たちに重視される。すなわち推古の死後、大王となった田村が皇統を簒奪(さんだつ)しようとすれば、大夫たちはそろって異を唱えるはずだ。

「なるほど、つまり位奈部橘王が男子を生んだ時点で、推古大王は厩戸との間に妥協点が見出せるようになったというのだな」

「その通り。妥協が成立すれば、大王は厩戸に大王位を譲るかもしれません」

感情的なもつれは残っているものの、推古と厩戸双方の利害が一致する可能性が出てきた。

「さすれば邪魔者はわれらだけか」

「そうです。それゆえ一刻も早く厩戸を討伐する必要があります」

蝦夷の見通しは的を射ていると、馬子は思った。

「もはや、やるしかないのだな」

「そうです。厩戸さえ屠れば、後はいかようにもなります」

蝦夷の策謀の見事さに圧倒された馬子は、うなずくしかなかった。

九

このところ馬子は、三日にあげず飛鳥寺に赴き、祭文を唱え、渡来僧の法話を聞いていた。馬子にとって、この世で最も心が落ち着く場所が飛鳥寺だからだ。それらが終わると、寺司を務める息子の善徳の房に行き、薬湯を飲みながら雑談をする。この日も、善徳の房に立ち寄った。

「父上は、いまだ迷っておられるようですね」

馬子の心中を見抜くかのように、善徳が問うてきた。

「ああ、迷っておる」

「ここにいると、様々なことが耳に入ってきます」

——さもありなん。

蝦夷が襲撃されたことは供の者らに口止めしたが、どこかから漏れるのは当然だ。

「どこまで聞いている」

「蝦夷のことは聞いております」

「そこまで知っているなら隠しても無駄だな。その通りだ」

「しかし証拠は黄金の鞘だけなのでは」

「それだけで十分ではないか」

善徳が苦い顔をして押し黙った。

「何が言いたい」

「近頃は、盗人が多いと聞きます」

――つまり蝦夷の手の者が盗んだとでも言いたいのか。いや、盗人が盗んだものを「これ幸い」と蝦夷が買い取ったとでも言うのか。

馬子は耳をふさぎたかった。

「その話はしたくない」

「分かりました。何事も疑えばきりがありません。大切なのは仏を信じ、近しい者を信じることとです」

「そうだ。わしは蝦夷を信じている」

ここのところ肉体的にも精神的にも衰えてきた馬子は、蝦夷を頼るようになっていた。それが自分でも分かるだけに、歯がゆい思いはある。

「それなら何も申しません」

善徳が押し黙る。

――蝦夷に限って、そんなことはあるまい。

馬子の心中に生じた疑念の波紋は、次第に大きくなっていった。

「父上」と善徳が威儀を正す。

「飛鳥と斑鳩、双方が仏を取り合うことは、仏の本意ではありません。仏はあまねく衆生を安らぎに導きます。どちらかのものではないのです」

「そうだ。だからこれまで斑鳩のやっていることを、わしは容認してきた」

――斑鳩、か。

これまで馬子は、常に厩戸王子を主体に考えてきた。だが偶然、自ら口にした「斑鳩」という言葉から、主体が集団としての斑鳩に変わりつつあることを覚った。

――斑鳩は徐々に力を付けてきているのだ。

それは飛鳥の停滞、ないしは衰退を意味した。

――このまま斑鳩の隆盛が続けば、わしと大王の死後、飛鳥は衰退する。飛鳥の衰退は蘇我一族の衰退を意味する。

どう考えても、そこに「共存」という二文字は見出せない。

「父上、仏を信じる限り、共に生きていくことはできるはずです」

「善徳、俗世はそれほど甘くない」

厩戸にとって、現在の斑鳩の王子宮や寺院群を維持するだけでも莫大な費用が掛かる。さらに発展拡大させようとするなら、より多くの財源が必要になる。蘇我一族の嫡流が滅べば、その血統からして、厩戸が財産と遺領の相続者になれるのだ。とりわけ財産の中でも、一千にも及ぶ壬生部(みぶべ)は労働力となるので、喉から手が出るほどほしいはずだ。

壬生部とは作物を貢納する農奴の集団のことで、土地と一緒に相続対象とされた。

「父上の仰せになりたいことは、私にも分かります。ただ双方が生きる道を見つけ出せるなら、この一身を捧げる覚悟はあります」

「そなたの覚悟は分かった。だがその時が来るまで何もするな」

「御意のままに」

善徳は素直に従った。だがその目には、双方の仲立ちをするという強い決意が表れていた。

十

――わしは、どちらかを選ばねばならぬのか。

新たな寺の建立の儀式に向かう道すがら、馬子は幾度となくした自問をまた発した。父の稲目から、仏教こそ国を束ねる根幹だと聞かされてきた馬子は、何を措いても仏教国の創建を目指してきた。だがその理想が実現し掛かった時、新たな問題が生じたのだ。

――仏教を取るか、一族の繁栄を取るか。

この国の将来を厩戸に託せば、見事な仏教国を造り上げるはずだ。だが、そこに蘇我一族の居場所はない。

――わしとて人だ。この高い地位と莫大な財を孫子に残してやりたい。厩戸王子にこの国の舵取りを託せば、わが一族は没落する。蝦夷を殺そうとしたことからも、それは明らかだ。だが蝦夷の言うままに厩戸王子を討てば、大王とわしの死後、求心力となり得る者はいなくなり、大和国はまとまらなくなるだろう。人々は欲心に操られ、いつまでも戦乱は続く。だから厩戸王子を殺すことはできない。

馬子の葛藤は続いていたが、その時、突然輿が止まった。

「父上」という呼び掛けに応じて馬子が輿窓を開けると、窓外に蝦夷がいた。

「わが手の者は、すでに配置に就きました」

「そうか。やはりやるのだな」

「もちろんです。ぬかりはありません」

ここに至るまで、蝦夷とあらゆる事態を想定したが、何もぬかりはないはずだった。

——だが、待てよ。相手は厩戸なのだ。

馬子と蝦夷の考えの及ばぬ手立てを、厩戸なら講じているかもしれない。

「では、これにて」

「待て」

「何を待つのです」

蝦夷の顔には苛立ちの色が表れていた。そこには、年老いた者に対する軽侮の色も見える。

「相手は厩戸王子だ。何があるか分からぬ。わしが厩戸王子を見送った後、紫冠を取って汗を拭ったら、襲撃は中止だ」

「今更、何を仰せですか」

「念には念を入れるのだ。そなたは足の速い伝えの者（伝令）を配置しておき、わしが紫冠を取って汗を拭ったら、すぐに知らせられるよう手配しておけ」

「筋違道は一本道ですから、伝えの者が厩戸一行を追い抜くことはできません」

「畦道(あぜみち)があるだろう。それを伝っていけば追い抜ける」

蝦夷は不承不承うなずいた。

「分かりました。では、これにて」

蝦夷の馬が土埃を蹴立てて行列から離れていった。

やがて馬子の乗る輿は、新たな寺の建立予定地になっている飛鳥と斑鳩の中間地点に至った。そこはすでに整地され、儀式の支度も整っていた。

輿を降りて曲彔(きょくろく)（椅子）に座して待っていると、斑鳩方面から行列が近づいてきた。

――来たか。

厩戸がここに来るか来ないかは五分五分だと思っていた。来なければ自らの安全を図る術がないことになる。

――だが厩戸は来た。

その意味するところを、馬子は心得ていた。

厩戸が笑みを浮かべて輿を降りてきた。あらかじめ取り決められた通り、双方は武器を持たず、二十人の供回りしか随行させていない。

「馬子殿、久方ぶりだな」と明るい声で言いながら、厩戸が隣の座に着いた。

「此度はよくぞ参られました。これにより双方の和合は成ったも同じです」

「その通りだ。斑鳩と飛鳥がいつまでも仲違いしていては、国家の礎が揺らぐ。私もどうしようかと思っていたのだ」

「それは幸いでした」

その時、仏舎利の入った木箱を、僧の一人が捧げ持ってきた。

「では」と言って立ち上がった馬子は、厩戸と共にそれを受け取った。

僧たちによって祭文が読み上げられる中、二人は木箱を捧げ持ち、しずしずと塔の心礎が置かれる穴の前に達すると、中にいる僧に仏舎利を渡した。

僧によって心礎となる木箱が据えられると、僧たちの祭文の声が高まる。馬子と厩戸も片膝をつき、手を合わせて祭文を唱和した。

二人が座に戻ると、僧たちが心礎の前にひざまずき、再び祭文を唱えた。左右に立つ僧たちもそれに唱和したので、周囲には厳粛な雰囲気が漂ってきた。

小声で厩戸が話しかけてきた。

「馬子殿、思えば長き道のりだったな」

「何がですか」

「仏教国を造るまでのことよ。われらは知恵の限りを尽くし、仏敵を倒し、遂に万民が仏を信じる国を築いたのだ」

「はい。仏教国を造ることは、先代（稲目）からの念願でした」

「それが今、こうして実現したのだ」

「言葉にならないほどのうれしさです」

厩戸の声音が変わる。

「本当にそう思うのか」

「ええ、心からそう思っています」

「本音を申せ。実は馬子殿は、仏教国を造った功績を、わしに奪われるのが嫌なのではないか」

「そんなことはありません」

祭文を唱える僧の声が高まる。いよいよ儀式の最後に差し掛かったのだ。

「本来ならそれは、蝦夷殿と善徳殿が引き継ぐべき仕事だと思っておるのだろう」

「何を仰せか。誰が中心になろうと、この国を仏の慈悲の光で照らせれば本望です」

厩戸の口調が穏やかなものになる。

「その通りだ。それゆえ私も、あらぬ疑いを掛けられぬようにするつもりだ」

「ということは――」

「出家するつもりだ」

馬子の背に冷や汗が走る。それを知ってか知らずか、厩戸が続ける。

「わしは仏の道を究めたい。そのために僧となる」

「では、王位に就くことはあきらめたのですか」

「ああ、俗世のことは何もかも嫌になった。斑鳩のことは山背大兄に任せ、向後、血脈の濃い者が死しても、その財産や遺領の相続権も放棄する」

「何というご覚悟か」

厩戸は、馬子や推古の考えるよりも一回り大きな男だった。

「だが、その覚悟を疑われてしまえばそれまでだ。それゆえ今日一日だけは、手立てを講じさせてもらった」

「手立てとは、いったい何を――」

「此度のことを祝し、善徳殿に『この儀式が行われている頃、斑鳩寺で祭文を唱えていただけないか』とお願いしたのだ。すると善徳殿は快く引き受けてくれた。前々から、善徳殿は斑鳩を訪問したいと言っていたからな。今頃、この寺と斑鳩寺で同時に唱えられている祭文が、天の仏の許に届いていることだろう」

「なんと――」

馬子が息をのむ。

「どうした。善徳殿が斑鳩寺で祭文を唱えることが、それほど驚くべきことなのか」

――迂闊(うかつ)だった。

まさか厩戸が、策を弄して善徳を人質に取るとは思わなかった。

「善徳殿は実に素直なお方だ。人を疑うことを知らない」

「善徳をどうするおつもりか」

「わしに何かあれば、山背大兄が善徳殿を殺す」

「何と卑怯な」

「卑怯なのはどっちだ。どうせ帰途に伏兵でも置いているのだろう」

厩戸が鼻で笑う。

「では、王子が無事に斑鳩に帰り着けば、善徳を解放してもらえるのですね」

「当たり前だ」

——何としても襲撃をやめさせなければ。

馬子の額から汗が滴る。

「どうした馬子殿。凄まじい形相をしておるぞ」

厩戸が蔑(さげす)むような眼差しを向けてきた。

「では、手の者を使って蝦夷を襲ったのはなぜですか」

「何だと。そんなことは知らん」

——ま、まさか！

厩戸の怪訝(けげん)な顔つきからすると、何も知らないのは事実のようだ。

「近頃、山部連足島が黄金の鞘をなくしたと言ってはおりませんでしたか」

「ああ、盗まれたと言っておったが、それがどうした」

――蝦夷め！

怒りが沸々とわいてきた。ちょうどその時、僧たちが祭文を唱え終わった。高僧がやってくると、二人に儀式の終了を告げた。

厩戸は悠然と立ち上がると、僧の先導に従い、輿に乗った。

「馬子殿、また時を置かず会いたいな。次は僧として会うことになると思うが」

「はい。ぜひに――」

「何事にも抜かりのない馬子殿のことだ。襲撃を中止にする手立ては講じておるのだろうな」

厩戸はすべてを見通していた。

「は、はい。言うまでもなきこと」

「それを聞いて安堵した。では、またな」

簾が下りると、厩戸の輿が動き出した。馬子はそれを見送る形で、輿の背後を歩いて門前まで出た。

――襲撃を中止させる手立てを講じておいて、本当によかった。

やはり厩戸はただ者ではなかった。

輿が斑鳩への道を進んでいく。それを見ながら、馬子は紫冠を取って手巾で汗を拭った。

だが門前に広がる田畑のどこかに、蝦夷の手の者がいる気配はない。

――どこにおる！

厩戸王子一行は刻一刻と遠ざかっていく。

高齢で馬に乗れない馬子が、今更追い掛けるわけにもいかない。だいいち一頭の馬も連れてきていないのだ。

――ま、まさか蝦夷は、わが言葉を黙殺したのか。

思わず走り出そうとした馬子だったが、足がもつれてその場に転んだ。それを見て驚いた内舎人らが駆けつけてきた。馬子はその手を振り払って起き上がろうとしたが、うまく立てない。

その時、彼方で喚き声が聞こえてきた。すでに厩戸の行列は小丘の向こうに消えていたが、何かが起こっているのは明らかだった。

――待て、早まるな！

だが、すべては後の祭りだった。

――ああ、やめろ！　善徳が殺される。

次の瞬間、何かで後頭部を殴られたような衝撃が走った。それが何かを確かめる前に、馬子の意識は遠のいていった。

十一

――ここはどこだ。

目を開けたつもりだが、靄がかかっているようで何も見えない。だが明るさは感じるので、目は開いているものの焦点が合っていないことに気づいた。

――まるで水底におるようだ。

頭上では多くの藻が水に揺れている。

――わしはどうしたのだ。

頭はぼんやりとし、体を動かそうとしても微動だにしない。だが目の焦点だけが次第に合ってきた。

――揺れる藻に見えていたのは人の頭か。

焦点が合うと、慌ただしく動き回る人々が見えてきた。どうやら皆、馬子の意識が回復したことで騒いでいるらしい。

状況を確かめようと、口を開こうとしたが、舌がもつれてうまくしゃべれない。それでも、やっと「うう」という声が出た。

――落ち着け。さしたることではない。

慌てずに心を落ち着けると、口の中で舌を動かしてみた。だが言葉にならない。

――いったいどうしたんだ。

焦燥が込み上げてくる。

蝦夷の顔が突然、頭上に現れた。

「父上、お目覚めですか」

「ああ」

「よかった。これで安心だ」

「わしは――、わしはどうしたのだ」

ようやく言葉らしきものが出た。

「突然、気が失せたと聞きました」

「そうか、気が失せたのか」

その意味するところを知り、半身を起こそうとしたが、思うようにいかない。年老いた者が「気失せ」となり、回復しても体の一部が動かなくなると聞いていたので、馬子は焦った。

――何ということだ。

体を動かせないだけでなく、痺れたような感覚が体の随所に出てきている。

「父上、もしやお体が――」

「ああ、右半身がうまく動かせぬ」

蝦夷が医博士の方を振り向くと、医博士が小声で何か耳打ちした。

「父上、ゆっくり養生すれば治らぬこともないと、医博士は申しております」

それが気休めなのは、馬子にも分かる。

――そうか。ようやく思い出したぞ。

次第に記憶が戻り、自らの体以上に大切なことがあったのを思い出した。

「それで、どうした」

蝦夷が周囲の者たちに「下がれ」と言うと、そこにいた者たちが一斉に出ていった。

「思惑通りに厩戸王子を討ち取りました。厩戸王子は大剣を抜き、われらの手の者を四人まで斬りましたが、最後は力尽きました」

「厩戸王子は何か言っていたか」

「いや、別に――」

「構わぬ。正直に話せ」

蝦夷が不承不承といった様子で言う。

「わしを殺せば、斑鳩の僧たちが仏の呪法を行うことになっているので、三代までに蘇我一族を滅亡させると――」

――仏の呪法か。いつの間にさようなものを伝授されていたのだ。

馬子でさえ知らないものを厩戸は知っていた。

「それだけではないだろう。正直に申せ」

しばしの沈黙の後、蝦夷が思い切るように言った。

「はい。『善徳はわが手の内にある。わしを殺せば善徳も死ぬ』と仰せでした」

「して、その通りになったのだな」

蝦夷がうなずく。

――ああ、善徳。そなたはこうなることを予見していたのか。

厩戸との融和を唱える善徳の言葉が、次々と脳裏をよぎる。

「父上、これは飛鳥寺の僧が持ってきたものです。兄上の遺骸が飛鳥寺に返されたら、父上に渡せと命じられたとのこと」

その書状を手に取ることのできない馬子は、蝦夷に「読め」と命じた。

「では」と言って蝦夷が小声で読み始めた。

「父上がこれを読んでいるということは、もはや私はこの世の者ではありません。それは致し方ないことですが、私の命を捧げることで厩戸王子の命を償ったのですから、飛鳥と斑鳩の間で兵馬の儀を起こしてはなりません。私は万が一に備え、父上だけでなく叔父上（境部摩理勢）にも書状を出しました。叔父上には『筑紫からすぐに戻り、双方の仲立ちをしてほしい』と書きました。また斑鳩で山背大兄王ともお会いし、

『厩戸王子に何かあれば、私の命で償うので兵乱を起こさないでほしい』とも告げました」

「ああ、善徳、許せ」

馬子の瞳から大粒の涙がこぼれた。

それを見た蝦夷が懸命に言い訳をする。

「兄上が斑鳩にいるなどとは思いもしませんでした。厩戸王子が、その場で苦し紛れの嘘を言っていると思ったのです」

「馬鹿を申すな。厩戸ともあろう者が、何の手も講じずにあの場にやってくるはずがなかろう」

「しかし、いったん始めてしまった襲撃を止めるわけにはいきません」

「だから、わしは紫冠を取って汗を拭ったはずだ。だがそなたは伝えの者を置かなかった。最初から襲撃を中止するつもりなどなかったのだ」

蝦夷が開き直ったように言った。

「兄上のことは迂闊でした。申し訳なく思っています。しかし厩戸王子を殺す以外に、われら一族が生き残る道はなかったのです」

「わしは隠居の身だ。族長のそなたが判断したことに、とやかく言うつもりはない。だが、いつか仏の罰が下った時は、従容として死を受け容れるのだぞ」

「承知しました」

この時から約二十五年後に仏罰が下った時、蝦夷は何の抵抗もせずに死を迎えることになる。

「それで斑鳩はどうした」

「大王の兵乱停止令が出たことで、斑鳩は兵を出すことを躊躇し、その間に異変を聞きつけ、筑紫から戻ってきた叔父上が間に入りました」

――ということは、わしは十日近くも気を失っていたのだな。

摩理勢が船で戻るには、少なくとも七日から十日は掛かる。

「善徳の書状と根回しが双方の衝突を防いだのか」

「はい。兄上のお陰です」

「よし、一つだけ命じておく。絶対に上宮王家には手を出すな。手を出せば摩理勢は王家方に付く。そうなれば蘇我一族は分裂し、やがては一族すべてが没落する」

蝦夷が不承不承うなずく。

「分かりました。斑鳩と和合します」

「それでよい」

馬子が深くため息をついた。

「もはやわしのなすべきことはない。後はそなたに任せる。だが最後に一つだけ聞かせてくれ」

「何なりと」

「あの鞘は本当に落ちていたのか」

蝦夷の顔色が変わる。だが蝦夷は、すぐに強い口調で言いきった。

「襲撃の後、鞘を見つけたのは下部の一人です。私はそれを父上にお見せしただけです」

蝦夷の強い眼差しが馬子を射る。そこには、人生の最盛期を迎えた者の強さが宿っていた。

――弱き者は黙っておらねばならぬのか。

馬子は老いの辛さをしみじみと味わった。

「分かった。もうよい」

「では、ご無礼仕る」

そう言い残すと、もう一度射るような眼光で馬子を見た後、蝦夷は大股で去っていった。

十二

上宮王家にとって、蘇我氏による厩戸王子の謀殺は許し難い事件だった。しかし厩戸王子という柱石を失ったことで求心力を失い、これまで与党だった群臣たちも離反し始めた。そこに戻ってきた境部摩理勢が双方の間を取り持ち、和睦に漕ぎ着けた。

推古と蘇我氏側は「推古大王に対する謀反の疑いを不問に付し、向後、上宮王家と斑鳩には一切干渉しない」という条件で、上宮王家側は「厩戸王子の死因を病死とし、推古大王に忠節を誓う」という条件で妥協が成立した。

さらに推古は、上宮王家の新たな首長となった山背大兄王に、厩戸王子の遺領と財産が引き継がれることを承認した。

蝦夷だけは弱体化した上宮王家を滅ぼすことを強く主張したが、馬子はそれを許さなかった。それは推古も同じで、「勝手に兵を動かせば、謀反と見なす」と通達してきた。

さすがの蝦夷も上宮王家追討を断念した。しかし馬子、推古、そして摩理勢が死ねば、蝦夷は大王となるはずの田村王子と結託し、山背大兄王と上宮王家を滅ぼすに違いない。

——場合によっては、蝦夷と摩理勢が戦うことになるだろう。

だが自らの死後のことまで心配したところで、どうにもならないのも事実なのだ。

推古三十四年（六二六）、馬子は七十六歳になっていた。

「気失せ」の病となって半身が動かなくなったこともあり、馬子は蘇我一族の所領と財産をすべて蝦夷に譲り、隠居生活に入った。

飛鳥の中心から南東に離れた「飛鳥河の傍（ほとり）」の地に隠居所を設けた馬子は「三宝（仏・法・僧）を恭（つつし）み敬う」、すなわち仏像に向かって祈禱し、仏典を読み、僧侶の講話を聞く生活に入った。

馬子はこの隠居所の庭に池を掘り、その中に小さな島を造ったので、いつしか人は、馬子のことを「島大臣（しまのおおまえつきみ）」と呼ぶようになった。

この頃の馬子の楽しみは、輿に乗って外を散策することだった。かろうじて上体を立てられるので、自らを育んでくれた飛鳥各地を輿でめぐり、寺はもとより、各地に造られた祭殿や仏舎、また草堂と呼ばれる仏を祀った小さな祠にまで詣でた。それらを見る度に、馬子は仏教が浸透してきたことを実感し、ささやかな喜びに浸った。

その帰途には、飛鳥を一望の下に見渡せる甘樫丘（あまかしのおか）に寄るのが日課になっていた。かつては、この地に大邸宅を構えたいと思っていた馬子だったが、それでは、あまりに権力者としての姿が露骨なので、終の棲家は「飛鳥河の傍」にした。

だが向後、蘇我氏の権力がさらに大きくなれば、子孫の誰かがこの地に「覇王の神殿」を構えるかもしれない。だがそれは蘇我氏の増長を意味し、その時こそ、蘇我氏滅亡の前兆になると思っていた。

輿が下ろされ、輿を覆っていた風除けの薄絹が外される。馬子のお気に入りは、北西から北にかけての眺望が開けている場所だ。

この日は雲一つなく晴れており、遠くまで見渡せた。春の陽光はあまねく飛鳥の大地を照らしており、まさにそれは、無限の恵みをもたらす無量光のように感じられた。

――わしは、この地に生き、この地に死ぬのだ。

近くには香具山、畝傍山、耳成山の大和三山が、そのはるか先には生駒山、二上山、葛城山、さらに金剛山系の山々が広がっている。

馬子にとって幼い頃から飽きるほど見てきた風景だが、この年になると、馴れ親しんだ風景がいっそう愛おしく感じられる。というのも、そこから見えるそれぞれの場所には、様々な思い出が宿っているからだ。

その時、背後で舎人たちの話し声が聞こえた。馬子は背後を見られないので、側近くに控える舎人に問うた。

「何事だ」

「はっ、こちらに向かってくる輿があります」

「輿だと――。誰のものか」

「大王のものとお見受けします」

――大王がなぜここに。

やがて背後で輿が下ろされ、草を踏んで近づいてくる足音が聞こえた。

「馬子殿、お久しぶりです」

「ああ、大王、こちらこそ長らく顔を出さずにご無礼仕りました。今日は、こんなところまでどうしたのです」

「久しぶりに甘樫丘に来てみたくなったのです。いつも馬子殿が来ているとも聞きましたので」

若い頃、二人は馬を駆って飛鳥の野を駆けめぐった。その時、一休みするのは決まって甘樫丘だった。

馬子と並ぶように、推古が舎人の用意した曲彔に腰を下ろす。

「こんな体なので、拝跪できず申し訳ありません」

「お気になさらず。人は老いれば、礼法に則ることはできなくなります」

「私のような老骨にも、思いやりのあるお言葉を掛けていただき、ありがとうございます」

馬子が袖で涙を拭う。ここ最近、馬子は涙もろくなっていた。

「馬子殿が老骨なら、私も同じです」

推古は馬子より三歳若いので、七十三歳になる。しかしその立ち姿は優雅で気品があり、若い頃と何ら変わらなく見える。

「いいえ、大王はいつまでも若く美しいままです」

「そんなことはありません。私も老いました」

推古がため息をつく。

「何を仰せか。大王は――」

「額田部と呼んで」

かつてのように甘えるような口調で、推古が言った。

「そういえば、ここ数十年、その名を呼んだことはありませんでした」

「最後にそう呼ばれたのはいつのことだったか――。全く思い出せません」

額田部の長い髪が風になびく。だがその髪には、白いものが多く交じり、かつてのような艶も失われていた。それでも馬子にとって、額田部は美しかった。

「思えば、われらは共に長き道を歩んできましたね」

「ええ、長く険しい道でした」

推古の瞳が愁いを帯びる。様々なことを思い出しているのだろう。

――われらは罪深いことをしてきた。

馬子と推古は様々な手を使って敵を駆逐し、遂に理想の国を造り上げた。だがそれは、多くの者の血に染まっていた。

「われらの歩んできた道は、正しい道だったのでしょうか」

「それは――」

馬子が答えに窮する。

その時は正しい判断や選択だと思っても、歳月を隔てて過去を俯瞰（ふかん）すると、果たして正しかったのかどうかは疑わしい。それでも馬子は、過去を否定したくなかった。否定したところで、今更取り返しがつかないからだ。

「仏教のために、われらは正しい道を歩んできたと信じています」

「厩戸王子を殺したこともですか」

推古の言葉が鋭い刃のように突き刺さる。

あの時、馬子は馬子なりに考え、そして行動した。だが実際は、蝦夷の陰謀にはめられたのは紛れもない事実だった。

一方の推古にしても、夫の敏達の血脈を残すことに固執し、また厩戸の輝かしい才能と実績に嫉妬し、厩戸を王位に就けなかったことも悔やんでいるに違いない。

二人の心には、悔恨の情が瘡蓋（かさぶた）のようにこびり付いていた。

馬子が無念をあらわに言う。

「あれは間違いだったかもしれません」

「では、穴穂部王子、宅部王子（やかべのみこ）、物部守屋、そして崇峻大王を殺したことを何と申し開きなさるのですか」

「それは――」

馬子が言葉に詰まる。

「それらは間違いでなかったと言いきれますか」

「罪業はすべて私が背負います。ですので大王は――」

「そんなことが許されましょうか」

「われらは仏のためだけを思っていたのです」

それで正当化できる話でないのは、馬子にも分かっている。だが今となっては、そう己に思い込ませるしかない。

「自分たちの権勢や威権を維持するのに邪魔な者たちを除いていくことが、仏のためなのでしょうか」

沈黙が重く垂れこめる。ただ穏やかな風だけが二人の間を吹きすぎていく。

その沈黙に堪えきれず、馬子は建前を言った。

「われらは、この国に生きる者たちに対して責務があります」

「それではその答えになっていません。ではその責務を全うするためなら、政を司る者は、意にそぐわない者たちを殺し続けてもよいのですか」

「それが、国を統べる者の運命なのです」

「かつて馬子殿はこう仰せでした。『この国と王家、そして仏教を守っていくことが、わが一族の使命だ。それを邪魔する者に容赦はしない』と」

「若き日の青臭い言葉です。お忘れ下さい」

「しかし馬子殿は、その通りにしました」

馬子は黙ってうなずくしかなかった。

「われらの生涯は血塗られていました」

――だが、それはやり直せない。

時の流れを押しとどめることも、時を元に戻すことも、人にはできないのだ。

馬子が推古にすがるように問う。

「大王、私は天寿国に行けるでしょうか」

「馬子殿は――」

冷ややかな笑みを浮かべながら、推古が問う。

「本気でそれを言っているのですか。たとえ天寿国があったとしても、そこに馬子殿の居場所はありません。もちろん――」

推古が悲しげな顔で続けた。

「私の居場所もないでしょう」

「ああ、大王――」

推古の瞳には、先に死にゆく者への憐れみの情が籠もっていた。

「こうして不自由な体となり、もはや死して仏の許に行くことだけが楽しみとなった身にとって、天寿国に行けないなどと考えたくもありません」

「馬子殿、死しても罪業は消えません。われらは死後まで罪を背負っていかねばならぬのです。われらは天寿国に行くことなど考えてはいけないのです」

「だからこそ、罪を償ったあかつきには――」

推古が首を左右に振る。

「それも考えてはいけません。そのために罪を償うということは、真に罪を償うことにはなりません」

「では、どうすればよいのです」

「私にも分かりません。もしかすると――」

推古が若い頃のような悪戯っぽい笑みを浮かべる。

「仏に涙の雫ほどの情けがあれば、天寿国の末席に導いてくれるかもしれません」

そう言うと、推古が立ち上がった。すかさず舎人が曲彔を片づける。

「風が冷たくなってきました。馬子殿もそろそろ引き揚げた方がよろしいでしょう」

気づくと飛鳥の野は橙色(とうしょく)に染まっていた。

「大王、いや、額田部」

その言葉に推古が立ち止まる。

「ようやく本来の名を呼んでくれましたね」

「ああ、なぜか若き日に戻ったような気がしたのだ」

「馬子殿はあの時、こうも仰せになりました。『われらは結ばれぬ運命(さだめ)だったのだ。それを受け容れ、己の使命を全うせねばならぬ。それが御仏の思し召しなのだ』と」

「よく覚えているな」

若き日々が脳裏によみがえる。

「それでよかったのですか。悔いはありませんか」

「悔いか――」

貧しくとも二人で一緒に暮らせたら、どれだけ楽しい日々が過ごせたか分からない。

「今は、あの時以上に馬子殿を身近に感じられます」

馬子の肩に推古の手が置かれる。その手の上に馬子は手を重ねた。

「この国は、われら二人が造ったのです。つまり、われらは紛れもない妹背(いもせ)でした」

推古の言葉が胸に染みる。

「そうだ。そなたを妻にはできなかったが、そなたと共に、この国を造れて本当によかった」

「私もです」

そう言うと推古の温かい手は馬子の肩から離れた。

――わしは苦闘の果てにこの国を造ったのだ。今となっては、それだけがわしの誇りだ。

気づくと、夕日が飛鳥の大地を覆い尽くしていた。山野も木々も橙色に染まっていく。それは次第に紅色となり、やがて黒一色の夜がやってくるのだろう。

――さらばだ。

馬子は飛鳥の地に別れを告げた。


この約二月後の五月、馬子はこの世を去る。その遺骸は桃原墓（石舞台古墳）に葬られた。

馬子は大臣の座に就いてから五十年以上も政権の中心にあり、激動の六世紀後半から七世紀初頭の国政を担ってきた。大和国の基盤を造った馬子の功績は、何物にも代え難いほど大きなものだった。

それから二年後の推古三十六年（六二八）、推古が崩御した。享年は七十五で、その在位は三十六年に及んだ。だが推古は「飢饉なので、朕がために陵を興して厚く葬る必要はない。竹田王子の陵に葬ってほしい」と遺言を残した。そのため推古の遺骸は、竹田の陵墓を双室墳に改修した上で同じ場所に葬られた。

馬子と推古の死後、大臣として勢力を伸長させた蝦夷は、境部摩理勢と山背大兄王を抑え、独裁体制を確立する。舒明大王（田村王子）の妾に馬子の娘の法提郎女を送り込んだ蝦夷は、舒明と共に百済大宮と百済大寺の造営という大事業に取り組み、大和国を仏教国として確立していく。しかしその完成を見る前に舒明は崩御し、その后の皇極が大王の座に就いた。

蝦夷から入鹿へと代替わりした蘇我氏は、さらに強大になっていく。まさに権勢をほしいままにし、飛鳥の中心の甘樫丘に壮麗な邸宅を築くまでになる。王宮を見下ろす甘樫丘に邸宅を築くことは馬子でさえ憚ったが、入鹿にとって恐れるものは何もなかった。

しかも入鹿の外交手腕により、大和国は三韓すなわち高句麗・百済・新羅三国の上に位置すると、隋を滅ぼした唐に認められ、その朝貢の使者を迎えるまでになった。

だが強大になりすぎた蘇我氏が大王家を脅かす存在になることを恐れた中大兄王子と中臣鎌足によって、三韓の使者を迎える儀式の最中に入鹿は殺され、蝦夷も甘樫丘に造営した壮麗な屋敷に火を放って自害した。

「覇王の神殿」が焼け落ちる炎は、それを見つめる人々にとって、まさに一つの時代の終わりを告げるものだった。

かくして蘇我本家は滅亡する。だが蘇我氏が四代にわたって守り抜いた仏教は大和国の隅々にまで浸透し、大和国すなわち日本は、仏教国として栄えていくことになる。

解説

周防柳

――伊東潤さんが、初の古代史小説を書かれたそうだ。

――主人公は蘇我馬子だそうな。

と聞けば、たぶん多くの方が、ほう、と新鮮な興味を誘われるのではなかろうか。伊東さんといえば、戦国武将の熱い闘いを活写する作家として、まずは知られている。たとえば、本能寺の変ののちの徳川家康の逃避行の裏に隠されていた真相をつづった『峠越え』（中山義秀文学賞）や、風雲急を告げる天下をうっちゃって、蹴鞠道に身を尽くした今川氏真の物語『国を蹴った男』（短編集、吉川英治文学新人賞）、史上最大の鉄砲使用によって、戦法の革命をもたらした長篠合戦を描いた『天地雷動』などなど。


戦国時代以外では幕末ものが華やかで、水戸藩の尊攘派の志士たちが奮闘する『義烈千秋 天狗党西へ』（歴史時代作家クラブ賞作品賞）や、紀伊半島の太地の鯨取り集団の世界を描いた『巨鯨の海』（山田風太郎賞）など、力作が揃っている。

そもそもどんな時代のどんな題材でも、書こうと思えば書けてしまう才能の持ち主でいらっしゃるのだが、それにしても、どんなきっかけ、または出会いがあって、本作のテーマに食指を動かされたのか、機会があったら訊いてみたい気がする。

古代史ということ以外にも、この小説にはいわゆる伊東さん風でない珍しさがいくつかある。最たる点は、蘇我馬子という一人の人間の青年期から老年期までをストレートにつづった一代記であることだ。加えて、時代を行き来したり、現在と回想を織り交ぜたりといったアレンジを行わず、比較的素直な編年体で描かれていることも。

歴史作家にはそれぞれのスタイルがあり、なかでも伊東さんは物語の構造に工夫を凝らされるタイプだと思う。誤りを恐れずもっと言うなら、いかに歴史の「縦の流れ」を描くかよりも、いかに核となる一点をつかみ、歴史を「横切り」にするかに精力を注がれる方だとお見受けしている。

といった観点に照らしても、本作はかなり異例なのである。読み味は大河ドラマを鑑賞するのに似ている。一人の俳優が二十代から七十代までの半生記を演じきるのを見て楽しむ感じ、と言ったら近いだろうか。

おそらく、と推測する。蘇我馬子という人物はたしかに古代史屈指の政治家ではあるのだが、その生存中においては、これ、と一点わしづかみにすべきような楔――たとえば本能寺の変や関ケ原の合戦や大政奉還に匹敵するような、大きな歴史的エポック——がない。これという楔が打ち込まれるのは、馬子が死してのちの蝦夷、入鹿の時代である。ゆえに、馬子の数々の事績をその遠因、あるいはそこへ導かれるべき前哨戦としてとらえ、一段ずつ、階段をのぼるように、彼の人生をたんねんに描いてみようとされたのかもしれない。

結果的には、その凝りすぎないつくりが功を奏したと思う。蘇我馬子という、一般読者にとってはそれほどなじみがないであろう人物のありかたが、するすると頭に入ってくる。なるほど、と読みながら納得した。

本作のジャンルを分類するならば、政治ドラマということになるだろう。謀略、策略、嫉妬、裏切り、愛と憎しみ……。あらゆる負の感情が、ねじれ、もつれて、火花を散らす。これもまた、刀槍矛戟(とうそうぼうげき)によらぬ一種のいくさであって、その意味では、派手な合戦シーンは少ないけれど、熱量の高い男たちの闘いを描くという伊東さんの主義は、やはりぶれることなく貫かれているのだ。

＊

では、作品の内容に具体的に触れよう。

全体は大きく四章よりなっていて、一章は馬子の青年時代である。欽明大王の側近として蘇我氏躍進の道を開いた父親の稲目から家督を譲られ、馬子は一族の若き長となる。蘇我氏の出自については、百済人説をはじめとしていくつか説があるが、本作では応神、仁徳朝以来の名族、葛城氏の流れという設定になっている。

馬子は去りゆく父親から四つの遺訓を授かる。一つは婚姻政策によって皇室の外戚としての地位を確立すること。二つ目は、すぐれた技術を持った渡来人を支配すること。三つ目は、屯倉の拡大を含め、国家の財政を掌握すること。四つ目は、この国のまつりごとの要として、仏教の興隆に尽くすこと。これが馬子の生涯をかけた国造りの目標となる。

ちなみに、蘇我氏といえば、かつては皇族の殺害に手を染め、不敬を重ねた悪者という烙印を押されていたが、最近はそのようなとらえ方はほとんどなくなった。むしろ、豪族たちの寄合所帯だった原始的な政治を、先進的な中央集権国家へと脱却させた先駆者として評価されている。その蘇我氏のうちでも、とくに注目度が高いのが馬子と稲目である。本書の副題となっている「日本を造った男」は、正鵠（せいこく）を射（い）た言葉だと思う。

二章からは、策謀家としての馬子の活動が本格的に始動する。当時、蘇我氏に並ぶ権勢を誇っていたのは軍事氏族の物部氏で、族長の守屋が馬子の最大のライバルであった。馬子は姪の額田部女王（のちの推古女帝）と結び、守屋に肩入れする額田部の夫、敏達大王を葬り、続いて、皇位を虎視眈々と狙う穴穂部王子を片付けたのち、本丸の守屋を撃破する。

馬子と額田部は若き日からひそかに惹かれあう仲であり、次々に実行される策略の裏に、二人の愛憎がちらちらと見え隠れするのがなまめかしい。

三章では、最後の邪魔者とでもいうべき泊瀬部王子（崇峻大王）の暗殺劇が描かれる。当初、崇峻は兄の穴穂部に似ぬ無害な人物とみられていたのだが、即位すると野心家の本性をあらわして独走を始め、馬子とことごとに対立する。その息の根を止めるために放たれた刺客、東漢直駒によるだまし討ちの場面は、ぎょっとするほどリアルである。

そして、クライマックスの四章では、すべての敵をかたづけ、頂点にのぼった大臣馬子と、女帝の座に就いた推古と、少し前から抜群の存在感をもって登場してきた厩戸王子（前帝用明の長子）との、三つ巴の闘争が展開される。

馬子、推古、厩戸の三者は同じ蘇我氏の濃い血でつながっており、揃って熱心な仏教信者でもあり、歯車さえ嚙みあえば、理想的な国造りが進む可能性もあった。ところが、現実にはそうならなかった。厩戸王子はまもなく馬子、推古と離反し、斑鳩に独自の砦、兼、仏教王国のようなものを造る。卓越した頭脳の持ち主である厩戸のまわりには、彼を慕う者たちが集まり、あやうい二政府並立の状態になっていく。本作で描かれる厩戸は、従来のイメージとはかなり異なる、癖の強いニヒリストである。

推古女帝が厩戸を嫌うのは、もともと愛するわが子、竹田王子をこそ自分の後釜にしたかったからだ。厩戸が皇太子になったのは、不幸にも竹田が早死にしたからにすぎない。生意気なだけのこの甥には、位など譲りたくもないと推古は思う。

一方、馬子には推古のように厩戸を嫌う積極的な理由はない。ではなぜこの二人の間に亀裂が生じたのかといえば、厩戸の才能への嫉妬である。革新的な憲法の制定、能力主義の人材登用、大国隋との大胆な外交……。厩戸が斬新な手腕をみせるほどに、馬子の中に微妙な感情が芽生えていく。おのれが何十年もの歳月をかけて築きあげてきた功績が、若き天才の輝きによって一瞬にしてかき消されてしまう。もし、抜群の政治能力を備えた「厩戸大王」が誕生したら、蘇我一族の補佐など、必要ともされなくなるだろう。

そんな屈折した感情が黒雲のように育っていき、やがて、思いもよらぬ悲劇が惹起されてしまうのである。

このあたりのいわく言いがたいゆくたては、本書のいちばんの読みどころなので、これ以上の言及は控えよう。読者のみなさんがそれぞれに、はらはらどきどきしながら味わっていただきたい。

＊

余談となるが、少々付言したいことがある。それは、同じ飛鳥時代を舞台とした小説は数々あれど、蘇我馬子を主人公とした作品は珍しいということだ。

この時代の小説でもっとも主役になりやすいのは、なんといっても厩戸王子（聖徳太子）である。黒岩重吾さんや、邦光史郎さん、篠﨑紘一さんなどの作品がある。あまりに有名な山岸涼子さんの漫画もある。次に人気が高いのは推古女帝で、豊田有恒さんや三田誠広さんなどが、妖艶な女王像を描いておられる。

むろん、それらの作品にも馬子は登場する。しかし、おおむねは脇役に終わっており、とりわけての位置に置かれたり、じっくりと心理を描かれたりすることは少ない。その点でも伊東さんの試みは希少なのだ。

想像するに、蘇我馬子というのは策士ではあるけれど、悪魔的な毒のある人物ではなかったのだろう。本作においても、強烈なキャラクターを与えられているのは厩戸王子のほうであり、馬子はむしろ中庸で、迷いも多く悩みも深い、人間くさい人物として造形されている。

戦国時代でいうならば、馬子は遅咲きの苦労人の徳川家康、厩戸は破壊神的な革命児の織田信長といったところだろうか。的はずれなたとえかもしれないが、個人的には、本書に描かれた二人の対照が興味深かった。

伊東さんは作家になる前は企業人でいらっしゃったせいか、起承転結が明確で、要所要所のめりはりを大切にされる。以前お目にかかったとき、小説は結論から語るくらいでないといけないという意味のことをおっしゃっていて、感心した記憶がある。先ほど私は本書はシンプルな編年体で書かれていると申しあげたが、最初のプロローグからぐるりとまわって、最後にきれいにつながるあり方などは、やっぱり伊東さんである。

よい意味で踏み込みすぎず、衒学的にもならず、それでいて、六〜七世紀の古代世界を面白く見るための新視点を提供してくれる一冊だと思う。

（すおう・やなぎ／作家）

【主要参考文献】

ミネルヴァ日本評伝選『蘇我氏四代——臣、罪を知らず——』遠山美都男　ミネルヴァ書房
『蘇我氏四代の冤罪を晴らす』遠山美都男　学研新書
敗者の日本史１『大化改新と蘇我氏』遠山美都男　吉川弘文館
『蘇我氏の古代』吉村武彦　岩波新書
『聖徳太子』吉村武彦　岩波新書
『蘇我氏——古代豪族の興亡』倉本一宏　中公新書
『謎の豪族　蘇我氏』水谷千秋　文春新書
『蘇我氏とは何か』前田晴人　同成社
『古代を考える　蘇我氏と古代国家』黛弘道〔編〕　吉川弘文館
『女帝推古と聖徳太子』中村修也　光文社新書
『偽りの大化改新』中村修也　講談社現代新書
『古代史の謎は「鉄」で解ける　前方後円墳や「倭国大乱」の実像』長野正孝　ＰＨＰ新書
『蘇我氏と馬飼集団の謎』平林章仁　祥伝社新書

『謎の古代豪族　葛城氏』平林章仁　祥伝社新書
『蘇我氏の古代学　飛鳥の渡来人』坂靖　新泉社
『大化改新』朝河貫一　柏書房
『飛鳥・白鳳仏教史』田村圓澄　吉川弘文館
『蘇我三代と二つの飛鳥――近つ飛鳥と遠つ飛鳥』西川寿勝・相原嘉之・西光慎治　新泉社
古代氏族の研究⑧『物部氏――剣神奉斎の軍事大族』宝賀寿男　青垣出版
『ここまでわかった飛鳥・藤原京　倭国から日本へ』豊島直博・木下正史［編］　吉川弘文館
『豪族のくらし――古墳時代~平安時代――』田中広明　すいれん舎
『飛鳥むかしむかし　飛鳥誕生編』奈良文化財研究所編　朝日新聞出版
『飛鳥むかしむかし　国づくり編』奈良文化財研究所編　朝日新聞出版
各都道府県の自治体史、論文・論説、展示会図録、事典類、雑誌、ムック本等の記載は省略させていただきます。

【謝辞】
本書は放送大学の山岸良二先生の協力なくして書き上げることはできませんでした。この場を借りて御礼申し上げます。

本書は、月刊「潮」（二〇一八年一〇月号～二〇二〇年七月号）に連載され、二〇二一年に小社より刊行された単行本を加筆修正のうえ、文庫化したものです。

伊東 潤（いとう・じゅん）

1960年、神奈川県横浜市生まれ。早稲田大学卒業。『国を蹴った男』（講談社）で「第34回吉川英治文学新人賞」、『巨鯨の海』（光文社）で「第4回山田風太郎賞」と「第1回高校生直木賞」、『峠越え』（講談社）で「第20回中山義秀文学賞」、『義烈千秋　天狗党西へ』（新潮社）で「第2回歴史時代作家クラブ賞（作品賞）」、『黒南風の海――加藤清正「文禄・慶長の役」異聞』（PHP研究所）で「本屋が選ぶ時代小説大賞2011」を受賞。近刊に『浪華燃ゆ』（講談社）がある。

覇王の神殿（ごうどの）――日本を造った男・蘇我馬子――

潮文庫　い－12

2023年　10月　5日　初版発行

著　者　伊東　潤
発行者　南　晋三
発行所　株式会社潮出版社
〒102-8110
東京都千代田区一番町6　一番町SQUARE
電　話　03-3230-0781（編集）
03-3230-0741（営業）
振替口座　00150-5-61090
印刷・製本　中央精版印刷株式会社
デザイン　多田和博

ISBN978-4-267-02404-7 C0193

潮出版社　好評既刊

亀甲獣骨（きっこうじゅうこつ）
蒼天有限　雲ぞ見ゆ

山本一力

清代末期の杭州・北京を舞台に、「竜骨」に刻まれた神秘的な文字のようなものをめぐって繰り広げられる、幻想知的冒険譚。著者の新境地を開く、中国時代小説。

対決！日本史
〈第1弾〜第4弾〉

安部龍太郎
佐藤　優

「知の巨人」と「歴史小説の雄」が渾身の対談。第1弾／戦国から鎖国篇、第2弾／幕末から維新篇、第3弾／維新から日清戦争篇、第4弾／日露戦争篇。【潮新書】

徳川時代の古都
知られざる都市の栄枯盛衰

安藤優一郎

日本の歴史とは、都市の興亡史である——。時の政権が治める〝首都〟の歴史の裏にある各都市固有の歴史文化を知ることで、はじめて「日本史」は完成する。【潮新書】

読切り三国志

井波律子

『三国志』に登場する絢爛豪華な英雄・武将たちの生の軌跡を、「正史」と「演義」を巧みに織り交ぜながら名調子で描き出す、波瀾万丈・痛快無比の決定版。【潮文庫】

横山光輝で読む「項羽と劉邦」

渡邉義浩

横山光輝の漫画『項羽と劉邦』を楽しみながら、秦の始皇帝の中国統一から高祖劉邦の漢帝国建国までを楽しく案内しつつ、若き獅子たちの実像に迫る。【潮新書】